U0919266

日出日落欧罗巴漫记

SUNRISE AND SUNSET
MY RAMBLINGS ON
EUROPA

• 赫尔辛基 Helsinki
• 斯德哥尔摩 Stockholm
• 哥德堡 Gothenburg
• 凯隆堡 Kalundborg
• 哥本哈根 Copenhagen
• 斯特拉特福 Stratford
• 牛津大学 Oxford
• 伦敦 London
• 阿姆斯特丹 Amsterdam
• 布鲁塞尔 Brussels
• 法兰克福 Frankfurt
• 克雷菲尔德 Krefeld
• 巴黎 Paris
• 卢森堡 Luxembourg
• 科隆 Cologne
• 苏黎世 Zurich
• 维也纳 Vienna
日内瓦 Geneva •
• 洛桑 lausanne
• 萨尔茨堡 Salzburg
• 贝尔加莫 Bergamo
米兰 Milan •
• 威尼斯 Venice
• 佛罗伦萨 Florence
• 梵蒂冈 Vatican
• 罗马 Rome

李廉民　著

日出日落 欧罗巴漫记

SUNRISE AND SUNSET

MY RAMBLINGS ON EUROPA

中国广播电视出版社
CHINA RADIO & TELEVISION PUBLISHING HOUSE

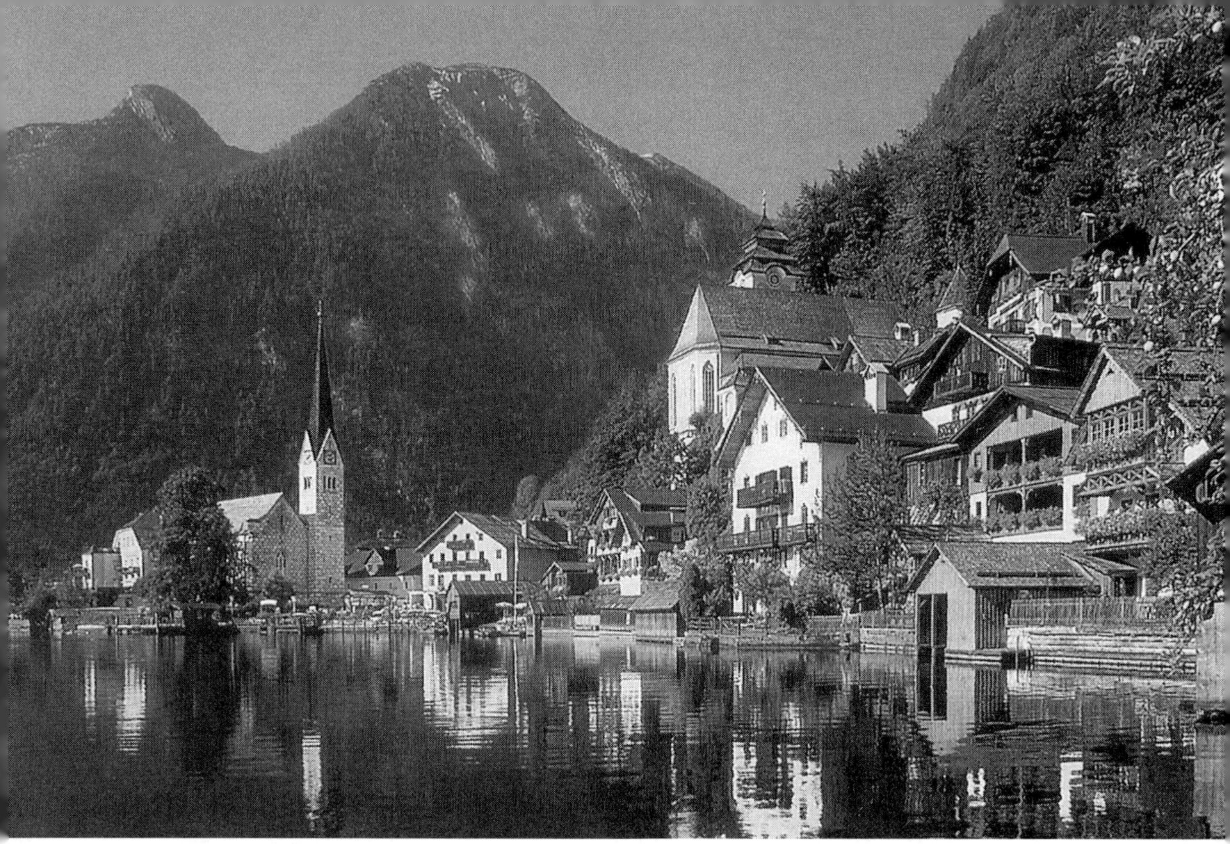

欧洲美丽风光

E AND SUNSET
AMBLINGS ON
ROPA

日出日落
罗巴漫记

深蓝色的梦幻

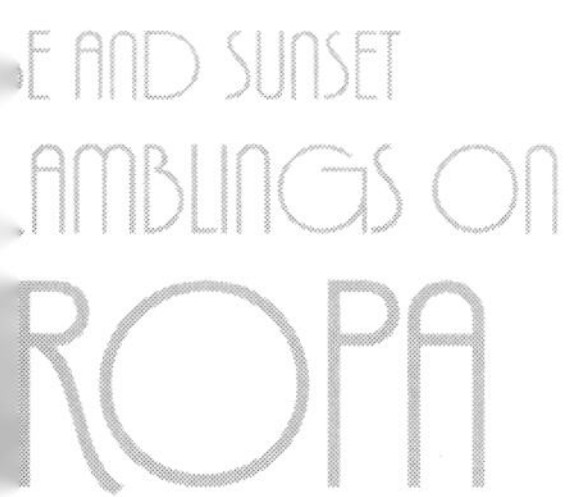

在那遥远的地方，不仅有绝美的景致，厚重的历史，还有灿烂的文化，瑰丽的艺术，恢宏的思想灵气，令人魂牵神绕，无限向往。

无疑，这个地方就是欧洲。

一个深蓝色的梦幻。

北临北冰洋，西濒大西洋，南有地中海与非洲相望，东与亚洲接连，隔格陵兰海峡与北美洲遥对的欧洲。从地理角度，通常被分为东、南、西、北、中欧，并富于政治经济军事含义。漫长曲折的海岸线外，散布着众多岛屿，星罗棋布，粗略看去，十分像大元宝。

有人说，如果不了解欧洲，就很难了解世界。

古代的腓尼基人由于航海需要，把地中海以东称为“东方日出处”，以西称为“西方日落处”。

欧洲，音译为“欧罗巴”，意译则是“西方日落之洲”。

关于欧罗巴的来历，有两个古老的民间传说。

在希腊神话中，德米特是专管农事活动的女神，保佑人间五谷丰登。在古代，公牛是人类不可缺少的耕畜。在相传的画像中，骑在公牛背上的女神的另一个名字叫欧罗巴。人们出于对女神的敬意，就把欧罗巴作为这个地方的名字。

另一个传说流传更广，颇有诗意。

“万神之王”宙斯，看中了腓尼基国王名叫欧罗巴的漂亮女儿，想娶她为妻，但怕她不同意。一天，欧罗巴由一群姑娘陪伴在大海边游玩。宙斯认为机会到了，变成了一头健壮而温顺的公牛在欧罗巴身边蹲下，并脉脉含情地望着她。欧罗巴看到这只可爱的公牛，便身不由己地骑上了牛背。宙斯立即腾空跃起，接着又跳入海中破浪前进，带着美丽的欧罗巴来到远方的一片大地共同生活。

这片土地以公主命名：欧罗巴。

自公元前7世纪开始使用“欧洲”这个名词至今，欧洲就被描绘成传说中情深高远的公主、女神和皇后。不同的思想激励人们去谋生、去创造欧洲，不同的文化催使人们去游历、去描写欧洲。也许，欧洲已经成为一种心结，挥之不去。

欧洲是一个人文荟萃的大陆。古代希腊文明孕育了现代欧洲文明，产生了众多天才的智者，如茫茫黑暗中的灿烂群星。欧洲文明经拜占庭王朝、古希腊、古罗马以及历史上最伟大的“文艺复兴”时期，经久不衰。欧洲文明不断汲取了来自亚洲、非洲、中东、印度的辉煌文明与先进的科学技术，发展了自身的文化，留下了丰富的历史遗迹和数不尽的艺术宝藏。上帝也给了欧洲令人着迷的自然景观，超凡脱俗，宛若梦幻。

很久以前，我就对欧洲的历史、文学、绘画、雕塑，尤其是音乐和建筑着迷，并星星点点地积累着。遐想，假如有朝一日能去欧洲……

我实现了自己的愿望：数赴欧洲考察采访。

我们应该感谢这个伟大的时代。

中国经济释放的光芒，洒满全球每个地域甚至角落。

中国人的脚步在远行。

在地球的尽头，都能看到中国人的身影，留学、打工、贸易、经商、

欧洲山水

建设工程、兴办实业、科学研究……

是中国和平崛起的伟大时代，让普通的华夏子孙有了金钱，有了能力，有了底气，走出国门去领略世界的色彩缤纷。

中国站在了一个新的起点上。未来，中国与世界的交流沟通共同发展，充满悬念而又令人激动不已。

我们真心感谢这个伟大的时代。

20世纪初，中国跌入低谷，但很快，猛醒了，怒吼了，站起来了，崛起了。

现在中国人看世界，已今非昔比。不再是外国的月亮圆，而是具备了一种大国心态，一种从容淡定。

当年，马可·波罗从威尼斯到北京，走了四年。今天，从中国到意大利，只需要十小时。地球变成了一个村庄。

阳光明媚，天空晴朗的美好时代，带着激情、向往和数不清的问号，我踏上了欧洲大地。

为什么地质年代幼稚的亚洲、非洲最早出现了人类的古代文明；而地质年代古老的欧洲的人类却来自亚洲？

为什么亚洲文明古国崛起、衰落而又崛起？欧洲文明发达，也会崛起而后衰落吗？

尽管欧洲被看作一个巨大的地质板块，一个独立的大洲，有鲜明的个性，但人们更多地认为欧洲是一个文化概念。出于政治、经济和军事的需要，为推广“一体化”，形成共同联盟，形成了法律，并赋予了意识形态。但人们还是锲而不舍地坚持把欧洲作为一个理想，一个香格里拉式的伊甸园。

行走欧洲，你会发现，每个国家都有自己独特的性格，每个国家都有属于自己的别样风情。

法国浪漫，荷兰耿直，意大利火热，奥地利秀美，德国严谨，瑞士清新，芬兰疏朗，丹麦豪爽，英国保守，瑞典尊贵，卢森堡凝重，比利时憨厚……

千变万化的老城新市，宁静安详的村舍小镇……

波涛深幽的多瑙河，轻声吟唱的莱茵河，潺湲多姿的塞纳河，舒缓哀叹的泰晤士河……

巍峨的阿尔卑斯山和壮美的森林白雪松涛，纯净的天空和如镜的海洋水天一色……

沙滩、草地、树木、森林、田园、牧场、古堡、要塞、宫殿、教堂、雕楼、钟塔无数跳动音符奏鸣的交响乐，迭起回荡。节奏忽而整齐，忽而凌乱，忽而高亢，忽而低沉，忽而万马奔腾，忽而错落泣诉……

陌生与神秘的交织，激情与幻想的升华，让我们感动的风貌和记忆之门同时开启，并慢慢弥散开来……

欧洲古堡

欧洲是一生注定要去的地方，也就注定欧洲的印象如此深刻，如此铭心。

欧洲，一个总是不断复述的寓言，一个永远没有结尾的童话。

行万里，读千卷，旅行就是生活。

光影之隙，我把激情的过往穿越，详尽笔录，回国之后，再细心品味。

时间愈久，难忘的记忆愈加弥醇。我变得年轻而又充满渴望。期待着把一个个美丽的传说，留在纸墨馥郁的书页上。

目录

[奥地利 Austria]

[意大利 Italy]

[瑞士 Switzerland]

[德国 Germany]

[荷兰 Holland]

[法国 France]

01 多瑙河之波浪

施特劳斯饭店

带着震颤大地的回响，教堂那极富穿透力的洪亮钟声，把我从梦中敲醒。推开洁白的落地百叶窗，是清香湿润的空气，青翠欲滴的草地。此刻我才真正意识到，欧洲之旅，已经开始。

新闻文化代表团对欧洲的访问，是从上海起锚的。

淅淅沥沥的小雨，加上轻轻吹拂的微风，多日闷热的高温天气，变得凉爽许多。

汽车在水泥大厦和多层立交桥上穿越，像在云雾中行船。悬浮高速轻轨从眼前飞快掠闪，瞬间难觅踪影。

浦东国际机场内，熙熙攘攘，十分繁忙。复杂的换票、托运、验证、安检、出关等一系列手续办妥后，巨大的双层空客，载着代表团一行，呼啸着仰冲，向着太阳飞去。

刺破雨帘，机身外竟是一片蓝天。云在下面汹涌澎湃，犹如万马奔腾。强烈的亮光，令人眩目。待飞机进入巡航状态，太阳羞涩地躲起来了，光线柔和了许多。朵朵白云，像柳絮，像莲花，飘飘悠悠，浮在空中。不时有浓云，波浪起伏，翻滚着迎面扑来。过一会，又茫茫一片。在蓝白的尽头，是长长的天际线。无云彩时，黛绿色的阡陌大地看得十分清楚。真是气象万千，变幻无穷。

短暂的纷乱后，机舱内是安静的。外国人大都在读书看报，或用手提电脑工作，或闭目养神。偶尔传来孩子的哭声，又衬托了这种安静。一对跨国夫妻，金发男子，五十开外，黑发女子，三十出头，他们带着两个孩子。戴眼镜，留着男性板刷发型的黑人空姐，手舞足蹈，撅着屁股，在走道上逗着孩子玩。

电视屏幕播放着联合国组织的在非洲的人道主义救援活动，以及各国为争取奥运会主办权而激烈竞争的新闻。还有航空公司的广告。

当飞抵西伯利亚上空时，鸟瞰大地，辽阔空寂，没有人烟，尽显荒凉。从空中看，大地像发皱的牛皮纸，隆起处是丘陵，低洼处是沼泽，除河流两边能见到绿色外，其余部分全是毫无生气的土黄。

长途飞行，太阳也像乘客一样地累了，倦了，乏了，睡了。天空由白色变为金色，变为橘黄、橙红，再变为幽蓝、深灰。天幕落下，渐渐地，周围一片漆黑。

又过了许久，机翼下是灯的海洋。

维也纳到了。并不复杂的手续，代表团一行顺利走出机场。

夜色中的维也纳，第一感觉是洁静、清新，空气中弥漫着绿色植物味道。大片森林边的道路上，汽车快速而默默地流淌着。

迎接我们的导游出生于杭州，在欧洲已经打拼十几年的程先生。驾驶中巴的司机是一位快乐高大的德国人，名叫约翰。

到维也纳要经阿姆斯特丹转机。因时差，下午起飞，十多小时的飞行，到荷兰还是下午。转机时，发生一场小小的误会，并有一个小小的笑话。

按标示牌，我们迟疑不决地穿行在迷宫般的候机大厅，寻找转机处。阿市的候机楼呈放射状，很大，欧洲著名的航空枢纽港之一。候机楼的灯光明亮得近于奢侈，色彩异常鲜艳。各种商品柜台、咖啡馆、啤酒吧、食品小吃一应齐全。惹人注意的是欧洲著名的钟表珠宝专卖店和名牌轿车展销。

排队办理转机手续的人很多，通道也很多。转了几圈才找到正确的窗口。大家都在耐着性子静静地等。代表团的邀请函、批文全在我手里。我格外谨慎小心，紧紧护着包。

排到窗口，代表团一名同志走上去，大约两三分钟，还在全力地解释着什么。我赶紧跑过去，递上意大利贝尔加莫省长签名的邀请函以及瑞士对外文化交流协会的邀请函。边防警察还是不放行，并指向右边几十米远的另一个大窗口。

一时有些慌乱。代表团成员全过去了。开始没人接待，几分钟后，来了两位荷枪实弹的武装警察。仔细阅查证件后，突然问我们有没有钱，我们误认为是索取小费，大家都说有。警察说还要看看。因紧张，团员们纷纷说，四百，把出国配额外汇数字说出来了。一位警察突然指向我们一位男士，问另一位女士是不是夫妻，因急了，大家都说是的。折腾了二十多分钟，警察才在我们的护照上盖章。然后，礼貌地走出来，让我们代表团一起过关，并示意其他人员等我们走完再放行。

原来，警察怀疑我们是集体偷渡。当核实我们是官方新闻代表团后，才让我们享受公务访问者的待遇。时间紧，过安检，竟忘了随身行李，又跑回去拿。忙得汗流浃背。我们是最后登机的，刚坐定，飞机就滑动了。此时，如果漏乘，后果难以想象。

维也纳的清晨令人惬意。

我早早起床，在下榻宾馆周围散步，东张西望。

一夜小雨，空气湿润，大地葱绿，树林无边。别致的建筑物，五颜六色，点缀其间，你由不得要走神。

作为大公国，奥地利统治者一度成为神圣罗马帝国的皇帝。独立发展的同时，形成独特的民族文化。在与奥斯曼帝国、法兰西帝国、俄罗斯帝国的战争里，选择匈牙利人作为辅助统治者。二元制的奥匈帝国是世界史上的罕见现象，有两位君主：奥地利皇帝和匈牙利国王；有两个首都：维也纳和布达佩斯。这种奇怪的政治自然维持不长。第一次世界大战，奥军战败，帝国瓦解，成立共和国。“二战”被德国吞并。盟军解放后的1955年，奥地利国民议会通过中立法，宣布永久中立。

版图广大的帝国，曾经辉煌700多年，历代君主的努力，已将首都建设成为灿烂的明珠。维也纳尽显昔日的壮丽奢华。有人说，奥地利最主要的物产就是风景。

的确，维也纳的自然环境十分优美。许多世纪以来，在这片土地上还诞生了众多闻名于世的音乐家、文学家、美术大师和建筑巨匠，而他们又为这座美丽的城市树立起一座座不朽的丰碑。难以计数的稀世珍品，为世界艺术宝库增添了绚丽的异彩。

维也纳有“多瑙河女神”之称。登上阿尔卑斯山，郁郁葱葱的维也纳森林，波涛起伏，尽收眼底。高大雄伟的建筑，掩映在浩瀚无际的森林之中。从多瑙河畔眺望远处高山绿色的峰顶，以及顺势而建的红色钟楼房宇，层次分明。各种风格的教堂，使这座青山碧水的城市格外庄重。蒙蒙细雨，加上层层薄雾，又使这庄重笼罩着神秘和深沉。

维也纳市政公园施特劳斯金像

维也纳之夏是迷人的，也是清新的。轻轻的晨风，吹拂着爽朗的旋律，这旋律甚至让人觉得有些清凉。8月的维也纳，是一年中最好的，色彩斑斓，像童话世界。

著名国际咨询公司美世（Mercer）调查全球215个城市生活质量，通过对每个城市的气候、人口、交通、娱乐、购物、医疗、学校、住宅、犯罪率、公共服务等39条标准的评估，排名结果，维也纳成为最佳，位列第一。第二和第三，分别是苏黎世和日内瓦。

《蓝色多瑙河》，也是中国人熟悉的旋律。新闻代表团在维也纳的访问，是在轻柔漫飘的细雨中，从多瑙河开始的。

在导游引领下，我们来到城东北角的多瑙河畔。这是一座城市公园，沿河而建。登上修建整齐、长满灌木的堤坝，但见蜿蜒的河水，静而舒缓，就像一首长篇叙事诗，又像一首慢板咏叹调，向你诉说着她见证的历史。走到河边，弯腰伸手，就可捧到清凉净澈的河水。不时有拖船悠然驶过。滨河公园，花草茂盛。近处是参差错落的建筑，优雅躺卧的桥梁，远处是辉煌挺拔的教堂，对岸竖立着雄伟的联合国分部大厦和石油大楼，极目处是巍峨刺天的钟楼和延绵不断的山峦……

发源于德国黑色森林，注入黑海，总长近3000公里的多瑙河，其中

350公里在奥地利境内。来自阿尔卑斯山的雪水，不断注入，使河水格外的透明圣洁。

简直令人难以置信。挑起“二战”，自身就是犹太人血统，却残酷屠杀犹太人，给整个人类带来巨大灾难，最终战败自杀焚尸的希特勒，就出生在维也纳的瓦尔德维尔特尔迪一个宁静的乡村里。病态疯狂的世界观，歇斯底里的咆哮，煽动暴力的演说，与音乐之都毫不相干，却如此紧密地联系在一起。

又是一个巧合和强烈的对比。当我们驱车去著名的市政公园时，与大门隔路相望的是前伊拉克驻奥地利大使馆，一座四层欧式黄褐色花岗岩大楼。半圆形的阳台上，已经破损的伊拉克国旗，无力地低垂着。高大厚笨的铁门紧闭，人去楼空。这使我想起萨达姆和小布什，想起两次海湾战争，以及至今爆炸声不断的伊拉克。大炮轰鸣，飞机嘶叫，与钢琴和管弦乐队能演奏同一首交响乐和圆舞曲吗?

市政公园胜景，是维也纳的标志。一条小溪从中流过，鸳鸯、野鸭在水中嬉戏。廊桥草坪亭台边是参天古树。白色大理石呈椭圆形环绕的是施特劳斯金像。按真人比例雕塑站立的施特劳斯，栩栩如生，正坠入音乐之梦，如醉如痴，忘情地演奏着小提琴。背后是一群倾听的少男少女群雕。座前簇拥着桃红、玫红、粉红以及洁白的鲜花。金像不远的侧面，是施特劳斯饭店。门前平坦，碧绿如茵；塔松站立，苍翠欲滴。施特劳斯的后裔

维也纳音乐厅外景

常常在此举行露天音乐会。人们在欢快的乐曲声中，翩翩起舞，沉浸在对音乐的无限追求和对家世家族的遥想追忆中。

维也纳的名字和音乐几乎是同一语词。说到维也纳就等于说到音乐。海顿、莫扎特、贝多芬、舒伯特、约翰·施特劳斯等这些世界上最伟大的音乐家，都与维也纳紧密地连在一起。《费加罗的婚礼》、《命运》、《田园》、《英雄》、《月光奏鸣曲》、《鳟鱼》、《维也纳森林的故事》、《美丽的磨坊姑娘》、《皇帝四重奏》等像天上恒星一样不朽的名曲，均诞生于此。许多公园、广场街头矗立着他们的铜像，许多礼堂、会议厅、马路、公园都以这些音乐家命名。音乐家的故居和墓地常年为人们凭吊参观，甚至成为旅行目的地。可以说，世界上没有任何城市对音乐这么痴迷，对音乐家如此尊重。他们像神一样，被供奉着，被瞻仰着。他们已经成为一种象征，一种文化，一种传统，一种历史，一种时尚。不是吗？有什么城市有如此多的影剧院、音乐厅，有如此多的音乐家、音乐会，有如此多的音乐学院、音乐建筑……

人们常说，建筑是凝固的音乐；音乐是流淌的建筑。细观维也纳，几乎每一座建筑都是稀世艺术品，美轮美奂。人们还嫌不够，在外墙画上别致新颖的图画。有资料介绍，大约百分之七十的维也纳人，从四五岁儿童时就接受正规的音乐教育，并终生喜爱追求。

当然，音乐之都最具代表性的还是维也纳国家影剧院和维也纳音乐厅。

在蒙蒙细雨和习习凉风中，代表团来到被称为“金色大厅“的音乐厅。这座意大利文艺复兴式的建筑，底层深灰，上层红黄相间，宏大的拱门和方窗，气派非凡。露台圆柱上，站立着著名音乐家的雕像。他们像音乐史的巨人，俯视着这座城市，令人肃然起敬。他们像权威的评判者，审视着音乐的过去、现在和未来。

音乐厅1869年落成，内有近2000个站、座位。1870年1月6日举行首场演出。此后，这里吸引全球数不清的演出团体。1939年起，每年的1月1日在此举行世界闻名的新年音乐会。“二战”中断，1959年恢复至今。世界最著名的乐团都以在此演出为殊荣。音乐家们视这里为最高最神圣的音乐殿堂，犹如美术家在法国卢浮宫举办画展，代表着最高成就和世人的认可。据说，预约场地要提前两年，租金高达每次7万欧元。

维也纳艺术博物馆

中国人第一次成建制在此演奏，是1998年初，中央民族乐团举行的“春节民族音乐会”。在新的千年里，第一个举办独唱音乐会的是著名歌唱家宋祖英。此后中国有实力的乐团和艺术家多次登台献艺，表明了中国整体的音乐艺术水准，达到了前所未有的高度。

音乐厅前的广场不大，没有雕塑喷泉，也没有幽深的环廊。几名古典民族打扮的奥地利姑娘，正在推销音乐演奏会门票。她们穿着彩色花衣袍，梳着独根金色长辫，蹲在门前吃饭。见有中国人来，立刻放下手中的快餐盒，打开式样相同的金属售票箱，拿出当日和后几日维也纳音乐演出场次详细安排日程、节目单和座位表格任你挑选。但价格不菲。

影剧院与音乐厅不同。建筑外表色彩灰暗。广场因城市改造马路扩宽，人行道已紧挨着正门。但内廊高大宽敞，雄姿非凡。有参观票专售窗口，10欧元一张，每10分钟放行一批人，有解说服务。

希腊式和罗马式混合造型风格的影剧院，大得难以想象，占据着整个街区。高大的石拱门和雕花窗，屋顶站立着高大的铜像。演出厅、贵宾厅、排练厅、展览厅、化妆室、服装室、会议室、休息室、工作室，七拐八弯的宽大楼梯，把它们连成一体。浮雕满墙，塑像满廊。14座著名音乐家的半身像，傲然挺立，神态各异，犹如音乐王国中至高无上的皇帝，接受着人们的顶礼膜拜。

游客们怀着虔诚的心灵，静静地听着专职导游的轻声讲解。

令人瞠目的是演出大厅四层楼高的豪华包厢，幕布、座椅、墙壁全是大红配以金黄，透着奢华和高贵，显示当年帝国的富有和强盛。后台有几十米深，全自动化。作为世界的歌剧中心，始建于1869年。“二战”中被纳粹德国几乎毁灭，1955年修复。在后台，当讲解员说到精彩动人处，随队参观的一对外国夫妇，不禁高声歌唱。那嗓音，一听便知道受过良好声乐训练。代表团中一人不甘示弱，竟大吼“妹妹你大胆地往前走”……惹得众人回首，一脸惊诧。

代表团在大厅座椅上休息时，我独自一人，围着圆形大厅转悠。里面像座迷宫，建筑设计匠心独运，巧妙复杂，庄重恢宏。不熟悉的，怕是走得进去，走不出来。这使我想起反映二战名叫“虎口脱险”的喜剧片，那位神气活现，劲头十足，诙谐幽默，临危不惧的光头矮个子指挥家，为了掩护空战中跳伞的英国飞行员，难道就在此与德国冲锋队员聪明地周旋吗？

雨越下越大，天越来越凉。没人想到维也纳的夏季竟是如此清冷。穿着单衣出门的，冻得直哆嗦。出行前，我每天上网查询维也纳的气象报告。奥地利不仅是旅游胜地，同样也是避暑胜地。这里，历史记录的最高气温不超过28摄氏度。我把带上的夹衣全部穿上，还觉不够。加之下雨，甚至感到寒冷了，代表团员有的不得不以国内10倍的价格，购买衣服。

在瑟瑟冷风中，代表团冒雨前往皇宫。

维也纳的奥匈遗宫，雄伟非凡，气势磅礴，堪与巴黎的卢浮宫、凡尔

奥地利皇宫后院

奥地利皇宫花园莫扎特雕像

美泉宫外景

赛宫，伦敦的白金汉宫，莫斯科的克里姆林宫相媲美。

皇宫名叫霍夫堡，德文是宫廷城堡的意思。以奥地利为主体的哈布斯堡王朝鼎盛时期，在这里统治着强大的奥匈帝国，成为世界瞩目的政治中心。皇宫建造了近20年。宽阔的中心广场，加上众多楼房、庭院和数不清的房间，使之成为维也纳的城中之城。市政府、议会大厦、历史博物馆、艺术博物馆等独具特色的不朽建筑，构成第一环城大街，是维也纳的心脏地带。参天古木，如茵绿草，碧玉喷泉，青铜塑像，尖顶教堂，擎天石柱，高大回廊，处处体现着当年帝国的强大和神圣。

皇宫分上宫下宫两部分。上宫是皇帝迎宾、办公和举行典礼的地方，下宫是皇帝居住、用膳和休息的地方。皇宫呈巨大的弧线型，中央是威武无比的哈布斯堡二世骑马腾跃的巨大花岗岩青铜像。皇宫的底部和顶部，众多的塑像浮雕气宇轩昂。最高端处是奥地利的标志：金色雄鹰。鹰头象征人民的金冠，鹰爪中心镰刀锤头象征农民工人，鹰的锁链被打断，象征着奥地利人民的解放和自由。

皇宫的后面是一个小型公园。遮天的绿树，映衬着白色的大理石雕像。一群天使般的孩童，簇拥着一位飘逸俊朗的天才音乐家。他举头侧目，左手按乐谱，右手舞动着，仿佛正在指挥一个宏大的交响乐团，演奏历史车轮滚滚向前的时代进行曲。座基上是青铜铸造的小提琴，前面草坪上是鲜花摆成的高音谱表符号，正面是金色的碑文：MOZART（莫扎特）。

同莫扎特仅一墙之隔的马路边，褐色的圆形花岗岩基座上，一人仰坐，两腿微蜷，左手一本书，右手搭在椅子上，下面镌刻着：COETHE

（歌德）。这位伟大的诗人和思想家，两眼深邃，注视着每一位过往行人。与后面白色建筑形成强烈的色差对比，更显得青铜像沉稳、肃穆。

据说，皇宫中最大的厅叫美景大厅，最为富丽堂皇，金碧辉煌。由于奥国公主玛丽亚嫁给了拿破仑，这位能征善战，最后兵败滑铁卢的传世英雄，曾两度入住，至今仍保留着遗像和遗物。

维也纳街头歌德坐像

整座皇宫的外门是开放式的，游人汽车自由通行。如今的皇宫已成为奥地利的总统府和首相府。因奥国公主命名的玛丽亚广场占地面积非常大。中央草坪用旧木门窗杂乱地围着，令人费解。经问方知，这里正举办一个环保节日的展览。18世纪式样五颜六色的古典马车，披着雨布，静静地伫立等着游人。

美泉宫明镜大厅

奥地利是一个伴水的国家。湿润温和的气候，使整个国土面积中，有一半被森林所覆盖，维也纳达百分之八十。处处郁郁葱葱的森林，绵绵延延，数不清的松树、柏树、榉树，还有云杉、蓝杉，像不知疲倦的机器，默默地制造出新鲜空气，使维也纳格外清新，就是个大氧吧。

汽车在维也纳穿行。城区干净整洁。罗马、哥特、巴洛克、拜占庭等多样巍峨建筑被绿色掩映着，这令人想起悠扬的音乐旋律。沿街商场与别的城市最大的不同是，众多的音乐器材专卖店鳞次栉比。

维也纳的音乐世界是无处不在的。

历史追溯，奥地利民族能歌善舞，这必然影响到王室。因为皇室喜好，人们以音乐为荣。因为贵族悠闲，再加上有钱养活音乐人，各种创作便十分活跃。音乐家就像今天的流行歌手一样成为职业时尚。莫扎特就是因为圣歌谱曲而被赐予爵位，开始了他辉煌的音乐生涯。维也纳的宫廷汲取了民间音乐和教堂音乐的丰富营养，于是，维也纳成为了音乐家辈出的荟萃之地。贝多芬、巴赫、莫扎特，被誉为18世纪古典音乐三圣，其中两圣属于维也纳。

维也纳的音乐精神是无处不在的。

且不说数不清的音乐演出团体和场所，在路边随处可见的还有音乐广场、音乐酒吧、音乐餐厅。街道上有音乐大巴、音乐马车，而当有轨电车驶来时，提醒路人的不是铃铛和喇叭，而是音乐。当你内急，走进的是装修考究的音乐厕所。

繁华热闹的商业街，身穿古典红色艳丽传统民族服装和燕尾指挥服的青年男女，头戴彩色假发，手拎一模一样的装钱和剧场座位夹的金属箱，追逐行人，用歌声兜售各种音乐会歌剧演出门票，成为一大景观。

淅淅沥沥的小雨，飘飘洒洒，像跳动的音符，漫落在维也纳。白天的音乐之都竟也是如此的安静、空濛，整个城市像轻盈优雅的小步舞曲。

在蓝色的雨帘中，代表团乘车坐着由德国人驾驶的奔驰中巴，向美泉宫开去。

美泉宫属帝王宫，有着悠久和纷呈的历史。据说，当年马提阿斯皇帝狩猎至此，发现一座泉眼，清爽甘洌，便称其“美丽泉”。早在17世纪，哈布斯堡家族就已经在这里拥有一座供消夏的享乐宫，又称夏宫。1683年，土耳其军团围攻维也纳时，宫殿被毁。50年后，女皇下令重建，正式成为夏宫，并初具今日的规模。以后，加筑了宫廷剧场，改建了拱顶，装饰了壁柱，并设计修造了大型花园、海神喷泉、园林径道。女皇去世后，很长时间没人居住。19世纪初，宫殿两度被拿破仑占领。之后，美泉宫又几经装修，形成了今天的景色。奥地利维也纳的美泉宫、法国巴黎的凡尔赛宫、俄罗斯的圣彼得堡宫，并称为世界三大夏宫。

在美泉宫数不清的房间中，现有40个厅对外开放。有弗朗茨·约瑟夫一世的工作室、卧室、盥洗室等，还有其夫人、著名的伊丽莎白皇后，即茜茜公主的卧室、沙龙、餐厅、童厅，另有卫兵厅、节日厅、台球厅、马戏厅、礼仪厅、骑士厅、瓷器厅、壁毯厅、狩猎厅等等，其中包括圆形和椭圆形中国阁。

18世纪的欧洲，各国宫廷都热衷于中国艺术。漆画板、丝绸墙和瓷器，被广泛作为帝王贵胄的宫殿饰品。玛丽亚女皇，不惜重金，斥巨资从亚洲进口艺术品用于装潢。美泉宫中这两个中国阁可以说是那个时代的典型代表。其他厅，也不乏中国艺术品。

美泉宫中心花园

中国阁的墙面上，大小水晶镜之间，大小不等的漆板画被镶嵌在描金的贝壳花纹框内，与中国山水花鸟堪称完美的艺术结合。镀金的植物造型支座上，摆放着各种中国青花瓷器，瓶盖竟是中国麒麟。墙角烛台是中国景泰蓝。这两个阁气氛幽秘，女皇在这里同大臣面商要事或打牌娱乐，又被称为“密议阁”。

美泉宫棕榈暖房

被称为中国河龙厅的墙纸，是鹅黄底色加孔雀蓝，黑色线条勾勒着中国风情风物风景，描写着养蚕织丝，水稻种植，瓷器工艺，饮茶文化。画面上的竹叶花卉上，鸟虫蜂蝶，纷飞围绕，十分动人。

着色庄重的漆画厅，是女皇为追念先夫而建的。这些珍贵的描金黑漆板，来自中国北京，被镶嵌在桃木护壁板间，中国山水，茂林修竹，花鸟写意，同大厅高贵的装修风格意境浑成，更显得典雅华丽。

还有瓷器厅。布满内壁的白底描蓝图画，全为模仿中国青花，顶端图案为中国伞。200多幅小尺寸画，竟然全是中国题材的风格小品。

美泉宫的每一个房间，都是匠心独具的艺术品，不仅繁缛纤细，巧夺天工，而且规模宏大，气势磅礴。欧洲宫廷建筑中最大最美的大节目厅，竟有50米长，大型庆典和娱乐活动，国际会晤和音乐会常常在这里举行。门廊、壁柱、墙面、浮雕，以及天顶画都出自于大师之手。流金溢彩，玲珑剔透，造型迥异，充满着想象、创造、激情、追求，犹如梦幻。这本身就是一首《皇帝圆舞曲》。

美泉宫的两位主人，不能不提。弗郎茨·约瑟夫以及表妹——巴伐利亚的快乐小公主伊丽莎白，乳名茜茜。不幸福的婚姻，世人多知。

18岁登基的弗朗茨·约瑟夫，是一位有责任感的皇帝。他每天都有庞大而细致的工作计划。早晨四时起床，五时工作，孜孜不倦，夜以继日。他把自己看成是国家的第一公民。他说，“非工作到精疲力竭不可”。工作过程，就在成堆的文件中用餐。皇帝的卧室却没有帝王派头，写字桌、木板床、盥洗室等一用就是50年，表现了一代君主节俭朴素的生活作风。还有要特别提出的，每周一和周四，帝国的任何一位公民都可申请要求觐见皇帝。这一活动不仅体现了弗朗茨的亲民，也练就了他对人物面貌惊人的记忆力。

被家人亲切称为茜茜的伊丽莎白，16岁的奥地利皇后生活也是从美泉宫开始的。她的日常生活有三个特点：一是对美貌的维护，梳妆打扮每天要用好几个小时。二是每日的体育运动锻炼。三是进食的绝对控制。这使伊丽莎白不仅面貌姣好，异常漂亮，而且一直保持着苗条的身材。她总是穿着紧腰裙服，秀美浓密的头发编盘成发冠戴在头顶，成为当时世界上最艳丽的女人之一。

茜茜公主的美貌几乎成为一个神话，成为一项专利。据说，她30岁后便不再接受拍照和画像，逢生人，便随手用扇子遮住自己的脸。伊丽莎白的美又增加了几分神秘。

茜茜公主与弗朗茨的现实生活并不幸福。仅在共同的卧室住了不到一年，她便住在底楼的房间里。电影中的茜茜，感情专一，可钦可敬。真实生活中的茜茜，心情浮荡，屡生事端。虽然被夫人一再拒绝，弗朗茨·约瑟夫还是尽量满足她的每一个愿望。女儿夭折，儿子自杀，伊丽莎白茜茜公主，郁郁寡欢，在美泉宫驻留时间越来越少，经常长时间外出旅行，遍游欧洲。在日内瓦被意大利无政府主义者刺杀身亡，这是后话。

美泉宫的后花园更加令人迷幻。

中心花园以美泉宫的中轴线为主脉，一直延伸到山坡脚下。山上排列着十多个凯旋门式的观景亭。山下大小不等的花圃，群芳争艳，姹紫嫣红，正在吐蕊溢香。两侧高大有序的绿篱，将鲜花与丛林分开。树木壁龛中，竖立着古代神话里的男女塑像。再旁边就是迷宫园林。远处又是无边无际的森林。

山下的海神群雕喷泉为整个花园的核心景观。水潭的中央假山堆叠，清泉涌射。海神居高临下，四周是半人半鱼的众神。顽石耸立，洞窍森然，河神造型怪诞奇异。水帘深处，方尖碑矗立，上面是想象中的古埃及文字。

中心花园的侧面，还有棕榈暖房，世界现存最老的动物园，以及陈列着国典彩车的御车馆。专门设计的古罗马废墟景观，给整个园林平添幽深：一泓清水被建筑圆拱环绕，这建筑已是残垣断壁，瓦砾成堆，给人的感觉仿佛是一个刚刚沉陷的城市。

雨中的后花园，几分朦胧，几分诗意。雨点洒落在均匀大小的黄砂地面带来的沙沙响声，又增加了迷离恬静的旋律。这旋律是舒缓的，实在是令人陶醉。高大的绿篱形成拱形遮住了天空，好像隔世恍惚，走入时间隧道。这隧道一直通往远古和外空，犹如梦幻。这幻梦，也许只有维也纳另一位说梦的专家弗洛伊德可以解析。

代表团午饭安排在市中心离图书馆不远，被称为维也纳大饭店的中餐馆。老板是热情好客、干练爽朗的北京人。临街是巨大的落地拱形门窗。落座店堂，可饱览城市的诱人景色。饭店主人生意做得精明，与我在国外其他地方看到的中餐馆不同，没有不准自带酒水的规矩。他有他的说法。出国在外，谁不带点本地自家烟酒。国外的酒不仅贵，也不合中国人口味。自带白酒，团饭外再加菜，可多挣钱。如此，这家餐馆生意不错。同其他中国餐馆相比最有特色的是，他照例品尝一满杯各地白酒，并请所有中国各地代表团将喝完酒的瓶子留下，成排摆放在沿街窗台以及饭堂的正中央，成为颇具特色的收藏。据介绍，奥地利的中国人一大半居住在维也纳。奥地利700多家中餐馆中，有一半在维也纳。功夫、红灯笼、京剧、中餐为中国在海外流行的四大文化符号。中餐馆不仅是中国同胞的聚会处，也是中奥两国人民相互沟通的桥梁之一。几乎没有外国人不喜欢吃中餐的。

下午，代表团去参观圣·斯蒂芬大教堂。作为维也纳地标之一，经200年的建造，才最终完成。教堂由主堂和侧塔组成，是一座典型的哥特式建筑。尖顶有着刺破青天的勇气和决心，意欲同上帝和天穹对话。历经500多年沧桑，教堂整体已呈铁黑色，仿佛墨石筑成，充满着历史见证的质感，犹如英雄、悲怆、田园、命运的交响。登上教堂塔顶，整个维也纳满城秀色就可尽揽怀中。我走进大门，诵经厅烛光闪烁，一片肃穆。分成两列的木椅上，人们默默地坐着。面向耶稣像，面向十字架。教堂内有费加罗厅，莫扎特的名曲《费加罗的婚礼》就是在这里谱写的。

斯蒂芬大教堂

从国家歌剧院通向圣·斯蒂芬大教堂是一条铺着碎石路面的商业步行街，在欧洲非常著名。两旁的商店装修考究，落地玻璃门窗内，商品种类繁多，自然不在话下。高档服装，名贵钟表，钻石玉器，豪华汽车，琳琅满目。美酒咖啡食品香味，漂浮空中。彩灯闪烁，游人如织，摩肩接踵，繁荣富华。

走进商店，竟有暖气开放，令人惊奇。这可是夏天啊！外面凉爽的近乎冷，有暖气，人自然感到舒服。同欧洲其他国家一样，这里的玩具、电器、服装、鞋类大都来自中国。一位温州姓陈的男子汉，同夫人在旺铺地段一起经营两间门面的百货。房费月租竟要6000欧元。全部来自中国内地的女人饰品，在透明的山架上，摆放得满满当当。他们来维也纳已经10年了，生意还算不错。货物因产于浙江本土而利润丰厚。这些在中国大陆极其一般的廉价商品，在维也纳的标价同国内人民币面值几乎一样，用欧元汇率换算应该是10倍的钱。维也纳的物价之高，可见一斑。

维也纳的消费水平，同东京、伦敦等国际大都市齐名。囊中羞涩的我，这些虽留下印象，但并不深刻。

让我永远记住的，依然是这里无处不在的音乐。

步行街中央小型广场上，一位穿着大红夹克衫的艺

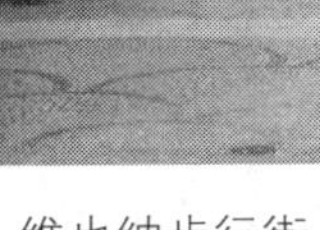

维也纳步行街

街头三人音乐组合

人，电子音乐声中，摆弄着小狗熊木偶。口含奶嘴的小姑娘，站在那里，随着音乐旋律有节奏地扭动。

路边自动水盆旁，3位白人小伙子用吉他、手风琴、立式三角低音曼陀林，在忘情地演奏着蓝色的多瑙河。他们面前的小箱子上，放着自制CD光盘，标价10欧元。

一位残疾人，40多岁，留着大胡子，盘坐双腿，面前放着一顶旧礼帽，内有少许钱币。他用自制的白色单簧管，吹奏的却是老约翰·施特劳斯的拉德斯基进行曲。

两位站立着的男青年，不知来自何方，用小号和长号吹奏着男子汉要去当兵。声音响亮清脆，颇有穿透力。

一位学生模样的姑娘，不，肯定是学生。一身黑衣服，像庄重优雅肃穆圣洁的修女，站在那里，娴熟入神地吹奏着单簧管，乐曲是难度极大的莫扎特的进行曲。游人路客开始只是远远地看着。动听入心的天籁之声，引得他们逐渐围拢起一个圆圈。当一曲了结时，响起由衷而热烈的掌声。这女生，并无收钱的任何器物，她就是演奏，一曲又一曲。

此时此刻，我不走不动，静静地站着，专注地听着。我理解了。被这种音乐精神所感动，被这种执著追求所感动，我不禁热泪盈眶。

可以说，音乐赋予了维也纳神韵，音乐是维也纳的灵魂。没有维也纳，还会有音乐吗?没有音乐，还会有维也纳吗?

17世纪之前，欧洲还没有将音乐作为独立的表演形式。当时的音乐形式不仅简单还从属于其他活动。为教堂为圣歌伴奏，为宴庆为舞蹈伴奏。

意大利出现歌剧院时，音乐的作用尽管加强了，但仍然只是声乐的影子。只是到了后来，随着歌剧院的发展，音乐才逐渐成为一个独立的艺术门类，即近代古典音乐。

18世纪，可以说是西方古典音乐的发展期。前半期是在四个国家推动发展的，分别是意大利、法国、英国、德国。众多音乐家中最伟大的代表，是后来被世人所认知的巴赫。他被誉为“古典音乐之父”。

但，当时分裂的德国，影响了音乐的发展和提高，重心中心，历史性地从德国转向了奥地利。从歌剧演变而来，变为新的音乐体裁的交响乐，悄悄摆脱歌剧框框，终于天成体系。使交响乐获得自身独立形式，而后澎湃发展的是奥地利作曲家海顿。

家庭贫困，自幼参加教堂唱诗班的海顿，对交响乐所作的贡献是把乐曲建立在某一主题上。这种主题发展，为近代交响乐的形成奠定了基础。他还为弦乐四重奏定了型。因而，海顿被称为“近代交响乐之父”。

使交响乐表现力进一步丰富的是神童莫扎特。一代天才。他出身音乐世家，3岁奏琴，5岁作曲，7岁欧洲多地巡演，12岁创作歌剧，14岁为圣歌谱曲，被赐予爵位，17岁任大主教宫廷乐师。他孩提演奏钢琴时，技惊四座，美惊飞鸿，皇帝就坐在旁边。皇帝赞叹这个聪明的小家伙是位神奇的音乐魔术大师。他演奏完，不知害怕，甚至跳到了皇后的身上，搂着脖子亲吻。在美泉宫陈列的油画作品中，就有他与皇帝家人在一起的内容。

莫扎特35岁与世长辞。世界上许多神童天才，都是这样的英年早逝。似乎是命里注定。然而，短暂的一生，他却为世界上留下了极其宝贵的音乐财富。600多部作品中，有32部协奏曲，19部歌剧，《费加罗的婚礼》、《唐璜》、《魔笛》为歌剧丰碑；22部弦乐四重奏、66部奏鸣曲，41部交响曲中以降E大调、G小调和C大调最为著名。他使交响乐像歌唱一样甜美而又有深度，像春天的太阳给人以温暖和欢快。尽管欢快中略带忧伤和悲愁。

出生在德国，但从22岁起就一直生活在维也纳的贝多芬，应该是奥地利音乐家。他曾师从海顿和莫扎特。艺术上，继承了海顿和莫扎特的传统，集庄重古典音乐之大成，又开浪漫音乐之先河，既有莫扎特的丰富旋律，又有海顿的主题发展，艺术效果惊心动魄。

一直躲在维也纳附近乡村居住的贝多芬，性格桀骜不驯，古怪极端，敏感单纯。他的头部雕像，怒气冲冲，神经质的外观，给人以极深印象，仿佛是一种艺术家气质的代表。他的音乐激越豪迈，扣人心弦，气势磅礴，博大精深。他能在最痛苦的情感煎熬中，把作品献给最倾心的恋人。如泣如诉，如诗如画的《月光奏鸣曲》用音乐倾吐着炽热的爱语。他失聪后，仍然不向命运低头，从不悲怆。英雄般的傲骨，被世人称作一种精神楷模。他最重要的作品是9部交响曲，为古典音乐的不朽之作。贝多芬被奉为“音乐之圣”。

出生于教师之家的舒伯特，歌曲创作成就最大。父母生养的13个孩子中，他最具天赋，欲罢不能。一心想当教师而不当乐师的舒伯特，却因为梦想难圆，也因为靠作曲谋生，不得不全力投入音乐。那时的社会，崇尚音乐。在舒伯特创作的600多首歌曲中，大多以歌德、席勒和海涅等诗人诗作为歌词，谱曲不仅与歌词的意境融合，还大大丰富了其内涵。一生穷困的舒伯特提高了歌曲的表现力，像《魔王》、《野玫瑰》、《冬之旅》等。他还写有数量众多的交响曲、管弦乐和钢琴曲。灵感顿来，抓住不放，稍纵即逝。舒伯特和朋友聚会，在菜单上谱曲，在林中小村常见磨坊主人的女儿，谱成《美丽的磨坊姑娘》，都被传为佳话。舒伯特生前穷困潦倒，他的音乐价值身后才倍受重视。因不知名，散失在民间或图书馆的舒伯特作曲真迹，一旦发现，天价拍卖。这是对他作曲价值和音乐地位的一种认可。我熟悉他的小夜曲。也许，他传奇而又清贫的一生，本身就是黑夜里的梦幻。

瘦弱的身体患上伤寒，无钱医治，舒伯特在弟弟家病逝。当他来到天堂的大门口，掌管登记的天使，用白色的鹅毛笔在生死簿上赫然写下了“艺术歌曲之王”。

约翰·施特劳斯在圆舞曲创作中首屈一指。视音乐为唯一中的唯一的小施特劳斯出生时，音乐家在维也纳已经很受尊重，成为人们羡慕的职业。当帝国时代的灿烂光辉消失殆尽，当雄鹰旗下统帅的军队彻底覆灭，当哈布斯堡王朝成为历史，施特劳斯的华尔兹舞曲，使人们想起了这一切的一切。政治湮灭，音乐永存。时光湮灭，音乐永存。他一生创作了400首圆舞曲，均以旋转舞步的快速律动为特征，轻盈而优美，明朗而动听。《蓝色多瑙河》使无数人为之沉醉。《维也纳森林的故事》、《春之声》流传甚广，成为经典之作，百听不厌。

“圆舞曲之神”，人们这样称谓他。

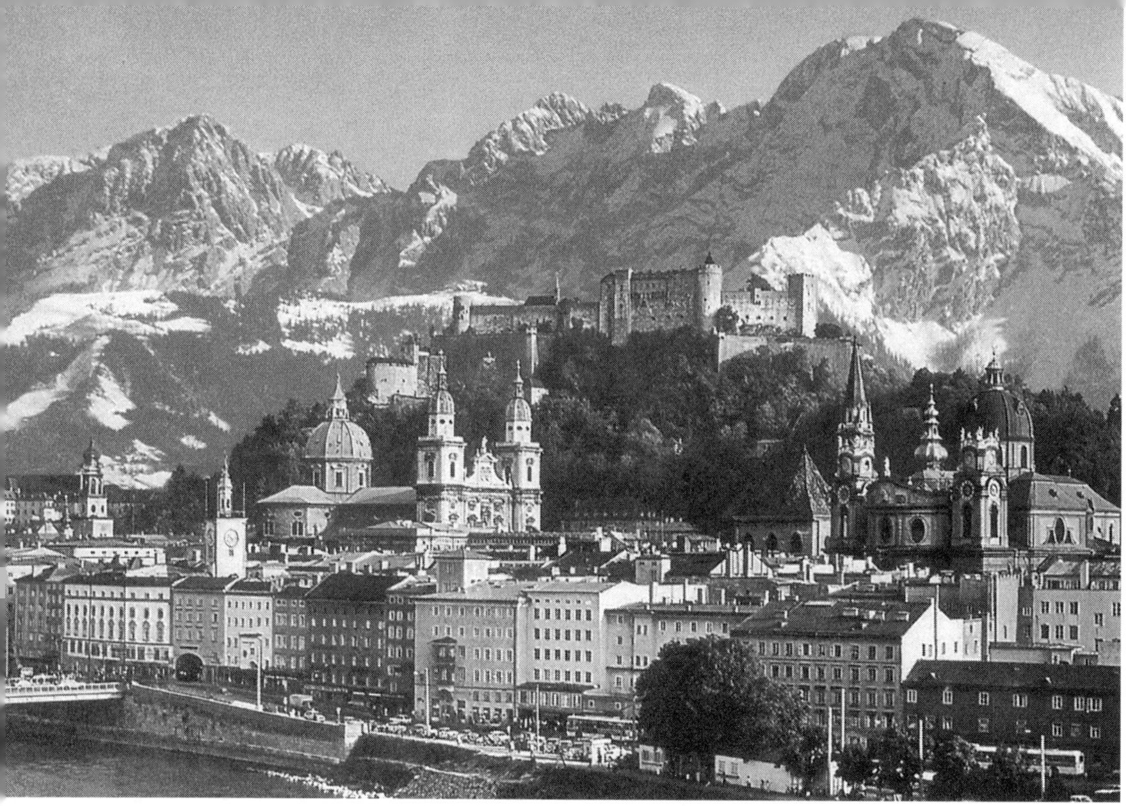

萨尔茨堡风光

02 萨尔茨河的咏叹

萨尔茨堡 Salzburg

威尼斯 Venice

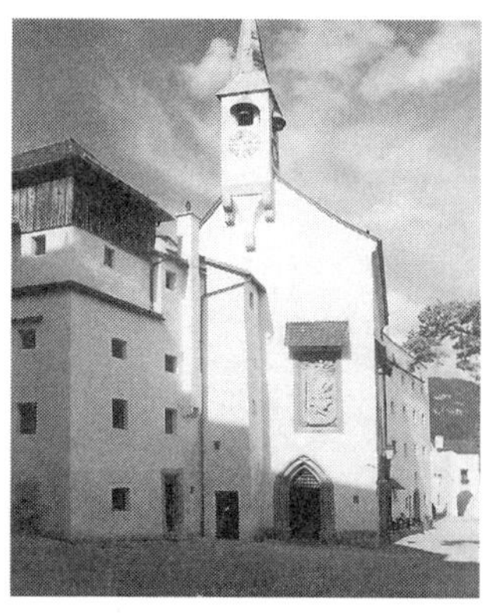

萨尔茨堡内院钟楼

沿着蓝色多瑙河，我们去聆听“音乐之声”。离开“音乐之都”维也纳，代表团乘车驶向“音乐之城”萨尔茨堡。

维也纳的雨虽然不下了，天空还是白蒙蒙一片。路边的绿草、野花、灌木迎风摇曳。不远处，就是诗情梦境般的维也纳森林。平地近前，有工厂、商店、农舍、教堂、钟楼，色彩斑斓，就是一幅水墨画。悠闲的牛在吃草，风车无声地转动着。山坡修整得非常平缓，草地像厚绒绒的毛毯。白墙红瓦，黄墙黑瓦，乡村小镇是那样的清逸、宁静。天幕苍穹，牧歌田园。起伏的山冈上不时看到耸立的古堡要塞。云在山间缭绕。明镜般的湖泊，像宝石镶嵌在大地之中。

代表团乘坐的奔驰车穿行在美丽的画廊里。活泼的德国司机约翰用光盘放起了奥地利乡村音乐。太阳出来了，雾蒙蒙的天空放晴了，大地更加妩媚绚丽，多彩多姿。有人说，欧洲的田园风光是世界上最美丽的，而奥地利的郊野又是欧洲中最美丽的。这不夸张。说风景如画似乎还不准确，比画还要美。因为这美超出了人的想象力。

中午，我们到达萨尔茨堡边的一个绿篱小院。树下摆着餐桌，一副乡村小饭店的模样。饭店的主人来自广东，打工妹是在奥地利留学的几位中国姑娘。我抢先吃完，拎着相机出去。周围看不见什么建筑，山石挡住了我的视线。因为城市没有高楼，居民住宅都隐在森林里和湖水边。而当我迈步不远，刚刚走出山口，就豁然开朗，一幅真正童话世界的梦幻景色，出现在眼前，让人震惊。

依山亲水的萨尔茨堡之美，是好莱坞电影《音乐之声》介绍给世界的。

率真的家庭女教师和天真的7位孩子，在庭院、在草地、在山坡、在田野、在水畔，放声歌唱，是经常播放的经典镜头。

一位环球旅行家说：我到过世界许多地方，世界还有许多地方我没到过，在我已经到过的地方，无疑，萨尔茨堡是最美的。

旧城的历史气氛，华丽的钟楼教堂，彩色的居民房舍，高耸的豪华建筑，巍峨的要塞城堡，一条如丝带般的萨尔茨河从城市缓缓流过。远处是被冰雪覆盖的阿尔卑斯山脉。

春天繁花盛开，夏天清凉宁静，秋天缤纷落叶，冬天白雪皑皑。音乐、建筑、自然的一致融合，更增加了她无穷的魅力。

考察采访萨市的第一站是著名的米拉贝尔花园。这是一个真正的花开鸟鸣的乐土。

花园建于17世纪初，沃尔夫大主教送给情妇的礼物，几经扩张，形成今天的规模。

花园中央是喷水池，周围是四座雕像。风神高举巨人，土神诱拐植物之女入地，水神带着宙斯的女儿出走，火神拯救父亲于火城。

橘黄、姹紫、嫣红、芍白，怒放的鲜花盛开，形成各种图案。绿篱剪修得如迷宫深巷。橙树排列整齐，一直伸展至小城街口。

喷水池边有两座典型的巴洛克式石建筑。一座是陈列油画、壁画和宗教祭画的艺术博物馆，一座是已改为市政府办事机构办公室的米拉贝尔宫。

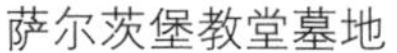

萨尔茨堡教堂墓地

萨尔茨堡市政广场

木椅上，情侣依偎，窃窃私语。草坪上，姑娘围躺，享受着温暖的阳光。沙地上，全身涂成银灰色的艺人，摆放着动作造型，一动不动，供游人拍照，索游人小费……

花园外，近处是教堂拱顶，远处是碉楼瞭望台，极目处是延绵起伏的山峰。白色的城堡墙，在湛蓝的天空中显得格外雄伟醒目。

这是一幅白昼之梦的幻图。

出米拉贝尔花园西门，往北拐，同萨尔茨堡隔路相望的是著名指挥家卡拉扬的故居。这座拜占庭式四层浅黄色的房子，建造得庄重大方，犹如他指挥时的面部表情。屋北院内的小花园里站立着卡拉扬铜像。花园外几步便是旖旎逶迤的萨尔茨河。

过萨河桥，便到了著名的长长弯弯曲曲窄窄的葛特莱德小街，即著名的粮食胡同。这是中古时期萨市居民活动的主要街道，两旁的房屋大部分是13世纪至16世纪留下来的，精致可爱。沿街商铺门面无例外地经营着各色旅游商品。门脸上方式样繁多的商店招牌，古色古香，并多以鲜花衬底。无数来自世界各地的游客，熙熙攘攘，川流不息。

这条街真正让世界知名的，是因为在1756年元月的一天，门牌为9号的3楼上，诞生了著名的音乐家莫扎特。房屋外表呈浅黄色，悬垂的奥地利国旗有3层楼高。对面是微型广场，黄色圆桌插着黄色遮阳伞，供游人休息。往南几步经通道就是萨河。

穿过粮食胡同是旧市集广场。中世纪平民房舍围绕着一个八角形的旧市集喷泉，象征着守护神与凶猛火焰的对抗精神。再往里走，便是市政厅广场和市政厅喷泉。市政广场是旧城里最大的广场，正中央是褐色的四层高大喷泉。建于400年前的喷泉出于意大利雕刻家之手，并且堪称意大利

萨尔茨堡莫扎特广场

本土以外最大的巴洛克式作品。4匹喷水的海骏马，3位巨人肩托着硕大的石盘，位于顶端的海中之王特里东人鱼，正从他的贝壳号角中吹出高高的水柱。

同市政广场左边相连的是莫扎特广场，伫立着青铜铸造的莫扎特纪念碑，在大理石的基座上，镶嵌着国徽，每年数以万计的瞻仰者一睹尊容。右边相连的是神职集会广场，正举行着露天排球赛。

萨尔茨堡旧市集广场街头音乐家

在旧市集广场和市政厅广场的连接处，一位小伙子，长相腼腆但俊朗，正用旧立式钢琴，旁若无人地演奏着。琴前放着一黑色的箱子，推销自己的CD作品，照例10欧元一张。他演奏得流利完整，很投入，很专业。也许这种流浪艺人的身份，更能唤起对莫扎特青年不幸的遥想，显得愤世嫉俗，命运不公。我在想，当白雪皑皑，冬天来到萨尔茨堡时，他还能这样在室外演奏吗？靠此为生吗？

莫扎特故居博物馆

在神职集会广场，则有三吉他组合，听旋律好像是南美曲目。他们一边演奏，一边演唱，非常忘我的样子，也照例售卖自己的光盘。据我所知，在奥地利的维也纳或萨尔茨堡，流行音乐很难进入正规的音乐厅，大多在露天街头。另有演奏者，小号放着弱音器，声音含蓄但富有穿透力。还有一老者，年近花甲，用一把旧小提琴在拉着不知名的曲目，但看起来技巧娴熟。

毕竟，这是音乐之都，音乐的家乡，他们的水平都不低。

徜徉流连在各广场和建筑之间，我认真仔细地观察着。人们说：法国推销的是文化，德国推销的是机器，美国推销的是政治，俄罗斯推销的是军火，伊拉克推销的是汽车炸弹，而奥地利推销的是风景。萨尔茨堡又是奥地利的代表，实在太美了，美得目不胜收，无可挑剔，令人心跳。

然而，萨尔茨堡却被过度商业化了。中世纪浪漫优雅富有激情的房屋，几乎全部变成了旅馆、店铺、酒吧、咖啡屋、快餐厅、百货超市、纪念品售卖点，有的还伸出门脸，占领了本来就狭窄的街面。葛特莱德，变成了商品市场。萨尔茨堡将要告别宁静、洁净、安详。

莫扎特被过度商业化了。在萨尔茨堡所有目之所及，抬眼看到的地方，都是莫扎特。纱巾、T恤、手袋、钢笔、小刀、地图、蛋糕、巧克力，凡是商品都烙上了莫扎特的印记。莫扎特无所不在。莫扎特成为这个城市的唯一。商家都在拼命开发莫扎特巨大的市场价值。

历史证明，对于这位音乐的旷世奇才，上帝的宠儿，过去的城市并没有格外的关照和厚爱，甚至抛弃赶走了这位音乐界的太阳。7个兄弟姐妹，饿死5个。莫扎特备受冷落。贫困、疾病始终伴随着他。傲骨嶙峋，独孤遗世的莫扎特，家徒四壁，饥寒交迫，《安魂曲》没有谱完，便心力交瘁，永远画上了休止符，撒笔而去。安魂的莫扎特没有入殓的棺木，没有安葬的墓地。不是吗？资料表明，现在的萨尔茨堡，见到的只是他出生的故居，却找不到他真正的坟冢。

可是，今日的萨尔茨堡却因莫扎特而格外荣耀。又何止是荣耀。这座不足20万人的小城，每年要接待上千万游客。萨市的其他风景名胜，都因

莫扎特故居博物馆内景

莫扎特贴上了知名商标，得到了深度开发。各种各样的音乐节、音乐会、音乐周、音乐庆典、音乐研讨，名目繁多。各家酒店、旅馆、商铺无不打着莫扎特招牌。莫扎特成了萨市的摇钱树和财富之尊。

萨市社区民宅

也许，这并不是坏事，本身并不为错。世界各国包括中国大陆在内，不都在纷纷挖掘旅游资源吗？过去和现在，对莫扎特如此的反差分明。问题在于，怎样善待奇才怪杰，怎样善待精神财富的创造者，是我们必须认真思考的。

事实证明，社会存在异才。在他们没有成功出名之前，丰富飞翔的内心世界和观察事物的独特视觉，往往不被别人理解。而此时恰恰正是他们创造的黄金期。这样一些特别敏感和有特殊能力的天才，需要宽容和发现，让他们尽情释放，既不捧杀，也不棒杀，更不要等到花儿凋谢了，树木枯萎了，再毫无意义地追悼和纪念。

代表团成员大都走累了，看乏了，坐在旧市广场八角形的喷泉台阶上，有的去了商场购买些纪念品。我有我的理论，出国就是要多看多走，而不是多买多吃。如今中国强盛，什么东西都可以买到，什么食品都可吃到，出访一次欧洲，以人民币计算，除去吃饭、睡觉和汽车上的时间，每天考察采访绝不超过8小时，每小时都价格不菲，不能浪费。有两个地方必须去：莫扎特故居和霍亨萨尔茨堡。我独自一人兴致勃勃地向城堡跑去。

萨尔茨堡是欧洲最大，也可以说是世界现存最大的城堡。11世纪初期动工，直至17世纪才把塔台、碉堡、城墙、战壕等工程完成。完全保持中欧风格的古堡是萨市的标志。在战乱纷繁的漫长历史中，没有任何进攻者能占领它，以致这个城市就以古堡而命名。

拿着门票标出的指示图，沿着陡坡，几经拐弯，穿过侧身才能进入的小门，走入堡内。偌大的内院平坦空寂，生长着盎然茂盛的菩提树。城堡保存完好，兼做兵营、监狱、官邸的防御性建筑，厚重、威武、神秘，非常牢固。牢固得可以隐藏历史。通道中展览着各种铠甲、兵器、火炮，城堡内还有大小多座教堂。各种会室、礼堂、居室应有尽有。在政教合一的时代，这里既是主教寓所，也是政府首脑机关，围绕着权力，这里有多少阴谋、杀戮，有多少争斗、淫乱，只有古堡本身可以作证。因离群自闭而使建筑雄伟，因索居胆怯而使古堡庞大，似乎悖论造就了历史。

我跑步登上桶形旋转楼梯，站在古堡凸出的瞭望台，整个萨市美景尽收眼底：山麓连绵，森林起伏，河流蜿蜒，湖泊如镜，重楼连宇，街道交错。最具特色的当属数不清的教堂钟塔尖顶，耸入云端，刺破青天。弥漫着古老庄重的气氛，闪耀着斑斓熠辉的色彩。

1756年1月27日，葛特莱德街9号，诞生了天才的沃夫冈·阿玛迪斯·莫扎特。当时，他父亲担任大主教乐队指挥，租赁了此楼第三层居住。第一层和第二层归房东。现在，整栋建筑已为莫扎特基金会所有，里边珍藏着属于莫氏家族的著名画像、真迹、手稿以及莫扎特当时使用的乐器。

莫扎特故居楼层不高，走道狭窄，各种肤色的游人很多，因而显得十分拥挤。我仔细地观赏着每件展品。

突然，一位男性老者，胸配证件，热情地问我是不是中国大陆人？我说是。他说他祖籍湖南，台湾长大，姓刘，来萨已经20多年了，是这里的管理员。他说,只要见到中国人，都会特别照顾，尽量多讲解。他说，莫扎特故居展馆开馆120年，展品大部分是仿造的，原物已经收到了地下室，妥善保管着。哪些是原品他知道。他带着我先看了莫扎特邻居的房间，又看了莫扎特父亲的房间，莫扎特用过的钱包、鼻烟盒，以及莫家的桌子、椅子、柜子等家具，还有莫太太用过的提包。在莫扎特居住过的卧房，他四周看了看，让我稍候，等游人少时，可以弹奏展品。他说：这里有规定，游人是不准用手触摸展品的。他向我介绍莫扎特用的第一把小提琴，并小声神秘地告诉我，有一架用象牙和檀木制作的六角钢琴，是莫扎特的真品。莫扎特去世前5个月，就是用这架琴谱写了《魔笛》和《安魂曲》。莫扎特一生有很多谜团，包括突然死亡。他介绍说，莫扎特一直患有严重的风湿性热病。致莫死亡的，据美国医学家分析，是因为贫穷，吃了不卫生的猪肉，得了一种毛虫病，无钱医治而离开人间，不是迫害，同秘密组织没有关系。他指着琴房的纸信说，这是莫夫人手写给莫扎特的。中国党和国家领导人来此参观，都亲手弹奏过这架钢琴。因为我是大陆人，他可以让我也亲手弹弹。他用钥匙打开锁着的玻璃柜门，让我更近、更直观地看琴，并让我轻轻地弹奏了钢琴中低高音键。

他告诉我，少年听莫扎特的音乐，早生智慧；青年听贝多芬的音乐，增加勇气；成年听肖邦的音乐，美化人生；老年听巴赫的音乐，净化心灵……

我被这位台湾同胞的真诚打动着。我告诉他，有机会回去看看，中国的变化实在太大，湖南的变化实在太大。他噙着眼泪，颤声说：如果有机会，一定。

看完莫扎特故居，接着参观了大主教教堂、官邸、陵墓，萨尔茨河两岸风光，以及岸边据说是欧洲最豪华的五星级酒店。

萨尔茨堡，欧洲的绝美之地，真正复述不完的幻觉梦境。

晚霞收尽，天边橘红。我们住进萨尔茨堡新区。旅程不记流水账，但萨市居民小区不得不提。饭后尚早，代表团几人结伴，走出酒店向外无目的散步。但见路面洁净，行人稀少，柏油路通往居民每家门口。绿篱木栅，矮墙花圃，随意地把住户隔开。恬静安详，只听见偶尔过路汽车碾地的沙沙声。房屋一般二层，少数三层，一家一个式样，绝无类同，体现着主人的追求。窗台、阳台、露台、门台，鲜花盛开，争芳吐艳，草坪间有摇篮、秋千、餐桌、阳伞。小区内的咖啡厅，全在户外，白色护栏，白色墙体，白色用具，人们相对而坐，轻声交谈，绝无喧哗。偶遇一位老汉，静静地坐在门口。日本人？中国人。老汉热情高兴地招呼着。我们用生硬简单的英语，愉快地交谈沟通。紧跟着老汉身后是一条高大温顺的牧羊犬。

在居住的小旅馆里，我们再一次领略了奥地利无处不在的音乐。餐厅里摆放着一架古老的钢琴，开始我以为仅仅是个陈设。没想到我们落座用餐时，已经上了年纪的老板娘，熟练地翻着已经发黄的琴谱，坐下弹起了我熟悉的舒伯特小夜曲。她告诉我们，这里几乎家家都有钢琴，人人都能演奏。在萨尔茨堡，这是最为平常的事了。

告别萨尔茨堡，代表团一路向南驶去。

沿路景色依然是可怕的恬静和美丽，令人窒息。阿尔卑斯山顶的残雪尚存，而穿越隧道后，潮湿的空气、和煦的阳光，使得大地植被格外茂盛。起伏的山峦上，古堡、教堂、钟楼、别墅、农舍，红黄黑白，千变万化。间或，成片的森林里，成片的草地上，散放的牛群，悠闲地溜达。陡坡平坡都平整洁净，满眼绿色，如锦似绣。微风吹来，云烟晨雾在山腰缭绕，忽而遮蔽，忽而散开，飒飒松涛，牧歌田园，一派人间仙境，就是一幅刚刚抹完最后一笔靓色的油画，悬挂在天幕上。

欧洲，实在是一个永远复述不完的梦幻，一个总也叙说不尽的童话。

越往南走，地势越加平坦。渐渐地，看到了长势良好的农作物，看到集聚群居的农户。田野耕作仔细，秸秆堆垛统一，麦茬高低整齐，大地一派丰收的景色。总色彩由碧绿变为金黄，这种平原才有的特征告诉我，意大利到了。代表团下一个考察采访目的地是意大利水城威尼斯。

威尼斯水域一角

03 古运河的哀愁

意大利是欧洲历史悠久的文明古国。公元前至今经历了罗马共和国、罗马帝国、意大利王国、意大利共和国。

意大利人作为古罗马人的后裔，民族比较单一。讲拉丁语系的意大利是艺术的天堂，能满足你渴望的奇迹。

也许正是南欧温润的地中海气候，亚平宁半岛得天独厚的山水，加上充足明媚的阳光，浸透着意大利人的心灵，赋予了他们开朗的个性，赐予了他们无穷的智慧。古老的灿烂文明，造就了美丽众多的人文景观。

意大利以璀璨文化著称于世。

现在，整个欧洲最古老的建筑都是古罗马建筑。几乎所有的欧洲语言都不同程度受古罗马语影响。在黑暗的中世纪，国王、神父、封建领主的三重压榨和内战、入侵、宗教三种战争，欧洲大地百业荒废，民不聊生。混乱局面中，宗教砥柱中流，而当时统治欧洲的基督教就是以罗马为中心。在德国皇帝和法国国王支持下，教皇向信奉伊斯兰教的阿拉伯人发起8次十字军远征。基督教红色十字架旗和伊斯兰绿色新月旗进行了长达200年的血腥大厮杀。基督教就是在意大利达到极盛后向欧洲传播的，也传向了亚洲。

按西方说法，早年，来自中亚的雅利安人和印度人混血西迁进入希腊，形成希腊文明。而希腊人土耳其人混血西移进入意大利，在罗马台伯河定居，形成罗马人。后来，希腊偏居欧洲一隅，渐衰，罗马文明后来居上。经统一，分裂，再统一，其间有漫漫1400多年。公元前509年，罗马建立共和国。公元前63年，屋大维成为罗马帝国第一位皇帝。1870年，王国军队攻占罗马，埃马努埃尔二世成为意大利王国的第一代国王。半个世纪后，1922年，墨索里尼上台，意大利进入法西斯专制时代。二战结束，意大利浴火重生。1946年意大利成立共和国。

黑夜在意大利弥漫，黎明也从意大利来临。曙光照耀意大利。至今西方文明基础的现代文明，就是在意大利兴起的，并逐步由南开始，向中欧、西欧、北欧延伸。文艺复兴的意大利成为世界的中心。中国的四大发明，有三大发明在欧洲最先传到意大利。世界最早的远洋航行也是从意大利开始的，自此，才开始有了欧洲和美洲、亚洲、非洲的来往。

虽然意大利被习惯列入西方七国，但进入本土后，你会感到它与法国、德国和奥地利的差别。城市不那么洁净，有嘈杂感。居民的单体住房少了，公寓楼房多了。引人担忧的社会治安，在威尼斯外城，感觉明显。华人售货，因担心被劫，竟在轿车内交易。餐馆也显得拥挤简陋。人们称，意大利是欧洲富人俱乐部里的穷人。不同的是，这穷人有着更多的文化和艺术财富。

意大利人的禀赋是浪漫的无拘无束的天性。他们热情洋溢，放纵自己，追求快乐。正因为他们浪漫热情的个性，才催生了博大辉煌的艺术。

印象中的意大利男人，身材挺拔伟岸，鼻梁高直有力，头发蓬松卷曲，眼睛忧郁含蓄，在阳光的照耀下，宛若雕像，精致细腻，周身散发着力量的美感。而当你看意大利甲级足球联赛时，除欣赏优雅的脚法外，你看到的就是骑士般的勇敢、飘逸、风流、英雄，还有艺术的洒脱。一顿美男的饕餮盛宴。

印象中的意大利女人，丰满性感，俏丽多姿，弧形的眉毛，深情的眼睛，她们总像达·芬奇画中的女神蒙娜丽莎一样，微笑迷人，散发着永恒的魅力。她们虽不像西班牙女郎那般滚烫，但足够火热；她们虽不像法国女郎那样浪漫，但足够时尚。她们轻灵婉转，清艳脱俗，早已在爱的伊甸乐园内，等候致命的邂逅。

欧洲人文主义者一般把欧洲的历史划分为三个时期，即创造了灿烂的古代文明和文化的希腊罗马时期；在基督教会的统治下，充满了愚昧、野蛮的中世纪黑暗时期；开创了人类历史新纪元的文艺复兴时期。这三个重要的时期都几乎发生和长期持续在意大利。

文艺复兴时期是一个人类智慧喷涌，艺术创造力量勃发的非同寻常的阶段。她从中世纪的阴影里走出，为现代世界的崛起确立了舞台，诞生了欧洲继希腊罗马文化繁荣之后的第二个文化高峰。“这是人类从来没有经历过的最伟大的进步变革”，是一个需要巨人，而且产生了巨人的时代，给人类留下了不朽的思想财富和艺术珍品，对人类的文明和进步做出的贡献无与伦比，并给意大利留下了无数的艺术瑰宝。作为欧洲近代科学和艺术的发源地，意大利的名胜古迹和艺术珍品不可胜数，整个国家就是一个宏大的博物馆。

我们去意大利的第一站是水城威尼斯。中巴车沿着长堤行进。左面是铁路，右边是公路，尽头是火车站。我们没有从车站过桥入岛，而是先坐船从岛外水路驶往圣马可港。

当离陆地出海湾，遥望水城时，简直难以想象，波涛汹涌的大海上，竟有无数岛屿漂浮在浩瀚无际的水面上，白墙红瓦的各式建筑以及停泊在浪潮中巨型邮轮，让你感到进入了另一个星球。雄伟高耸的教堂，宽阔曲折的运河，星罗棋布的河道，小巧玲珑的宅第，穿梭交织的渡船，气势非凡，叹为观止。你也许赞叹自然的神奇，前人的伟大，但你更赞叹水城历史的沧桑。

正如拿破仑所说 ：“威尼斯是一座举世罕见的奇城。”

狄更斯这样评价威尼斯：一座庞大、朦胧的建筑，气息芬芳；因香烟而黯淡；因金银宝石的宝藏在铁栅后熠熠生辉而价高；因已故圣徒的尸体而神圣；因彩色玻璃的窗户而呈现彩虹的色调；因雕刻的木头和色彩的大理石而昏黑；因它的高度之大和距离之长而默默无闻；因银灯和闪烁的灯光而耀眼；到处是虚幻、怪异、庄重、不可思议。

其实，在欧洲中世纪的漫漫长夜中，威尼斯最早苏醒。她睁眼看世界，最先迎来新时代的曙光。在航空、陆路尚不发达的时期，一船又一船的粮食、布匹、丝绸、皮货、珍珠、宝石、香料、皮货在这里停泊、转运，成为地中海的贸易中心，商人朝拜的圣地。在市场大潮的冲击下，她挣脱了封建桎梏，大步快步走向了共和，并成为地中海的霸主。

经历了千年发展，到11世纪已经成为一个强盛的国家。海上霸权，相互战争，政治利益的你争我夺，土耳其、法国、奥地利、西班牙、意大利几经归属，丢弃土地，海上失势，宗教入侵，权力旁移，严重瘟疫，威尼斯17世纪开始慢慢走向衰落，从此一蹶不振，彷徨不安。

被称为欧洲客厅的威尼斯，是一座真正有独特韵味的水上城市。400多座迥异造型的桥梁，把180多条曲曲折折的水道，120多个大大小小的岛屿联为一体，是亚德里亚海上一颗耀眼的明珠。

令人想象不到，导游小王带我们去的第一处是生产玻璃器皿的作坊。

威尼斯最出名的产品穆拉诺的玻璃器皿，是当地的一项独特技艺，已有700多年历史，在世界上颇负盛誉。七拐八弯，经过一座小桥，我们来到了一座小楼房。

在这里等候的是一位穿着西服，长相俊美的意大利男人，30多岁。手里拿着自以为时髦，实际在中国早已被淘汰，很少有人使用的摩托罗拉大手机，不时在通话。后来，我推测是在告诉作坊后的商店准备好揽客。他不停介绍着威尼斯玻璃的制造工艺，并指挥工匠们示范。

一位年长的工匠，手持一根带钩的长铁杆，把玻璃料运进火炉中，另一位稍年轻的工匠开动鼓风机。原料很快烧红，年长工匠便把铁杆末

穆拉诺玻璃器皿技师

威尼斯圣马可广场

端放入嘴中，一边吹，一边用钳子整理造型，不一会，一只玻璃瓶便吹造成功。

据介绍，这种吹玻璃的祖传工艺，传男不传女，大约要有10年以上的吹制经验，才能成为独立操作的玻璃制造师。

表演完毕，拿手机的男子把我们往楼里带，并上了二楼一个大厅。这里实际是一家商店。吊灯、水杯、花瓶、果盘以及各种鸟兽花草等玻璃制品，可谓琳琅满目。我注意到，当我们一群人进去后，大厅沉重的双扇拱形木门被慢慢悄悄关上。这使我想起莎士比亚笔下的威尼斯商人。要宰客。我和另一位同行使了个眼色，借口去洗手间，在木门没彻底关上之前溜了。在其他人被关堵住购物时，我俩钻进了魔窟般的胡同、运河，尽情徜徉。但不敢走太远，因为没有导游，很容易走失，找不着北。

徒步没有汽车噪音的威尼斯市区，犹如迷宫，不熟悉的外地人是走不出特定旅游区的，一旦记错道路和小桥，就很难回到原地了。因相当一部分居民已经迁徙外地，不少陈旧的房屋，无人居住。倒是沿街铺面的小商店、小饭店、小旅店，极具特色。

当我俩回到代表团中间，得知不少人上当了，其中一名女同行，用相

圣马可教堂前厅

当于1500元人民币的价格，买了两只红色小酒杯。拿大手机的男人告诉她是水晶的，其实就是玻璃的。她被骗了。她中了“美男计”。

出了玻璃作坊，我们来到了圣马可广场。经过许多年才建成的圣马可广场，原来是教堂前的一块空地，12世纪起，一直是威尼斯的政治、宗教和日常生活中心。庆典、游行、狂欢、斗牛以及处决犯人都在这里举行。广场的周围散布着文艺复兴时期气势磅礴、精美恢宏的建筑和宫殿，长长的廊下是各色著名的店铺和咖啡馆。广场矗立着钟楼，顶端金光闪闪的天使雕像作为风向标。以前曾作为灯塔，以后不仅标示小时，还标示月份以及星座，对水手又可指明海潮及出航时刻。另一侧是供奉威尼斯保护神融和了东西方建筑特点的圣马可教堂。

始建于公元832年，享有“世界上最美的教堂”的圣马可大教堂是广场最宏伟、最耀眼、最独特的建筑，为了隆重纪念马可的遗体而特地修造的。教堂五座半圆形大门上方有五幅制作精美的马赛克图画，反映了当年人们怎样将圣马可遗体从异教徒中抢回抬进教堂的情景。

《圣经·新约》记载，马可是耶稣传教时的12门徒之一，著有《马可福音》。据说罗马发生大火，全城几成灰烬，尼禄皇帝嫁祸于基督徒并残酷迫害。马可这时写书，对基督徒们顽强的抗争以精神力量。马可因传教被斩首后葬于威尼斯。人们为了纪念他，广场得以命名。

威尼斯海边亲吻的情侣

广场上游人如织，成群的鸽子遮天盖地，飞来飞去，争食游人买来专门喂撒的玉米，咕咕咕叫个不停，成为这个广场独特的景观。

教堂外观结构复杂，东西合璧，内饰繁冗精细，富丽堂皇，灿烂瑰美，难以描述。据说历经重建，用了300年时间才最终完成。其工程浩博，可想而知。

特别值得描述的是教堂正门的上层中央，有飞跑自如的金色铜马。威尼斯人在13世纪十字军东征，从君士坦丁竞技场取回后，曾被拿破仑掳掠到法国，安置在巴黎广场多年。拿破仑战败后，又重回威尼斯。从那时到现在，一直都在教堂上，象征着威尼斯的传统与权力。

水巷码头歌唱的年轻人

教堂内部建在一个稍高的平台上，中殿内殿本身就设计成十字架形，空、大、静、暗，地板、圆柱、墙壁均为名贵大理石。上半部墙壁与圆形屋顶上，用黄金和马赛克拼成画，格外闪亮。最令人赞叹的是圣洗堂内《耶稣的洗礼》和《萨洛梅的舞》。圣像屏、主圣坛、圣体柜、黄金坛都神圣肃洁，无与伦比。

执政官宫即托卡雷王宫朝向小河道的部分，有执政宫、法官院、参议院、法院与监狱。这座历任统治者居住的官邸，现已改为博物馆。而连接王宫和监狱的凌空小桥就是著名的“叹息桥”了。

桥是白色大理石砌成的走廊，半圆顶，方窗，下面是狭窄的水道。作为走向刑场的必经之路，多少年来，不知道有多少囚犯从桥上走过，透过窗户镂空的小孔看外面的世界，同桥下船上的人诀别。等待他们的将是黑暗与死亡。追悔、怨恨、愤怒、绝望，百感交集也许都化作了喟然长叹。这个催人泪下、令人沉思的桥名一直流传至今。在广场旁沿海的大街上，也能看到这座桥。当落日余晖，晚霞万丈时，威尼斯上空一片金黄，几对

威尼斯运河的羊肠小巷

青年男女在此长时间亲热接吻。按传统说法，在这里热吻，标示两人的爱情海枯石烂心不变。

也许叹息桥如今已不再叹息，留给游人的只是思绪的反差：人间和地狱只有一步之遥。

圣马可小广场面向大海，靠水边入口处，高竖着两根石柱，用从东方掠来的红色花岗岩铸成。东侧的一根顶端挺立插着双翅的青铜雄狮，相传是马可的坐骑。于是，威猛翼狮便成了威尼斯的象征。西侧的一根顶端是威尼斯以前的守护神圣西奥多雕像，拿着盾牌站在一条龙身上。广场上有大片整齐成排的露天音乐茶座，大型乐队演奏，并配歌手伴唱。

代表团预定租了一条小船，从圣马可广场出发，沿着弯曲的河道，寻觅探幽消失的历史。小船呈黑色，月牙形，两头翘，头尾尖，身狭长，只能一人用单桨划行。人们给这为威尼斯增添灵气的小船取名“贡多拉”。

在威尼斯当贡多拉船夫，因收入丰厚，是个不错的职业，但要经过半

威尼斯叹息桥

年以上的培训，严格考试合格后，才能领到执照经营。在密如蛛网的河道中，灵巧掌控贡多拉，是件很不容易的事情。

为我们驾驭贡多拉的船夫，30多岁，身穿统一的黑白横条纹T恤、黑裤，系一条红腰带，显得职业、热情而干练。他一头金棕色的卷发，身材魁梧，棱角分明的脸颊表情很酷，沿路不断地用英语解说。他特别强调，这条船是他父亲留给他的遗产。他父亲是水城著名的水手。很自豪的样子。

乘着“贡多拉”，顺着运河道羊肠小巷阅读历史，沧桑感油然而生。被污水浸泡过的老屋，已是风烛残年，摇摇欲倒。许多楼房已经歪斜，墙体破旧，门窗紧闭，无人居住。河道散发着霉味。政府虽然全力抢救，因旅游收入实在难以支付建筑拦海大坝和维修旧房的巨大费用，小巷依然空着，老楼依然浸着。白天的海浪，夜晚的潮汐，每日冲击着淹没着这座无奈的城市，尽管人们早已发出呼喊：拯救威尼斯，但涛声依旧，状况依旧。难道历史从这里出发，还会在这里结束吗？叹息桥在叹息。

贡多拉行至许多小巷民宅码头，不时看到有年轻人弹着吉他，面对着河水，在嘶哑地演唱。墙边，几位姑娘坐在那里无所事事的，什么也不干，就是傻笑着，和游人挥手打招呼。只有贡多拉船夫嘹亮的歌声，打破了水城的犹豫和忧郁，还有苍凉，在残垣旧壁间回荡。水道中，小船不时驶过写有标牌的名人故居，其中包括中国人所了解的马可·波罗。

小船悠悠，不知转了多少弯，穿过多少小桥，出水巷，来到著名的大运河。

作为主要街道，大运河将威尼斯一分为二。运河两岸屹立着许多精致豪华体量不大的宫殿和教堂。达里奥宫、巴尔巴里格宫、格拉西宫、雷佑尼科宫、达莫斯托宫、贝莎罗宫、黄金宫……这些金碧辉煌的楼厦，现在有的改为赌场，有的改为艺术陈列馆、美术馆、博物馆，有的改为画廊或挪作他用。这些宫殿的共同之处都建在水中，基础是打入河底的无数根木桩。

大运河中央是全市最著名最宏伟的单孔利亚德桥，桥西边是威尼斯人最早居住的地方，最早的蔬菜果品和鲜鱼市场，最早的市内码头，最早的经济新闻出版物售卖地。莎翁《威尼斯商人》的故事就发生在这里。桥上两边是人行道，中间是商店。

粗览岛内外，你就会感到：水城被水淹，整个威尼斯在沉陷，且无可挽回。

海水无情的腐蚀和淹没，近三成的岛屿如同游魂，不知不觉地消失了。这种状况随着全球气候变暖，冰山融化，海平面升高，会日甚加剧。加上地基下沉，河道淤塞，环境污染，很多昔日豪华繁荣的建筑，残壁断

威尼斯运河往日精美豪华的宫殿

垣，岌岌可危。工业生产技术的衰退，商业中心地位的转移，使得威尼斯失去了往日的创造力，人们只能在服务业上求生存。威尼斯献给世界的价值或许就是旅游者的好奇，一种怀古的情绪。

在广场、在桥头、在运河畔、在水巷边，群鸽齐飞，翱翔于蓝天白云间和浩瀚的大海上，仿佛从遥远夜空降临的古代精灵。教堂的钟响，悠长连绵，动人心弦，仿佛是白发苍苍的历史老人向你讲述难忘的古代往事。

据统计，10年间，威尼斯遭受了50场严重水灾，城市积水最深时高达2米。每年风季，海水都要进城，交通中断，广场一片泽国，咖啡厅的座椅漂浮在水中。人们只能靠手机保持着彼此间的联系，生活变得一团糟。联合国教科文组织对这一世界文化遗产，多次发出警告：威尼斯正面临着气候变化导致海平面上升的威胁。

高频率水灾是威尼斯人心头挥之不去的噩梦。

为唤起外界和政府对威尼斯未来的关注，当地居民甚至举行了“城市葬礼”。

2009年11月14日，人们把粉色的棺材放在船上，沿大运河顺流而下。棺材上装饰黄色的鲜花，河岸两边居民朝小船呼喊致意。小船停在威尼斯市政大厅前，把棺材抬上岸，一位演员戴着魔鬼面具高声诵喊：“威尼斯，已经死了，你太累了。”随后，他们打碎了棺材，并打开一瓶又一瓶的白葡萄酒，向人群喷洒。

人们对当局呼吁，如果不采取有效措施，威尼斯即将成为一个城市幽灵，并最终灭绝。

威尼斯利亚德桥

事实上，威尼斯居民正在锐减，人们纷纷逃离。有人统计，按近几年的速度，30年，也许更快，威尼斯将变成一座“空城”，一个仅有旅游者的“露天摄影棚”。

但愿威尼斯在海洋和历史的相遇中，能恒常不变地保持活力和吸引力，能不断续写更加美丽魔幻的水城童话。

第二天接着去罗马。我们住在威尼斯城外一个中国人旅行相对集中的一个不大的酒店。

这酒店早餐，给我留下了终身印记。

一般来说，一个国家的经济发展水平，游人从目击到的情景是可以判断的。

明显，意大利比奥地利穷。住房小，阳台上没鲜花。庄稼多，城市化水平低。森林少，土地植被差。我们入住的酒店，设备条件相对简陋。那天晚上，不仅饭店街面杂乱，甚至大家没有吃饱。

早晨，因起床后写笔记，到地下室餐厅稍稍迟了一小会儿，简单的自助餐已经所剩无几。一碗稀饭，一块面包，一个包子，一个鸡蛋。因十分饥饿，我慌不择食。当我用叉子叉着鸡蛋往嘴里送时，咬得太快，鸡蛋又小，只听“咔”的一声，牙咬鸡蛋咬过了，咬到了金属叉上，中间下门牙的一小块掉到了餐桌上。下牙有了一个豁口，还有3颗明显松动，疼痛难忍。我捂着嘴，站了好一会。至今，这个中间下门牙齿缺口仍然健在，成为访问意大利永远的伤痕。

母狼和男婴

04 台伯河的永恒

佛罗伦萨 Florence
梵蒂冈 Vatican
罗马 Rome

去罗马前，虽然有思想和知识准备，在路途中仍然疑问重重。

开往罗马的汽车，形单影只，区区几辆。开出罗马的汽车，鱼贯成行，蜂拥不绝。有的汽车上驮着小船，有的汽车后拖着游艇，有的汽车背挂着自行车，有的汽车尾拉着房车，共同点却都是往北，同我们向南恰好反方向逆行。

他们都去休假了。

城里商店关门，路人稀少，却给中国商人创造了机会。商店，如果是卷闸门，半拉着；如果是玻璃门，半掩着；有人购物，先关门，再做生意。完毕后，再半拉半掩。在意大利休假日，是不允许营业的，别人关门你营业，是不公平竞争。中国商人主意多，干脆把售卖物品放在汽车里，运动式经营。中国人休息是为了更好地工作；而欧洲人工作，大多是为了有时间和金钱能更好地休息。意大利人工作的突然停止，会有一个法定而神圣的理由：休假。因此，勤劳节俭的中国商人，往往比意大利商人更富有，也更容易遭到攻击和抢夺。这种情况在欧洲比较普遍。

其实，意大利人比瑞典、德国等西北部的国家经济状况差得多。我想，一半人口出国休假，或许并不适合意大利国情。

罗马，自古以来，就是帝王的权力中心和艺术家的天堂。她是那样完美地表现着人类史上无与伦比的辉煌岁月。历史，给这座城市留下了无数的文物古迹。配上神话般的传说和故事，更加吸引着人们的目光，令人们向往。

德国思想家歌德曾说："罗马是我的大学，谁看见过罗马，就看见过了世界！"

罗马，世界最大的博物馆城市，一座现代化的古城，一座历史的迷宫，每一处都是教科书，有述说不完的往事。

熟悉她，会使你满腹经纶，学富五车。走进她，有最璀璨的宝藏等你挖掘。形容她，你会无言以喻。感觉她，一个词便油然而生，那就是永恒。

在我们前往罗马市中心的路途中，在许多建筑物上都看到同一造型的雕塑：两个光屁股男婴，半蹲在一只母狼的肚皮下，仰头吸着狼的乳汁，憨态可爱。

这是罗马的标志，事关罗马的起源。

特洛伊王被希腊人打败，后代流落到意大利，建立了城镇。子孙们为王位，发生争斗。弟弟取代了哥哥的统治，并杀害了侄子，逼侄女当了女祭司，终生不得婚嫁。

但女祭司却奇迹般地生下了一对孪生儿子。双胞胎被装在篮子里扔进了台伯河。篮子漂到岸边，一只母狼在河边饮水，慈爱地用舌头舔干了孩子身体，用乳汁喂养他们。后来，兄弟长大后，在河边建造了城市并起名

罗马纳沃纳广场

罗马特里托内海神喷泉

罗马，意为永恒之城。为了铭记这一事件，罗马的城徽就是母狼哺乳两个男孩。

当我们渐渐靠近罗马时，初始的感觉并不好。

城市郊区比较乱，很像中国的乡镇集市，售货摊点很多，且杂乱无序。汽车随意停放，行人随意走动。人们居住的公寓式楼房显得低矮和陈旧。草坪树木不多，整体颜色是土黄的。街道也不整洁，沙路、石路、水泥路、沥青路，间或穿插，路边甚至摆放着乱倒的垃圾。

社会治安也令人担忧。导游不停地提示我们，看护好自己的包。兜售商品的华人，汽车里竟放着大砍刀。这种状况，越往南走，越发感到明显。

真正身临其境时，你会感到罗马给人突出的印象是四多：

一是教堂多。文艺复兴时期各种风格的教堂宫殿和修道院可以说满目皆是，壮丽雄伟。有人说，罗马是教皇统治时期留给后人的大理石教堂城。罗马的标志性建筑几乎都是教堂，但凡看到有脚手架在施工，肯定是在维修教堂。教堂，是罗马的形象。

二是雕塑多。广场、公园、街头、庭院、屋顶、廊檐、私人住宅和办公大楼内，林林总总的雕塑，千姿百态，迥然挺立。如走在马路上，或在建筑物之间，突然会有一座雕塑站立在你面前，充满着诧异感。有人说，在罗马有两种人：血肉之身和大理石青铜之躯。雕刻家不但以娴熟的技艺表现人物心理，也能细腻地处理如丝的外部细节。有的雕塑已经上千岁了。雕塑，体现了罗马人的精神追求，是罗马的饰品和特产。

三是喷泉多。上万座喷泉给古城增添了妩媚的色彩，或取材于神话，或取材于圣经，或取材于想象，每一座喷泉都是精致的艺术品，都有一个美丽动人的传说。水，增添了灵动，增添了秀美，增添了情调，增添了韵律，使罗马显得轻柔而聪慧。喷泉，是亚平宁文化的一大特色。

四是古迹多。持续了几十个世纪的昌盛和衰落的循环，给帝国留下了无数伟大的历史遗迹和稀世瑰宝。破败里透出了当年的高贵，废墟里埋藏着昔日的荣耀。现代化的大厦旁，会有保存完好的古建筑相伴，无时不在向你诉说罗马曾经有过的辉煌和神圣。古迹，是罗马的历史见证。

纳沃纳广场，罗马的掌上明珠，城市最大的广场之一。夏天，地中海的太阳已不那么温柔，变得炙热难耐。顶着烈日，到达罗马后第二天就去了昔日的竞技运动场和军事演习场。转过几道碎石路，在几座民房的拐弯处，我们看到广场仍然保持着原状，椭圆形跑道比体育田径场更瘦长，只是地面变为了黑色。广场有3座喷泉一字排开。两边的，一座叫海神喷泉，一座叫黑人喷泉。中间喷泉是伊索神话故事，贝尔尼尼的作品。他把喷泉池做成方尖碑的基础，4个喷泉，分别代表着尼罗河、恒河、多瑙河、拉普拉塔河。广场周围矗立的全是宫殿和教堂，比较著名的是阿科内圣河涅塞教堂。只是可惜，教堂不开放，外面搭建的全是脚手架，在维修。而宫殿前摆放着桌椅和遮阳伞，都开着咖啡吧，还有一些旅游品小卖店。在刺目的阳光下，广场上空无一人。

罗马最古老的万神庙

从纳沃纳广场前往万神殿，经过玛达玛宫，一座富丽堂皇、庄重雅致的17世纪建筑，现在的参议院大楼。虽是白天，黑灰色的楼内依然亮着灯光。门口站着全副武装的士兵，我们站着和他们合影，乐意配合。

经过智慧宫，即原罗马大学所在地。这所世界著名的综合性开放性大学，注册学生有20万名之多。这里只是早期的旧址，在宫殿多如牛毛的罗马，从外表上看不出什么特别之处。宫名起得倒是比较贴切和恰当。智慧宫现在已经成为国家档案馆。

万神殿是唯一保存完整的罗马帝国时期的建筑物。

罗马许愿泉

经历了近两千年沧桑巨变，竟完好如初。作为供奉宇宙主要神祇的神殿，后来改为教堂用以供奉殉难圣母。罗马风格和雅典风格完美结合的杰作，至今巍然挺立，肃穆庄严，特别是没有支撑的拱顶整体建造，为建筑史上的奇迹。据说是世界上最宏大的墙壁穹顶，表现出古罗马建筑师们高深的建筑知识和精确深奥的计算技巧。圆顶端有一露天圆口，犹如一轮明亮的太阳，照耀着殿内大理石砌造的多个像龛。在这个撼动人心的空间里，几何被净化了，被赋予了深邃的意境，寓意所有的祈祷都能自由地飞上天庭。

意大利统一后，万神殿成为国王的陵墓，同时，埋葬着一些伟大的艺术家。其中，最重要的人物是拉斐尔。他以钦佩的心情和毕生精力研究古代建筑奇观和遗迹。在那个产生天才和巨人的时代激励着他以及他们，疯狂、睿智、痴迷、辛勤地创作，焕发出无限的激情和张力，涌动着不竭的灵感，产生无数旷世绝品，令人尊敬和崇拜。拉斐尔被授予罗马周围10公里范围内的全部文物建筑和古迹的绝对自由处置权。年仅37岁的他，去世前的最后愿望是长眠于万神殿。于是，弟子们根据他的画作，在他的坟墓前塑了雕像：巨石圣母。

而拉斐尔坟墓前的碑文，颇为耐人寻味："此处埋葬的是那一位拉斐尔，当他活着的时候，深怕万物之母大自然胜过于他，但当他将死的时候，又怕自己即将死去。"

庙里周围有多座壁龛，分别埋葬着画家、建筑师、主教、国王和王后。

罗马威尼斯宫

罗马素以钟灵毓秀的喷泉著称于世。

在帝国和文艺复兴时期，教皇都修筑水道建造喷泉。于是，各街道广场、教堂宫殿前布满喷泉的罗马，又成为喷泉之都。模仿罗马喷泉的创意形态，直到现在还影响着欧洲和世界。

离开万神庙绕道台伯河边的天使城堡，我们来到了特莱维喷泉。这是罗马最著名的喷泉。特莱维是三岔口的意思，按传说，又称为少女喷泉，因喷泉寓意，又可称为许愿泉。

喷泉池呈石黄颜色，建在一座三层高的海神宫正门前。只见海神站在海贝上，海贝由两匹海马牵引，一匹驯服，一匹倨傲，象征着大海的平静和汹涌。墙头4尊少女雕像，代表一年四季中美妙的春夏秋冬。喷泉浮雕讲述着传说：一位少女给一群打仗胜利归来而饥渴难耐的士兵指引清澈喷泉水源地。

据说在离开罗马之前，若背向喷泉投掷硬币并心中许愿，一定会重返意大利。喷泉前，游人如织，连站着拍照的缝隙都没有。碧绿的水池中，亮闪闪的硬币铺满池底。我也投了一个欧元硬币，并祝愿有机会再来。

喷泉旁边古老狭窄的街区里面，静静地矗立着据说是欧洲最华丽的私人宫殿，而我踱步观察，从外表却看不出灿烂之处。

然后，驱车去罗马最大的威尼斯广场。意大利各种国家庆典活动均在此举行。弧形对称，白色雄伟的建筑是为了纪念意大利第一位国王和意大利独立而建造的，全部采用大理石做材料，耗时26年，也叫“祖国祭

罗马威尼斯广场

坛”。中央高大的圆形座基上，是威武神圣的国王骑马铜像，下面是无名将士墓和浮雕。铜像后面隆起的长廊竖立着20根粗壮的圆柱，分别代表意大利20个区。广场上鲜花盛开。

广场右侧是大名鼎鼎的威尼斯宫，一座赤红的三层楼。早年是各国驻意大使的官邸，现在是博物馆。威尼斯宫殿从外表上看十分平淡，却是意大利许多重大历史事件发生的地方。法西斯统治时期，臭名昭著的墨索里尼曾经把办公机构设在这里，常在中间凸出的小阳台上，向民众发表演说。轴心国战败后，墨索里尼又是在这里被处决。“那是一段历史”，意大利有人这样说。

屹立在山丘之间凹地上的露天竞技场也叫弗拉维奥剧场，或称科洛塞和斗兽场。科洛塞，意大利文是巨大之意。4万奴隶耗时8年，用当地产的白色大理石建造。

这一宏伟建筑呈椭圆形，240个大小拱门结构保证了建筑的牢固性，样式开创并奠定了运动竞技场的基本造型，一直影响到现在。场地可容纳8万名观众，座位分为3个区域。第一层第一区属贵族和元老，第一排是皇

罗马斗兽场内景

帝专座。第二层是市民座位，第三层是平民座位。野兽动物和角斗士以及角斗士之间的表演厮杀在这里持续了近500年，真令人悲感交集。

为了满足皇帝残忍的荣耀和民众卑鄙的欢乐，无数奴隶角斗士为了获得自由在这里丧生。据说，仅在一次斗兽中，就同时放入场内100只狮子。吼声震天，吓坏了在场所有的观众。竞技场竣工的庆祝活动持续了近100天，上百名角斗士死亡，杀兽5000多头。

仿佛是遭受历史的鞭挞。到中世纪，角斗表演和斗兽竞技被废除，竞技场改为城堡后，成了挖取建筑材料用以建造教堂和宫殿的场地。这种损坏持续了几百年。

摧残和被摧残，成为无法抗拒的轮回。

灼人的阳光下，我围绕竞技场走完一圈，在专门运送动物和角斗士的小间和信路踱步，在巨大的拱形门廊下流连，在场内底层竞技表演平台上的木板通道上一再观察体味，并跑到了最高层。

放眼望去，高耸的石墙残缺不全，黑褐色的场地十分荒凉。空荡荡，凄惨惨。一块厚重浓滚的乌云遮住了日头，意欲要压倒这冷傲、败落的石头堆架，让人感到一股血腥的杀气，毛骨悚然。也仿佛看到奴隶们持盾、挥剑，与凶猛的野兽作殊死搏斗，仿佛听到了斯巴达克思们那绝望惨烈的嘶叫。

也许这是古罗马历史上最耻辱最黑暗最野蛮的一页。残墙断石，犹如角斗士们不死的灵魂，正在宏大的废墟中游荡。

出竞技场侧面便是静静站立的三拱君士坦丁凯旋门。庄严华贵的凯旋门是元老院和罗马平民大会为讴歌君士坦丁大帝辉煌战绩而决定兴建的。为保护古迹，凯旋门已被铁栅栏保护起来，不能靠近细看上面那精美绝伦的人物浮雕，也难以听到决战后军队取得胜利的欢呼。凯旋门的周围是低矮的山丘，帷盖般的古树。

竞技场和凯旋门的不远处一片起伏的山丘，就是著名的罗马市场。

废墟中，有数不清的石碑、廊柱、祭殿、会堂、庭院、花园、广场、雕像、神庙以及仅凭想象力难以说出名字众多的宏伟建筑。

这个庞大的建筑群充分展现了罗马帝国强盛时期的面貌，是整个城市政治、宗教和商业中心，创造了人类城市建设史上的典范。透过市场，穿越历史隧道，你可以清晰地看到当时罗马帝国的强大、奢华和征服世界的勃勃雄心，以及罗马艺术、历史、宗教崇高的精神境界和超前的空间创意。

君士坦丁凯旋门

古罗马市场

广场建设历经300多年，各时代标志性建筑，独特、异奇、宏阔、雄壮、豪华，尽显往日荣耀，也目睹了罗马无奈的衰落。

站在高丘，鸟瞰这阒寂无声的一切，我感慨三千年的时光，转瞬即逝，而历史旧址，却宛然在目。这里曾是人类文明的发源地，西方文化、货币、度量以及完备的国家形态和法律制度都产生于此。罗马帝国灭亡后，广场多次遭受入侵，财宝被掠夺，建筑被毁坏，典籍被践踏，大地满目疮痍。现在留给世人的，是荒草冷月，断柱残石，颓垣碎瓦，废墟遗迹，一片土黄色的雄壮悲凉。

圣彼得大教堂内景

05 至高无上的尴尬

梵蒂冈作为罗马市内有独立主权的城中国，面积小的只有几个足球场大，却拥有巨大的权力，无比的荣光，是世界天主教的中心。罗马主教因驻在帝国首都，凌驾于其他各主教之上，天长日久，势力强盛，被称为“教皇”。

在这个政教合一的国中国里，教皇是元首，终身统治着子民，同时又是“基督在世代表”，是天主教会的“精神领袖”，集立法、行政、司法、外交四权为一身，至高无上。梵蒂冈有自己的银行、通讯和邮政系统，还有媒体。穿着米开朗琪罗设计的服装，列队相向站立的瑞士卫兵，是广场上稍显活泼轻松的一道风景线。

到梵蒂冈主要就是看圣彼得广场及其教堂。我们是从侧面沿街的柱廊进入梵蒂冈的。

圣彼得广场由椭圆形环廊怀抱着，象征着教会拥吻万民。环廊由316根方圆柱组成，上面有140座圣人雕像，蔚为大观。广场有两座喷泉，一座方尖碑。银花飞溅的喷泉是广场最后完成的作品。方尖碑从古埃及运来，顶上是耶稣受难的十字架造型。喷泉方尖碑之间地面上嵌着圆形大理石。站在大理石上观看四周长廊，有意想不到的透视效果：四排圆柱变成了一排。

在重大节日，广场有庆祝活动。教皇头戴三重冠，身着披肩，站在教堂中央的阳台上，向信徒祝福。此时，全体信徒会纵声欢呼，接着屈膝下跪。尔后，钟声停止，歌声休止，广场上一片寂静。福，降临了。

然而，近年来教皇不断遭遇“尴尬时刻”。

历史上，曾有教皇荒淫无度，胡作非为，被愤怒起义的罗马人赶下台。曾有教廷内部尖锐的纷争，买卖神职，一度出现“三皇鼎立”。曾有无力应付流氓和亡命徒的进攻，只当了20天就宣布退位的教皇……

不久前，因牧师虐童性丑闻，使教皇又陷舆论风暴中心。有媒体放言，逮捕教皇。

有人对罗马天主教的信仰产生了危机。越来越多的人在不否认教皇地位的同时，开始用普通人的角度审视教皇和教廷。

一位大学教授说，教会亟待改革，那些散发棺材味的旧制度就像精美大餐搭配生锈刀叉一样，已经不合时宜。

沿广场和教堂中轴线，延伸着和解大道，加上旁边的图书馆、博物馆、美术馆、画展室和宫殿，构成几何线条分明的巨大恢宏完美的建筑格局。各群堂内，有乔托、拉斐尔、达·芬奇、米开朗琪罗等大师尽善尽美的杰作，其中以《创世纪》和《末世的审判》最为著名。

圣彼得大教堂是全球天主教最大的教堂，也是建筑上的一大奇迹，本身就是一座瑰丽无比的艺术殿堂。考古发掘证实，教堂的宗座祭坛恰巧建立在耶稣使徒之首的彼得殉教和埋葬的地方之上。

在120年的修复建造过程中，文艺复兴时期几乎所有非凡的天才建筑大师，都参与了教堂的设计装饰。有的甚至为此贡献了一生的精力、智慧、激情。

这是多少世纪以来绝无仅有的伟大建筑。

米开朗琪罗《圣殇》

圣彼得宝座

宽阔的大厅内，肃穆、神圣，游人有秩序地排着队，全神贯注听着虔诚而轻声的解说。

穿过祈福廊下的高大中门即可进入前厅。教堂有5扇大门，最右边是“圣门”，25年才开一次，最左边是“死亡门”。

一进大门的地上，有刻录教堂长度的数字，接着依次记嵌着世界其他大教堂的长度。

教堂内部又有若干小堂，一连串的大厅，到处是雕塑绘画，栋梁四壁和天花板金碧辉煌，光彩夺目。

我不信教，但却被如此宏大精美的建筑所震撼，甚至感到晕眩。心灵也经受了一次洗礼，对文艺复兴时期崇高的历史评价，有了切身感受。

怀着敬畏的心情，依次仔细观瞻教堂里的稀世珍宝：

——米开朗琪罗的组雕《圣殇》。圣母搂扶着圣子，容貌年轻和蔼，充分展示了母爱的温柔，呈现出无限悲哀而不得不顺从上帝的表情。圣子面部侧天，双目紧闭，宛若沉睡。圣母圣子完美地融合在一起。

——贝尔尼尼制作的圣彼得宝座。上方是旭日般的荣耀龛及象牙状木椅，两位小天使手持着开启天国的钥匙和教皇的三重冠。后背放射状的纹路镶嵌在黄白彩绘上，恰似一轮光芒万丈的太阳。圣主和教会的祥辉普照大地。

——米开朗琪罗一生传奇艺术巅峰之作的教堂穹顶。穹窿是全罗马的

明信片上的梵蒂冈城

制高点，任何建筑高度都不准超过它。支撑圆穹巨柱的下方是庄严的圣彼得青铜坐像。虔诚狂热信徒的亲吻，使铜像的双足被磨得锃亮。站在巨大的圆穹顶下，更显教堂规模的宏伟和壮阔。

——贝尔尼尼雕刻的青铜华盖。打破了雕刻、绘画和建筑的界限，造成了梦幻般的视觉效果。五层楼高的华盖由四根螺旋形铜柱支撑，前面的半圆栏杆上永远点燃着99盏长明灯，而下面皇宗座祭坛，只有教皇可以在祭坛上举行弥撒。

——拉斐尔的绝作镶画：耶稣圣容……

随着指引，跟着人群，我们参观了教堂地下墓遗址和圣彼得墓。

我感到：

圣彼得广场是独一无二的，但周围环境缺乏过渡；

圣彼得广场是对称均衡的，但廊外建筑不够工整；

圣彼得教堂外观是雄伟的，但过于尊严；

圣彼得教堂装饰是美艳的，但过于铺陈；

壁画、浮雕、塑像是无与伦比的，但过于繁琐；

教皇是神圣的，但教廷已经过于世俗……

离开广场前，照例到邮政局买一明信片，写上女儿的姓名校址，贴上精美的邮票。

米开朗琪罗广场大卫雕像

06 阿诺河的巨人

佛罗伦萨 Florence
梵蒂冈 Vatican
罗马 Rome

佛罗伦萨，含义是“百花盛开的地方”。徐志摩曾浪漫地译称为“翡冷翠”。这里产生过世界上最伟大的作家、诗人、画家、艺术家、雕刻家、建筑师、科学家、哲学家、思想家……产生过一大批灿若群星，并勇于献身的新文化代表人物。可以说，硕果累累，璀璨夺目。

文艺复兴时期，恩格斯称其为是一个需要巨人而产生了在思维能力、热情和性格方面，在多才多艺和学识渊博方面都当之无愧的巨人的时代。而作为欧洲文艺复兴发源地的佛罗伦萨，怎么不令人神往！

文艺复兴运动的文学三杰，《神曲》作者但丁，“人文主义之父”彼特拉克，《十日谈》作者薄伽丘，都是佛罗伦萨人。艺术三杰，《蒙娜丽莎》作者达·芬奇，《创世纪》作者米开朗琪罗，《西斯廷圣母》作者拉斐尔，也都是佛罗伦萨人。还有伽利略、马基雅维利……

在意大利，有人说罗马是政治首都，米兰是经济首都，佛罗伦萨是文化首都。

佛罗伦萨同雅典和耶路撒冷一样，是一座照亮人类文明的灯塔城市。

一直带着我们在意大利行走的导游程先生，30多岁，杭州人，个子不高，留着小胡子，忧郁的眼神，面部总挂着淡淡的哀愁。他说，大学毕业后，到意大利留学，终因文化背景和语言的巨大差异，没有取得学位。目前的工作，就是接中国大陆访问团。他已干了多年，对欧洲几乎每一个景点都很熟悉。他娶了一位意大利女郎做太太，已经生育两个孩子，家安在了罗马。因生活所迫，不得不整天奔波。他特别乐意带大陆商务团，这样可以拿到更多的小费。他对自己目前的处境很不满意，但又无力摆脱。在意大利他毫无主人感，入不了主流社会，但在意大利有家有孩子，国内又回不去，只好这样先待着。因此，很苦闷。每次回国，当着父母，当着同学，还要硬撑着面子，故意摆阔，说国外怎么好，怎么能挣到钱。当我们在贝尔加莫，市政府不准他进大门，由贝方另外安排了一位懂得意大利语的华人女士做翻译。中午宴请吃饭，不接待他，不准他上餐桌，他的情绪低落到极点。我劝他回国发展，他一脸的无奈说，太太不同意。

一路上，能提起他兴趣，或者能引起他笑容的是家乡的巨大变化，以及国内流行的“段子”。

他认真也算是充满感情色彩地向我们介绍意大利的历史、美术、雕塑、建筑、音乐，高兴时会打着拍子唱着普契尼的歌剧作品……

在程先生不停地介绍时，我们来到了佛罗伦萨的最高处——米开朗琪罗广场。在这里向北眺望可以欣赏整个佛城。

阿诺河在眼前静静流淌，像玉带一般，弯弯曲曲伸向远方。浸透着意大利文艺复兴时期灵韵的教堂、钟楼、宫殿、房舍、穹窿、尖塔，古风典雅，如丰腴而神秘的贵妇人，裸露在你面前。绿色的森林，红色的屋顶，白色的浮云，蓝色的天空，金色的阳光，加上起伏的山峦，景色迷人怡人，更平添一层朦胧的宗教薄纱。整体，古老而又生机勃勃，朴素而又多彩多姿。

高高的青色大卫铜像，站立在八角形白色和褐色相间的岩石基座上。他头微微下倾，表情凝重，肌肉强健，两脚叉开，目光俯看。俊朗飘逸的年轻巨人，正审视着这个城市。背后是梅迪奇家族三连体拱形墓，座基是米自己的《昼》、《夜》、《晨》、《暮》群雕。遗憾的是，群雕下方的空白处，竟被涂鸦画满。

米开朗琪罗6岁丧母，由姑妈养大。他从小就喜欢绘画和雕刻，但父亲反对。他不放弃。当地大富豪梅迪奇家族发现、赏识、培养了他，并送他去学院深造。他学习用功，才华超凡，光芒突现，作品射出了动人心魄的活力和张力，最终成为一代天才和大师。

在广场我们遇见几位韩国手术美女，她们来自首尔，是在校艺术系的大学生，放假采风，游历欧洲。

出广场，下山坡，顺着弯曲旖旎的阿诺河畔，我们向佛城中心走去。

街道不宽，方块石头路面，旁边造型迥异的各式建筑在无声地诉说那辉煌的过去，古城区静怡、安详、朦胧，让你充满着梦幻般的想象……

七拐八弯，我们在一条小街的偏僻黑暗处，找到了但丁故居。灰黄色的三层小楼，墙体很厚，是用碎石垒起来的。临街有一块小小的空地，门前有一盏小小的铁灯，门上有一个小小的牌子：Casa di Dante。两扇小商户，插着蓝白两面小旗。墙面一人高的地方，红方白圆的一面织物下，有一尊小小的青铜浮雕头像：目光深邃，隐藏着诗人对生命的崇拜，对爱情的歌颂。诗人的博大空旷，唤召人们从朦胧走向了觉醒。

故居一层是幼年以及青年时代的生活情景，二层是流亡时候的记录，三层是去世后的荣耀，有各种著作译本。背着死刑十字架而成为历史巨人的但丁，是意大利文艺复兴的先驱。

但丁故居

“封建的中世纪的终结和现代资本主义纪元的开端，是以一位大人物为标志的，这位人物就是意大利人但丁。他是中世纪的最后一位诗人，同时又是新时代的最初一位诗人。”恩格斯这样评价但丁。“佛罗伦萨大诗人”，马克思这样称赞但丁。“走你的路，让人们说去吧！”但丁这样鼓励，给人以行动的力量。

为什么文艺复兴运动会以佛罗伦萨为源?

几经拜占庭人、哥特人、法兰克人统治，几经多次征战，几经教皇和皇帝斗争，佛罗伦萨却持续兴旺，成为意大利和欧洲的工商贸易和金融中心，成为意大利最繁荣的城市。这里铸造的金币，流行整个欧洲。

马克思曾指出:“在意大利，资本主义生产发展最早，农奴制关系也瓦解得最早。”经济的繁荣，必然为文化艺术的发展创造条件。

当时，从统治者到平民，都非常热爱艺术。优秀的人才、优秀的作品，会成为公众注意的焦点。

特别是，占统治地位200多年的梅迪奇及其家族在一切高尚和典雅的事情上都舍得大把花钱。巨额资金，行政权力，认知水平，三者兼备。他们优厚养活一批艺术家，使之只管专心研究和创造作品。当时社会的风气是，看一个君主的才干如何，主要看他文学艺术的鉴赏力。于是，新文化

佛罗伦萨街头

百花大教堂及乔托钟楼

佛罗伦萨老宫

新思想的曙光便在这里率先升起。一大批文化巨人便从这里走向世界。

佛罗伦萨幸运地成为文艺复兴的中心，达到了别的地方难以企及的人文主义历史顶峰。

圣母玛丽娅百花大教堂是佛罗伦萨的主教堂，是建筑中的绝品。绿色、白色、红色大理石拼成的几何图形，鲜艳夺目。红瓦覆盖的圆穹，是文艺复兴时期的第一座，在世界建筑史上地位重要。后来，这种圆穹结构几乎风靡文艺复兴时期兴建的所有教堂。华丽壮观的教堂，同乔托钟楼、圣约翰洗礼堂一起构成的宗教建筑，是佛罗伦萨的标志。教堂建了160多年，钟楼和洗礼堂建了近30年。

洗礼堂呈八角形，最引人注目的是三个青铜门， 10块浮雕板描绘的圣经故事，来自《旧约全书》：创造亚当和夏娃，第一批人的劳动，天使出现在亚伯拉罕面前，约旦河的以色列人……在这座被称为《天堂之门》的前面，挤满虔诚的教徒和善良的游客。

钟楼呈方形，仪态飘然，四周装有镶嵌精美的浮雕图案，内容与洗礼堂不同，表现的是耕作、纺织等人类起源的世俗故事。

我们来到了君主广场，也称为市政广场，四周是造型朴素的历史建筑。中间是全部用石头砌成，庄严巍峨的城堡式宫殿建筑——老宫。

原来是佛罗伦萨自由城邦的官邸，现在是市政厅。老宫以前是梅迪奇家族的私宅。作为意大利王国成立之初的外交部和议会大楼，真正提高艺术价值和名气的原因是，米开朗琪罗和达·芬奇共同设计和整修过这座哥特式建筑。

广场中央是梅迪奇家族的科西摩大公一世的骑马铜像。

佛罗伦萨市场敞廊

乌菲兹画廊

阿诺河老桥

老宫右边引人注目的是高大的《海神喷泉》，水池中海马拉着的战车上站立着威武雄壮的海神，四周是婀娜多姿的仙女。

老宫外面是市政敞廊，为公众聚会的场所，里面摆放着雕塑艺术精品。老宫里边的庭院和大厅，都是划时代的建筑，米开朗琪罗的《天才战胜粗暴力量》及其他组雕是旷世极品。

再往里走，便是大名鼎鼎的乌菲兹画廊了。乌菲兹的名称由意大利语“办公室”音译而来。原来是梅迪奇家族行政和司法的办公场所。

梅迪奇家族是银行世家，实际统治佛罗伦萨300多年。这个传奇的家族竟然不可思议地产生了3位罗马教皇和2位法国皇后。

这个家族还有着爱好、扶植和保护文化艺术的优良传统。

他们慷慨资助天才的艺术家，疯狂而痴迷地收藏意大利以及当时欧洲几乎所有的著名作品。《宝座上的圣母》、《十字架耶稣》、《圣母和圣婴》、《维纳斯的诞生》、《维纳斯和丘比特》、《神圣家庭》……数不清的传世名画，不仅成为乌菲兹的镇馆之宝，也成为全人类的共同财富。

值得尊重和赞叹的是，梅迪奇家族并没有把这些闪耀着智慧和激情结晶的绝品占为己有，独自欣赏，而以圣徒般的宽阔胸怀，统统留给了人民。18世纪中叶，到梅迪奇家族的最后一世，不仅博物馆向公众开放，而且，实施了“裸献”，把有45个厅的超级画廊彻底捐献给国家，使之成为意大利最大的博物馆，全世界最大的博物馆之一。

画廊庭院路上，盛开的鲜花旁，游人端坐着小板凳上，平视前方，两排执画笔画板的画家，不停地挥墨着彩，当街写生速描，成为一道靓丽的独特景观。

大门口，人们排着长队等待入内参观。程先生大声提示我们。只能粗览，不能细看，否则，在意大利的全部时间也不够用。这些天才大师们的作品，有人研究了一辈子。

穿过乌菲兹博物馆凌空拱形回廊，沿着阿诺河向老桥漫步走去。

老桥为何名气这样大？

一是因为早。木桥最早建于12世纪。1345年重修的三拱石桥，沿用至今，二是因为幸运。佛罗伦萨有10座桥，除老桥外，“二战”期间全被德军炸毁，20世纪中期才又修建。三是因为见证历史。作为唯一幸存真正意义上的古桥，目睹了罗马中世纪、文艺复兴、民族复兴、意大利王国、共和国所有时期佛罗伦萨的战争、贫困、奋斗、发展、和平、繁荣。四是因为桥上有桥。三拱桥面上再建三拱桥廊，拱中供游人观赏河流上下游风光，拱上又盖商场增加铺面，形成双层桥。五是因为金铺林立。与威尼斯大运河利亚德桥，中间商店，两边行人不同，老桥中间行人，两边商店。从16世纪起，就将原来的铁匠铺、肉食店和皮革商场，全部改为珠宝金器店。

比萨斜塔

现在，老桥上及其附近的

金首饰和珠宝店，代表着意大利设计、制造的最高水平。

老桥又称为金桥，在欧洲享有盛誉。

我在老桥上来回闲逛。进入店内，只看价不购买，观赏工艺精湛、闪亮耀眼的珠光宝器和黄金饰品。各商铺顾客盈门，家家生意都好。当然，价格不菲。桥上，游人如织，飘荡着金钱的幽灵。桥下，阿诺河水日夜流淌，轻声拍岸，正在向人们滔滔不绝地述说千百年来佛罗伦萨悠长而又短暂的历史，绵绵不断。

看过手持法律天平的正义女神像，穿越共和国广场时，有一处建筑看不明白：高大的拱形正方形敞廊，巨石方柱有壁龛，廊内塑有雕像，但里边却是一个典型的小市场，各色农副产品和日用百货正交易活跃，生意兴旺。

说是市场，建筑怎么这样高大气派，单层空间有五层楼高？

说是教堂，宽阔的廊下怎么摆的都是小摊？

我猜想，是破败的宫殿，无力修缮，权做临时市场。

经问，早在16世纪中叶，这里就是市场了。建筑专为经营所造。我在惊叹市场的奢侈之余，不得不赞叹佛罗伦萨人的艺术气质和宏大气魄。

告别佛罗伦萨之前，我们来到著名的圣劳伦佐街选购纪念品。我简单地买了带有佛市标记的礼物，回国后赠送友人。而一同事却慷慨解囊，一连买了3块手表。在买表时，还一本正经地用北京普通话讨价交谈，搞得女营业员一脸的茫然，不知所以。成为大家一路笑谈。

比萨不仅城市美丽，而且拥有悠久光辉的历史。古罗马时期就是军事基地和边境前哨，曾是欧洲最古老的海上霸权。

这个城市有两个人物不能不提。一位是核物理创始人费米。另一位是开创现代力学和实验物理新时代的伽利略。前一位，知者不多。后一位，家喻户晓。

市中心的精华是奇迹广场。坐落在广场上绿茵中的是一组雄伟的纯白大理石建筑群：教堂、洗礼堂、公墓和钟楼。两侧是古围墙和带长廊的拱门、圆柱、神龛，魅力奇幻奇妙。

教堂3个铜门，刻满圣母生平浮雕。铜门上方多层廊柱，轻巧素雅。主殿穹顶大吊灯，据传，伽利略就是观察吊灯摆动发现垂摆的等时性而发明钟摆。

意大利唯一的圆形洗礼堂内，有八角形的多色大圣洗池和儿童小池，有象征信任、仁慈、力量、谦逊、忠诚和纯洁的神像。

公墓为庭院式建筑，内有草坪，外有廊柱，原是主教驻地。内圈回廊呈长方形，规模很大。据说存放着十字军东征时从圣城耶路撒冷耶稣受难地带回的“圣土”。正门是个尖塔，不大，有圣母圣婴雕像。整个墓地十足一个露天教堂。

钟楼——斜塔。这座高耸的“用柱子组成的柱子”，造物主赋予了调皮的倾斜和顽强的个性，是意大利的象征之一。

这座斜塔名扬天下，不仅式样秀逸，玲珑剔透，卓然超群，斜而不倒，还可顺螺旋式阶梯而上，直至顶端。伽利略著名的自由落体实验，使斜塔又成了科学塔。

重量悬殊的两个铁球，从塔顶自由落下，同时着地，一举推翻了禁锢人们思想两千多年的亚里士多德假说，让大骂伽利略“狂妄自大”，“不自量力”的所谓教授们目瞪口呆，哑口无言。

近一个世纪来，斜塔的不断倾斜，最大时达5米多，迫使工程师想出许多办法纠偏。置放铁锭、支撑物打进地基、液氮冻结土地、下部加固钢箍……人们终于可以松口气，斜塔不再有倒塌危险，成为建筑奇迹。

科学真理开始本就是少数甚至极个别人的发现。爱因斯坦提出相对论，据统计，当时世界上能读懂的不超过6人。一个新学说的问世，重要的是认识，而不是轻易地否定。

斜而不倾，力学实验，成为自然人文双重绝景。

其实，笔直和倾斜都是一种美。

倾斜的笔直更美，并富有哲学意义。

令人不快的是，广场内外，甚至公墓旁都过度商业化了。必须穿过一大片长长弯弯、摊位拥挤、人声嘈杂的旅游品售卖区，才能到达广场，想躲也躲不开。而旅游纪念品又大同小异，从某处批发来，在此兜售。如果排除语言因素，还以为到了中国某乡镇的一个集贸市场。

日光西沉，一缕橘黄残阳挂在挺拔的比萨塔及其周围的白色建筑上，碧绿的草坪更显苍翠而深沉，仿佛弥漫着宗教的瑰丽，更平添一层科学的神圣。

米兰长廊

07 挖掘埋葬的晚餐

贝尔加莫 Bergamo

米兰 Milan

汽车沿着一号公路疾驰，我们来到位于阿尔卑斯山脚下的意大利第二大城市米兰。

传说公元前400年左右，凯尔特人来这里建立村落，偶见一只奇怪的猪，身上一半猪鬃，一半羊毛，认为是吉兆，就定居下来。

米兰的意思是“平原中心大的城市”。君士坦丁大帝曾在这里发布敕令，基督教从此合法。这不仅是宗教而且是西方历史上的一件大事。米兰曾被拿破仑占领并宣称为他的意大利王国首都。墨索里尼在这里组建了第一个法西斯团体。“二战”结束前，他在罗马被游击队处决后，曝尸米兰街头。

米兰在意大利举足轻重，经济总量占全国四分之一，股票交易占全国五分之四。作为世界时装中心，驰名全球的大师每年在这里举行数不清的时装发布会，展示怪诞新作。年轻貌美，火辣高雅的模特，从米兰T型舞台走向全世界。

米兰引领着世界服装新潮流。

除此以外，米兰享誉世界的还有大教堂、长廊、歌剧院、城堡博物馆、和平拱门、中央火车站、感恩修道院以及名画《最后的晚餐》。

被誉为“世界歌剧的圣殿”的斯卡拉歌剧院，规模在意大利最大。在这座超级剧院登台，是所有艺术家特别是歌剧演员梦寐以求的夙愿。因由当时执政的奥地利女皇下令重建，剧院外形内饰和维也纳歌剧院基本相似。

剧院有6层楼座，呈马蹄形，可容纳2600多名观众，巨大的舞台内藏十多个可转动的小舞台，大厅水晶吊灯重量有近2吨。

米兰斯卡拉广场

罗西尼、瓦格纳、德彪西、普契尼等顶级大师的歌剧经常在此上演。贝多芬、莫扎特、柴可夫斯基等著名作曲家的交响乐也是这里常客。威尔第歌剧曾在这里创下连演百场的历史纪录。曾在中国故宫盛装亮相的普契尼绝笔之作《图兰朵》当年也是在这里首演……

歌剧院隔条不宽的马路，便是斯卡拉广场。红花绿叶中，矗立着伟大的艺术家和科学家达·芬奇纪念碑和全身雕像。他手握书卷，面容侧低，做沉思状，飘逸的长须里似乎藏匿着永远开掘不尽的智慧。碑座是得意门生像。浮雕从绘画、解剖、建筑、物理四个方面展现了这位旷世奇才的成就。

纪念碑周围是漠然的人群，或走，或站，或交谈，或呆呆地闲坐着……

达·芬奇的名作《最后的晚餐》，不在罗马，不在佛罗伦萨，而在米兰的圣母玛利娅感恩修道院餐厅的北墙上。餐厅和修道院隔一条小街，现成为专门的展室。二战时曾被盟军炸毁，现在是经过修复的。因空袭，这幅绝品画作受损颇多，已模糊不清了。

修道院主要以红砖建成。祭坛穹窿十分高大。外部呈多角形，堂顶为圆形，成双的白色石柱支撑环廊。总体结构复杂，富于变化。

修道院和画作齐名天下。

画作取材于圣经《新约全书》中犹大出卖耶稣的故事。

“你们中间有一个人出卖了我！”耶稣预知他的死期将至，在和12门徒共进晚餐时说。达·芬奇要表现的正是耶稣宣告这一晴天霹雳消息后，门徒内心透露的一瞬间。门徒心绪震颤，神态各异：有的惊诧，有的忧怨，有得愤怒，有的激昂，有得慷慨陈词，有的正襟危坐，有的冷眼旁观，有的交头接耳……而叛徒犹大则因恶行暴露而紧张，身体后倾，侧眼看着耶稣，十分虔诚而又心怀鬼胎。他神态含混莫测，一只手抓住钱袋，抑制不住恐惧。

画面中人物表情迥异，惟妙惟肖，无一雷同，人们似乎听到门徒们七嘴八舌、窃窃私语的议论。而耶稣则沉默、悲壮、无为。

如临其境。如闻其声。

“最后的晚餐”是当时画家们经常描绘的题材。无疑，达·芬奇的创作最为细腻精彩。

“所有伟大的画卷中的最佳珍品，欧洲艺术的拱顶之石”。后人这样称誉。

“一切都是那么栩栩如生，一个个好像呼之欲出。各种各样的内心冲动和面部表现刻画得入木三分”。歌德这样评价。

“有时整天画笔在手，寸步不离工作岗位，有时一连几天不动手”。“他经常上街转悠，寻找合适的人物面孔，经常苦思冥想，面壁沉思，有时灵感突发，快速成画”。朋友这样形容。

《最后的晚餐》描绘的是人们的思想，刻画的是人的关系。人们钟爱这幅残缺不全的画作，因为自古以来，忠诚与奸佞、正直与卑鄙总是并存着。无论在世界的哪个角落，都有欺上瞒下的小人，表里不一的伪君子，投机钻营的骗子，背后捣鬼的恶棍，献媚谗言的市侩……他们陷害好人，欺诈别人，包藏祸心，目的肮脏，却若无其事，信誓旦旦。致使另一些人，近恶远善，亲假疏真，是非不分，黑白难辨。最后他们自己的生命连同荣誉一起消失。

必先挖掘而后埋葬。愿世间一切恶行都永远地走进坟墓。

也许，在画前，每一个人都在想，金钱就是这样腐蚀吞噬着人的灵魂。

中央火车站是全部采用白色大理石建造的艺术品，耗时25年，十分雄伟。前厅高大而开阔，到处是浮雕壁画。如果不特别地告诉你是火车站，你肯定认为这是一座豪华壮丽的宫殿。旅客乘车很方便，售票口有自动电梯直通站台，近20个月台一字排开，全由玻璃屋顶覆盖，旅客不会日晒雨淋。

火车站前两侧是热闹的商业街，行人摩肩接踵，车辆拥挤不堪。化妆品、服装店铺很多，皮具店几乎门挨门。我来回徜徉，终于按捺不住购物欲，买了香水和挎包作为礼品回国送人。

沿着古老的但丁路，汽车直奔米兰市中心加伊罗利广场。正门远远对着广场的，就是著名的斯福尔扎城堡。

米兰斯福尔扎古城堡

此时已近中午，阳光灼人。我们快步向城堡走去。

城堡是一座正方形红砖古建筑，原为斯福尔扎家族私宅，现为博物馆，是文艺复兴时期米兰最雄伟的非宗教建筑。

游人不多，但看上去层次不低。西服笔挺的光头男人，配一漂亮的导游女郎。穿着时髦的阔太太，后面一群人簇拥着。老年夫妇，由子女们搀扶着。各种肤色都有。我们一行，比较显眼。“中国人”，一工作人员脱口而出，30多岁模样，金发碧眼，个子高高的女管理人员。

城堡大门，钟楼样式。依次往上，拱门、雕塑、浮雕、壁画、时钟、瞭望台、廊柱、穹顶。进去穿过吊桥，便是庭院，当初是练兵场。再进门，左右又是庭院，正展览着古代兵器、盔甲、旌旗，以及家具、绘画、乐器、陶器、瓷器等物品。图书馆正有人借阅。城堡里面珍藏着达·芬奇等无数名人作品，其中的米开朗琪罗去世前4天创作未完成的《圣母哀痛耶稣》最为著名。城堡后院是森林花园，拿破仑三世骑马雕像屹立其间。

城堡很大，是米兰重要节庆活动的场所。环境优美，城墙坚固，便于安保。这里曾举行过欧洲共同体国家首脑会议。

从森林公园后门远看，和平拱门清晰可见。当时叫凯旋门，因拿破仑在滑铁卢战败并被流放圣赫勒拿岛，便改称此名。

深庭后院，浓荫遮蔽，仿佛躲进了历史的角落。

城堡和平拱门

城堡后院浓荫下的雕像

米兰的精神和象征是意大利最大的哥特式杜莫教堂。惊世之举、骇世之作是教堂全部采用白色大理石建造的极其复杂的结构，以及犹如利剑直刺苍天，刻有雕像的135个尖塔。据统计，整座教堂有3159座较大的人物雕像，小一些的雕像更是难计其数。因而被称为“大理石的山”，“大理石的诗”，“大理石森林”，“雕像博物馆”。历时427年才基本完工，579年最后竣工，其建筑难度不可想像。

远不止如此。教堂可容纳4万人，可见之大。

地面上镶有嵌条，殿顶有一小孔，光线射入金属线上，成为“太阳钟”，可见其巧。

华盖下祭坛是圣体龛，祭坛旁有13000根音管组成的管风琴，可见其奇。

祭坛后面唱经楼上镀金十字架内藏有巨大的铁钉，据说是当年将耶稣钉在十字架上的那枚，可见其神。

教堂顶塔林

游客可以乘电梯或攀石阶登顶的露天平台，有纵横几十座石桥，将堂顶各个凸起的斜坡链接起来成为尖塔的“林间小道”。据统计，石桥墙壁刻满石雕，总数达到1800多座。看后，令人感叹，不可思议。

米兰大教堂

宗教的威严和圣洁，给人以无穷的力量、无限的遐想。人们对上帝的无比忠诚，对圣主的无尚崇拜，物化为不朽的建筑，寄托精神。才华横溢的大师和工匠，在宗教千篇一律的神光照耀下，竟创作出无数史诗般的宏伟殿堂和流芳千古的作品，把西方文化不断推向一个又一个新的巅峰，成为难以逾越的一座又一座的历史丰碑。

我们进去时，宏大的教堂内四排座椅上几乎坐满了虔诚的教徒，正在施圣餐。主教用手把一小片面包放进教徒嘴里，教徒们庄严肃穆地慢慢咀嚼咽下，一时令人感慨感动。

我们不能靠前，只能在后面远远站着。

贝尔加莫乡村

08 上下高低的贝城

贝尔加莫 Bergamo

米兰 Milan

贝尔加莫政府院内雕塑

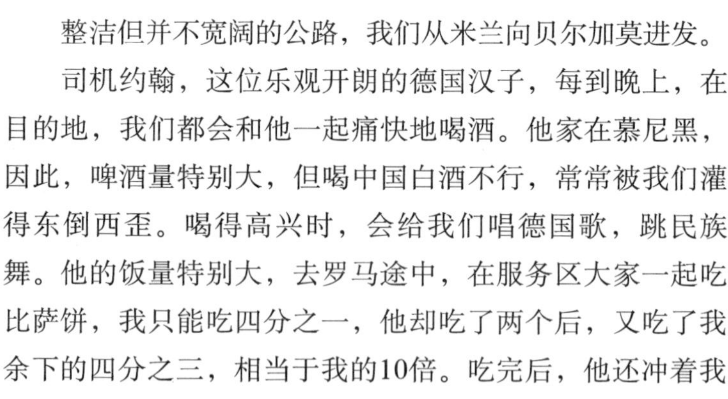

整洁但并不宽阔的公路，我们从米兰向贝尔加莫进发。

司机约翰，这位乐观开朗的德国汉子，每到晚上，在目的地，我们都会和他一起痛快地喝酒。他家在慕尼黑，因此，啤酒量特别大，但喝中国白酒不行，常常被我们灌得东倒西歪。喝得高兴时，会给我们唱德国歌，跳民族舞。他的饭量特别大，去罗马途中，在服务区大家一起吃比萨饼，我只能吃四分之一，他却吃了两个后，又吃了我余下的四分之三，相当于我的10倍。吃完后，他还冲着我拍拍自己隆起的肚皮，孩子般顽皮地笑着。

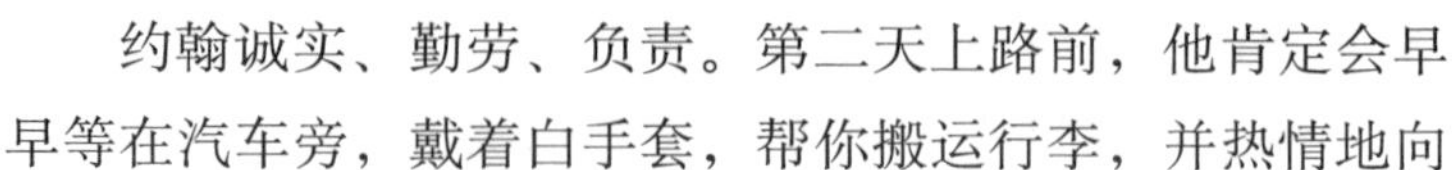

约翰诚实、勤劳、负责。第二天上路前，他肯定会早早等在汽车旁，戴着白手套，帮你搬运行李，并热情地向

你问好。而此时，车辆也已清扫洗擦得干干净净。在路上，他会不断地问空调温度是否舒适，是高还是低，并及时调整。

他也有德国人严谨刻板的特点。在欧洲，不同的汽车有不同的限速。我们乘坐的奔驰旅行中巴，时速限定90公里，他一公里都不超。无论是人工缴费还是电子缴费，从不马虎。旅途中稍有疑问，立即向自己的领导请示。条文规定，行车两小时休息一次，他甚至精确到不差两分钟正好开到服务区。每天开车时间从不超过8小时，何时到达目的地，算了又算。这种职业操守和遵章守纪的工作行为，让我们对约翰刮目相看，尊重有加。

贝尔加莫和米兰相距只有50公里，北，背靠阿尔卑斯山；南，面向广袤的平原，是意大利一座重要的工业城市，古色古香，比较富裕。

沿途我们看到大片的农田，向日葵、玉米、葡萄长势良好，原野整齐，牛羊在牧场悠闲地吃草，房舍也显得高大新颖。村庄中心广场边，通常会有酒吧。木制露台上，人们三五围坐，晒太阳，喝咖啡，聊家常。还有如镜的湖河，厚重的城堡。同欧洲其他所有乡园一样，教堂总是鹤立鸡群地站在那里……

贝尔加莫和安徽蚌埠，还有北京、上海、淄博，同是友好城市，经贸文化交流还算频繁。按照预先约定，我们来到了位于市中心的政府所在地。

从政府办公楼外形推测，以前肯定是宫殿。经问，果然。在12世纪，这里是当时的法院所在地。深灰色的拱状大门外，是一尊现代雕塑：一个破裂的蛋壳里，侧卧着一个小孩。

院内有文艺复兴时期修建的喷泉，水喷得很远很高，抛物线下可以走人。楼后是花园。

市长办公室不大，也简单。一间屋，一张办公桌，一组布沙发。但从款式和色调上，不难看出其中蕴含的高贵、典雅和传统。办公楼很安静，走廊地上铺着红色地毯，墙上挂着油画。

贝托尼市长穿着大红T恤，热情而不拘礼节地接待我们。当着客人面，对我们礼送的仿古玉器狠狠夸奖了一番。在会议室里，摆好了中意两国国旗，双方就经贸文化交流做了进一步沟通，商定了细节，并签署了一份协议，以备忘。双方领导还接受了媒体采访，回答了记者的提问。

令人意想不到，市长给我们每人赠送了一份印刷精美的中文贝市概况——有关其历史、地理及经济发展情况的彩色图文介绍折页。

中午，贝托尼市长在当地最豪华的圣马可怡东酒店请我们品尝意大利

贝尔加莫街头雕塑

正餐。这是一家百年老字号。青山秀水，草坪广场边二楼露台上飘扬着中意两国国旗。看得出，贝市经过认真的准备。

政府和企业界的代表人物，早已围桌坐定。菜肴主食依次是一只大虾，一块牛排，一盘时蔬，一杯柠檬水，一盅葡萄酒，一个长面包，一个圆面包，还有一道浓汤。就这么多，倒也吃得饱饱的。

贝托尼市长两次来蚌埠，可能感到在中国的欢迎宴会那么丰盛，堆满一大桌，不过意。饭后非常热情地不容推辞地请我们吃冰淇淋。他一人带我们到酒店楼旁的商业步行街里的小卖铺，自己私人掏钱，一人一份。然后，他把西服甩放在肩膀上，大步流星向办公室走去，秘书带我们继续考察访问。按惯例，市长只出面接待一次，不像中国，领导一直陪着。

贝尔加莫有上下之分。上贝在山上，是老城，也叫“高城”。下贝在平原，是新城，也称“底城”。新老城相差700年，新城距今也100年了，可见历史悠久。新老城有索道相连。

贝尔加莫经济有悠久的传统。19世纪，就有了大量工厂。资料显示，到19世纪末期，不大的贝尔加莫已经有150个丝绸工厂、30个棉纺织厂、

贝尔加莫街景

60个羊毛加工厂。同时，银行业也发展起来。到20世纪20年代，造纸、冶金、建筑业十分发达。50年代，是经济最发达的时期，工业仍然是支柱。如今贝市的出口贸易额占全部经济总量的百分之四十。

在下贝尔加莫，我们考察了当地一家有百年以上历史的家族企业，这是意大利第一家亦是最大一家专业生产陶瓷管的企业，在意大利占有超过全国百分之三十以上的市场份额。总经理告诉我们，这种高温下合成的陶瓷管，科技含量很高，砸不坏，耐高压，不怕腐蚀，又环保，可用几百年。烧结窖，已有60年历史。他们在瑞典和法国建有分厂。他说，中国瓷器业非常发达，但他们生产的瓷和中国瓷不是一个概念，是更坚固的应用型工业陶瓷。他随市长来过中国，希望设分厂。他还领我们看了对产品的破坏性试验。

在上贝尔加莫，我们考察了一家电器公司。企业建在山坡的森林树丛中，边上就是潺潺流水的小溪。从公司大楼的玻璃窗向外看，下贝尔加莫一览无余。

这家公司也是家族企业，有50年历史。接待我们的是一位老者。他说，老板到北京去了。公司在中国有两家分公司，在北京的公司负责人和中国姑娘结婚了，并生了孩子。老先生80多岁了，可一点看不出。他兴致勃勃，如数家珍地带着我们一边逐个车间、生产线参观，一边详细讲解。他说，公司设计、研发新的电器产品成型后，要进行每天5千次的疲劳试验、碳化试验和自动保护试验。他特别强调，公司生产的电器加工模具是世界一流的。根据市场需要，以销定产。如客户有订单，他们还可以生产家具、玩具、生活用品、塑料制品等各种模具。

原来，他是公司老董事长，现已退休。到北京去的老板，是他儿子。依我观察，这家公司的现代化自动化技术含量还是比较高的。

让人感到意外的是，如今，他和夫人住山上厂里，儿子住山下城里。厂区里养了许多猫和鸡，在院子里随意走动觅食。

我们还考察了贝尔加莫报。报社位于市中心，同主教堂隔路相望，在一幢古典式样的石头楼房里办公。

报社始创于1880年，已有100多年历史。旗下有电视台、电台、网站、月刊、周刊、出版社、广告公司，在国内3个地方出版发行报纸。实际这是一家传媒集团，我们到的地方是总部。

据介绍，周刊发行8000份，月刊发行11000份，日报发行58000份，外地报纸发行46000份，网站点击量500万左右，电视有27万观众，电台有3万听众。

办公室光线很暗，白天还开着灯。人员来往说话，都轻，很安静。除领导占据房间外，一般编辑记者就在木板格子里工作。会议室很小，总编辑用多媒体介绍集团公司的运行情况。

我随手拿了一份贝尔加莫报。从版面上看，有贝市新闻，有意大利国内新闻和国际新闻，还有娱乐版、电视节目版、体育版、旅游版、天气预报版等。在国际新闻中，中国新闻占据了不小的版面。一版刊登了伊拉克汽车炸弹死了100多人的新闻。报社负责人说，这样的新闻在意大利很重要，告诉人们这些重要信息的目的是，不要战争，不能打仗。他反复强调，报道必须忠实于新闻的真实性。

报社负责人还说，贝市有一家在中国投资的服装公司，有许多企业家在上海、南京开工厂，因为中国做事效率高，办事比在贝市和意大利快多了。报社在中国派驻了记者，每天早晨都会预订版面，在编前会议上合成。

日内瓦湖畔

09 莱芒湖畔的记忆

卢梭岛卢梭雕像

沿着A5号公路，我们驱车去瑞士，第一站当然是日内瓦。

永久中立国，银行存款实行严格保密，钟表王国，资源不多，人们比较富裕。这是我脑海中的瑞士形象。

但没想到瑞士如此美丽。汽车朝着西北方向，阿尔卑斯山越来越近。

远远望去，俨然是一幅天然绘制的图画。蓝蓝的天空下面是白雪皑皑的峰顶，银装素裹，在太阳的照耀下，亮光闪闪，分外妖娆。峰顶下是灰褐色的山峦，能分辨出残雪包不住的岩石。山腰全是一片一片墨色的森林。近处全是起伏的树木。红顶白墙或红顶黄墙的农舍别墅散落在如茵的草地上，有时能看见白黑相间的奶牛，悠闲游走。房前屋后，是五彩缤纷的鲜花。不走多远，就有明镜般的湖泊，游艇点点，倒影成画，头上还不时飘过各色各式的滑翔伞。

汽车两次穿越阿尔卑斯山，其中著名的勃朗峰隧道长达近12公里。值得高兴的是，在欧洲穿行，每到一个国家，刚临国界，都会有信息自动发到手机上，提示你如遇到急事意外，需要帮助，就找中国大使馆，并有具体而详细的电话号码和联系方式。

虽然我们只是短期旅行，并不是侨民，仍感到了祖国的温暖。

越往里走，村庄小镇越多。当接近日内瓦时，眼前看到的有大片大片的葡萄园环绕着古堡造型的酒窖，整齐的葡萄支架沿着起伏的山地一望无际，紧挨着尖尖的教堂。弯弯曲曲而又平平坦坦的小路上，不时闪过骑自行车的人们。

可以说，瑞士的美是天然的，精心雕饰而看不出雕饰。

瑞士的美是宁静的，不张扬，不喧哗，坦露无瑕而又躲在幽僻处。

瑞士的美是现实的，不需想象，天公恩赐，人工创作，真真摆在你面前。

瑞士的美又是难描绘的，画笔知趣而收，诗人相遇而退。

瑞士的美还是有纪律的，一切都是那么井井有条，是那么旖旎而有序。

日内瓦，意为“靠近水边的地方”，就在莱芒湖和罗纳河岸边。

一座山下，一条河畔，一片湖旁，一处大花园：一个美丽的城市。

到日内瓦城市边，已是中午，照例在中国餐馆吃饭。很有意思，餐馆取名南泥湾，老板是北京人。一叙，下放知青，回城后对工作不满意，上世纪90年代出国大潮把他卷到了瑞士，就随地而安，先卖蔬菜水果杂货，尔后开中国餐馆。这里也是华人的聚集处，打工伙计清一色留学生。他一再提示我们，在瑞士不允许喝高度白酒。在这里，他帮我们在外面站岗望风，有瑞士人来时，赶快收起来，如在其他饭店，喝高度白酒会引来很多麻烦，外国人会报警的。这话使我很吃惊。他还一再说，免费提供茶水，在路途，口渴了就喝路边的自来水，或喷泉水，都是可以放心饮用的。饭店给我们上水，实际就是用讲究的玻璃器皿接吧台水龙头的自来水而已。这使我很诧异。

饭店取名南泥湾，原来这位老知青当年下放在陕西延安农村。

车进日内瓦，我们先看老城。

老城不大，历史上却曾经是日内瓦共和国的心脏，一个微型国家。

因瑞士几百年来躲避战争，实行中立，老城保存完好。

老城区内，处处是中世纪风貌，充满着浓重的文化气氛。弯曲不平的道路，错落有致的建筑，狭窄高低的街面。因建在山坡上，崎岖迤逦，像是在演奏古城咏叹调。

老城行人很多，但很安静，因为坡道不通汽车。商店小而精致，经营旅游纪念品和室内装潢用品，也有考究的木制古董家具和昂贵的流行时装。

教堂总是一个地区凝聚力的象征。老城圣彼埃尔大教堂，建设加修缮也用了几百年的时间。区别在于有两座钟楼，一座是16世纪灰褐色哥特尖顶，一座是18世纪红白色四方尖顶。更为不同的，这里是欧洲宗教改革的重要场所，历届新政府成员在此宣誓就职。

城市民居生活历史博物馆，这座黑色古堡式建筑叫塔万尔楼，是日内瓦保留最老的私人宫殿，在欧洲甚至比联合国在日内瓦设立的欧洲总部名气还要大。宗教改革前，执政者常在此聚会，是日内瓦早期的历史缩影，同宗教改革的理论基础奠定者、宗教改革之父加尔文齐名。

老市政厅及其驴道有故事。四层楼高的建筑盖在斜坡上。共和国政府中心亦称市政厅。国家元首即市长，每天上下班只能骑毛驴从铺着鹅卵石的便道旋转而上，到达顶层办公室。现在还是日内瓦市政府一个部门所在地，副市长及工作人员仍然走驴道爬楼上班。但，不要忘了，这里是著名的国际红十字会倡议的日内瓦公约签署地。

一座五开间的五层小楼，同旁边等高的楼共用连体山墙。老式木窗总放几盆鲜花。简朴温馨，乡村农舍的格调。作为欧洲酒店文化的典型代表却有一个古怪的名字——盔甲旅馆。狭窄的玻璃门上贴着五星标志。这个只有28个房间的旅馆，可能是日内瓦、瑞士、欧洲、全世界最小的五星级酒店。宾馆小，接待人物大。每逢国际会议，这里经常住有各国首脑。

老城很难全部细细看完，我们向湖边走去。

湖畔花钟享誉世界。靠路又靠湖的一个斜坡，有一个大花坛，图案背景全由鲜花组成的钟面，秒、分、时针准确走动。作为世界上第一座花钟，又是瑞士钟表业的象征，每月的鲜花不同，但时间指针却是相同准确。

水雕日内瓦湖大喷泉是这座城市的象征。50层楼高的水柱射向天空，在风的吹动下，水雾形成扇状；在阳光的照耀下形成片片彩虹。据测算，停留在空中的水有7吨之多，水射速度达每小时200公里，是目前世界上最高的喷泉，天气晴朗时，几十公里以外都可以看到。落下的水珠，溅起阵阵涟漪，仿佛给圣女般的莱芒湖戴上一圈又一圈的钻石项链。

沿着湖滨路走入直插湖中的长堤，在尽头的巨石上，我细细欣赏着。湛蓝浩森的湖面上，游艇飞驰，白帆巡弋，天鹅野鸭水鸟任意嬉戏。远处

日内瓦湖畔世界最早的花钟

的山与近处的水，缠绵私语，还有绿色的森林和白色的楼宇，若即若离，整体一览无余，协奏出无限的遐想和憧憬。

勃朗峰桥连接着罗纳河左右两岸。

我们过桥前往紧挨着水面的小岛。这里原是一个城防码头，用来修理战船。后来，市政府支持，在岛上由著名雕塑家帕蒂尔为卢梭立了一尊铜像。小岛改名为卢梭岛。

参天古树，婆娑绰影。绿草花丛中，卢梭手持羽毛笔，端坐在底下堆书籍的椅子上，目光神炯地看着眼前的湖光山色，像是追索那无穷无尽的哲学奥秘。

基座上刻着一行小字："日内瓦公民——让·雅克·卢梭"。

我静静地站在雕像前。怎样理解哲人博大宽阔的胸怀呢？

司汤达看过塑像后，曾有这样的文字，"头部是那样漂亮。他持笔深思的样子，令人想起他在《忏悔录》里描写的一个细节：半夜里，为了记下脑海里一闪而过的念头，他从床上一跃而起"。

早年，陈毅元帅以副总理身份访问日内瓦时，留下了诗句《游卢梭岛》：汝是弱者代言人，总为世间鸣不平。

卢梭在日内瓦留下了怎样的人生足迹？人生足迹留在日内瓦的历史文化名人还有哪些？让我们简略地走进。

卢梭诞生在日内瓦老城一条叫"大路"的小巷里。他出生没几天母亲

日内瓦湖大喷泉

就去世了。父亲在他7岁时因决斗亡命在外。他实际上成了孤儿。10岁时学徒，受尽老板欺凌，这后来对他激进反抗的思想形成有决定意义。他因退出新教皈依天主教而受到种种指责，最后被取消公民权而不得不出走法国。这也促进了他在异乡成为近代思想史上一位代表性人物。

日内瓦人争取独立自由精神和公民意识，对他思想形成起到了基础作用。

《忏悔录》通过对自己生活轨迹的追寻，抒发了对人性要求合理性的颂扬。

《社会契约论》讲述了公民与社会的权利与义务，是现代资本主义社会民主政治的理论基础。

他的理论出发点：人性本来是善良的，是社会导致了人的堕落，人的精神出路在于受到良好的教育。

卢梭成名后回到了日内瓦，并受到热烈欢迎，撤销指责，恢复名誉。他对在日内瓦受到的待遇比较满意，自称为“日内瓦公民”。许多人说他是法国思想家，甚至教科书上也这样说。而法国社会科学界却把卢梭定义为“日内瓦思想家”。

伏尔泰和卢梭相反，在法国长大，以后来到日内瓦，一住就是20多年，并在日内瓦湖畔置买房产，最后居住在小镇。

他在日内瓦写出了大量意义非凡的作品，为启蒙运动提供了锐利的思想武器。他的长诗、散文对嫉恨、犯罪、战争、压迫等摧残人性的东西进行揭露鞭挞。

《哲学词典》用理性主义精神颂扬进步和正义。

《宽容论》等则是对当时国际社会中一系列非正义事件的直接抨击。

这些作品的巨大成功，使得世界众多学者到日内瓦访问他。启蒙运动的灯光从这里向世界照亮。

伏尔泰在日内瓦的作品中有大量关于中国的文字。他认为，中国是上帝挑选的理想之地，代表着宽容。为此，他以中国历史故事为情节，专门创作了著名悲剧《赵氏孤儿》。

茜茜公主的正式称号是“奥地利与匈牙利皇后”，也叫伊丽莎白皇后。

她的晚年危机重重，精神非常痛苦。失望并痛恨皇室专政，儿子抗婚不成，与情人双双在维也纳森林中的行宫里自杀……

体弱多病的茜茜公主一生最后的旅行在瑞士。莱芒湖与阿尔卑斯山壮丽秀美的景色把她留在了日内瓦。在日内瓦湖畔的一家旅馆住下，并让保卫她的警察离开。当她和陪娘在街上逛完商店返回时，一位年轻的男子在她胸前猛击一下，然后逃走。茜茜公主倒下了，失去知觉。陪娘大喊“这是凶手！”医生赶来，已经无法救治，她在旅馆里逝世。

暗杀者是意大利人，名叫卢契尼，当时在洛桑工地当泥瓦匠。从小受苦的悲惨境遇，使他成为一名无政府主义者。他发誓要杀死一个戴有皇冠的人。

他对自己的罪行毫不后悔，主动要求死刑。当时日内瓦已取消死刑，被判无期。他在狱中几经失败，最后自杀成功。

其实，他杀错了人。茜茜虽然戴皇后之冠，却是位皇室的反叛者。

茜茜公主百年忌日，日内瓦在湖畔暗杀发生地立了一座青铜雕像：细长挺拔的身材着长裙，手执折扇半掩脸面，目光忧郁地注视着这变化的世界。

拉萨尔建立了德国第一个工人政党，是德国现代工人运动的创始人，欧洲社会民主思想的启蒙者之一。很长一段时间，拉萨尔是恩格斯之外的马克思最好的朋友。

在他巨大的政治热情背后是燃烧炽热的爱情。他在柏林和一位姑娘邂逅相遇，但这位驻日内瓦公使的女儿已经和一位叫拉高维茨的罗马尼亚人订婚。

拉萨尔前往日内瓦向姑娘父母求婚。虽然此时拉萨尔已经很有名声，但姑娘父母对这位“无产阶级革命家”心存戒备，坚决拒绝了。更糟糕的是，姑娘也动摇了，又回到了拉高维茨的身边。

拉萨尔被激怒了，失去了理智，不处理任何党务，并写信辱骂姑娘父母。公使让未来女婿出面应战。

决斗由此而生。

一个在政治上有广阔前景的政治家，一个大党领袖，极度狂怒烦躁地抛弃一切，奔赴决斗战场。

决斗在日内瓦树林中。小道上量出15步的距离。

上午8点多钟，在裁决者喊一、二、三双方一起开始之前，刚喊一，拉高维茨犯规作弊，先于拉萨尔开枪了。拉萨尔胸口中枪踉跄了一下，随即也开枪，但没射中对方。

拉萨尔被护送回旅馆。由于瑞士法律禁止决斗，治疗只能秘密进行。尽管全力抢救，拉萨尔还是在决斗3天之后去世。一位风华正茂的政治家思想家就这么不明不白不值得地死了。

拉萨尔之死在欧洲引起巨大反响。事件最大受害者是全德工人联合会。德国工人运动刚刚起步，却因一场无谓的决斗遭受严重挫折。

同日内瓦有密切联系的历史文化名人还有：拜伦、雨果、司汤达、福楼拜、罗曼·罗兰、陀思妥耶夫斯基……

列宁3次在日内瓦居住。他在瑞士创办了报纸《依斯卡》，发表著名作品《怎么办？》，提出了俄国布尔什维克党的纲领。他经常在日内瓦大学图书馆进行研究，现在还保留着登记。

这么多的政治文化名人，在日内瓦有如此多的经历，有这样多的重要记载，但都很难找到他们明显的纪念物。日内瓦人本身不刻意渲染，只是尽可能地把原貌保留下来，砌一块小碑，挂一个小牌，说明而不颂赞。在日内瓦走走，你会吃惊地发现，原来他们都曾经在这里。

一个地方名人太多了，反而会失去名人效应。一个淡漠名人效应的地方，展现出来的是自我自信。日内瓦的形象是这个城市的形象本身。

“湖水在我脚下唠叨。在广阔的自然中有广阔的平和，它是那样伟大，而又那样温柔……一会儿，热情的湖水安静下来了，城市进入梦乡。我是那样孤独，但我与所有围绕我的创造物完全融合在了一起……”

雨果晚间湖边散步，写下了如小夜曲一样美妙的文字。

拜伦也有慨叹："这景观太伟大了。"

晚饭后，我沿着洛桑街又信步朝湖边走去，领略日内瓦夜间的万种风情。勃朗峰迎滨路尽头的宽阔处就是勃朗峰广场。

道路如洗，灯火羞涩。儿童快乐游戏，老人悠慢散步。大树下有售卖鲜花的摊点，还有专卖玫瑰的推车，流动兜售而不叫卖。岸边有栏杆，草坪有木椅，各种肤色的情侣在这享受静悄悄的夜晚。有的窃窃私语，有的互相依偎。戴眼镜的一男白人，紧紧拥抱着一女黑人，正激情接吻，旁若无人。一对中年白人，只是手扣手默默看着湖水。

巴尔扎克称美轮美奂的莱芒湖是"爱情的同义语"。爱情就像朦胧轻柔美妙的薄雾，弥漫在湖面不散。爱情是人类永恒的主题。爱情有时气吞山河，有时细如游丝。爱情导演了无数人间悲喜剧。夏夜，湖水，树影，是催生爱情的地方。拜伦就在这广场同女作家及其妹妹一同堕入情网。人们在这里追寻、追忆、追悔、追问爱情。

湖水倒映着的对岸灯光，一眨一眨的，好像一双双明亮的眼睛，看着，微笑着。

其实爱情很不浪漫。

我几乎是退着走路，眼睛看着，面朝湖畔离开广场的。在返程途中，我们遇到了小偷，严格意义上是抢劫。

我们边走边议论着日内瓦这如诗的夜晚。路两边是门面不大的商铺、咖啡馆、钟表店、餐厅，还有小树丛中的单体住宅。都很幽暗。

一辆停着的大巴侧面黑处，突然冒出四五位有色男人。他们先是躬腰在我们面前撒一把硬币和小面额纸币，吸引我们注意力，接着就一边说着什么，一边抢我们的挎包和肩包。我们鱼贯而行，走在最前面的是位女同事。"小偷！"女同事大叫一声。前面的男同事，上去就喊，"干什么的！"我们走在后面的几位，跑上前去就夺包。我大喊："跟他们打架！"短暂的一阵混乱和撕拽，抢匪见我们人多，在一个声音呼叫下，四处快速散去，作鸟兽散。女同事惊魂难消，所幸包没被抢走。如果我们人少，他们肯定得手了。

国际性的城市，小偷水平应该是国际级别的，没想到如此拙劣。在日内瓦竟还有人抢？这是我在海外旅途中遇到的第三次。第二次在丹麦哥本哈根旅店。第一次在美国纽约联合国总部大楼。

其实，在欧洲并不都是莺歌燕舞，社会太平。中国人在欧洲经常遭窃。据中国驻瑞典大使馆领事部官员介绍，2010年9月23日至26日，中国团组每天被盗的作案手段如出一辙：趁车内无人之际，砸碎玻璃，偷走物品。数月前，在斯德哥尔摩市中心，中国游人放在车内的行李，被公开抢走。因习惯携带现金，购物大方，中国人已成为当地的主要盗窃对象。中国公民遭劫案件每年至少增长五成以上。

日内瓦是继纽约之后的联合国最大的办事处。在这个不大的城市里，分布着近300个政府和非政府的国际组织总部，每年有1万多个国际性会议在此召开，全城居民百分之四十以上是外国人。日内瓦是外交城、谈判城、会议城、商务城，也是避难城、移民城、金融城、钟表城。

作为繁忙的真正意义的国际活动中心，这块地区也成了日内瓦吸引外人一个重要景点。

浩淼湛蓝，水光潋滟，茂林修松，山色连绵。沿河岸，沿湖畔，特别是沿着起伏的林荫大道旁，矗立着联合国分部、国际红十字会、世界贸易组织、世界劳工组织、世界卫生组织、世界知识产权组织、世界气象组织、联合国难民事务公署、国际电讯联盟、国际标准化组织、国际移民组织等众多国际组织风格各异的建筑。还有众多的历史、自然、艺术博物馆……

新中国在日内瓦国际会议上的第一次亮相，应该追溯到1954年的4月。为了解决停战后的朝鲜问题，以及和平解决印度支那问题，周恩来总理率团到了瑞士。

会议期间，周恩来与英国外交大臣多次会晤，在伦敦首设中国机构；帮助法国总理摆脱困局，成为会议成功的关键；中美双方四次接触，开启中美会谈序幕。

中国总理端庄的风采和潇洒的举止，不仅成了西方记者抢拍的镜头，外交活动中表现出的才智、机敏、真诚、务实，更成为世界外交史上的典范。

当然，现在的中国在世界外交舞台的地位，已经今非昔比。

我们或乘车或步行或登山或爬坡，兴致盎然，劲头十足地观看各组织办公楼。著名的联合国驻日内瓦办事处的“万国宫”，占地面积很大，宫殿般的气度，轩昂壮观。楼后面是地势开阔的“阿丽亚娜花园”，楼前面是绿草如茵的广场，正中高高站立的是巨大的青铜浑天仪。

国际红十字会

很可惜，周末，所有机关的大门都紧闭着，又显出几分神秘和空茫。

被称为“全球贸易战风暴眼”的世界贸易组织（WTO）灰色石砌大楼，也静悄悄地横亘在那里，好像也累了，休息了。愈演愈烈的贸易争端，这个机构仲裁又越来越困难。唇枪舌剑，明争暗斗，起诉上诉抗诉应诉反诉申诉败诉胜诉撤诉，调查辩论庭审磋商争议报复……没完没了。

中国的加入，改变了贸易争端格局，世界第一出口大国的地位争得了更多的底气和主动。

瑞士钟表历史悠久，享有盛誉，被称为“钟表王国”。以设计精良，款式新颖，走时准确，信誉最佳著名，特别是全自动机械表。

日内瓦人对手工制作有特殊偏好和兴趣，喜欢用灵巧的技术，精益求精的热情，把活儿做到尽善尽美。他们把自己关在家里，完成纯粹的个人主义产品。钟表匠总是把小工场设在楼房的最顶层，在迎接第一缕阳光的同时，沉下心来专心创作制作。工匠互相合作，形成链条，用全身心的投入把产品推向了全世界。

在日内瓦，随便走到哪里，总能看到钟表店。热闹马路，背街小道，

世界贸易组织（WTO）

几乎所有的经营店面都卖手表，且琳琅满目，品种繁多，令人眼花缭乱。

早期的瑞士手表价格昂贵。作为男人的饰物，除计时外，被用来炫耀财富和地位。有人说，一位男人，如全身时装，戴一只破表，别人一定会推测他是刚刚暴发的富户，并且没有品位，会轻看他。一位男人，尽管褛衣褴衫，腕上却配一只名表，别人会说他是不露富，或是没落贵族，在保持最后的体面，会重看他。

正式场合彰显身份，日常使用功能更多，现在的手表以正装性、运动性、时尚性热销，摩登、创新、名贵或许是未来的趋势。

1581年，第一块洋表由意大利传教士带到中国，送给了大清官员。如今，发达的经济，聚集的财富，使早先被称为“奇技淫巧”的名牌手表越来越多地戴在了中国人的手腕上。中国市场上热销的帝舵、浪琴、天梭、名仕、雷达、英纳格、梅花、斯沃奇等在瑞士并不都是名表，有的品牌瑞士市场上甚至看不到，只供中国大陆，且相当一部分在东南亚国家和香港地区组装。

据介绍，例如爱彼、百达菲丽、江诗丹顿、伯爵、肖邦、万国、欧米茄、卡地亚、芳克米兰、勃兰卡班、勃雷盖、宝珀、宝玑、朗格、芝柏等品牌，在瑞士则是顶级的。这些手表的部分品牌正日益增多地被中国富人阶层所拥有。

名表热，东方超过了西方。中国人更是看着名气买腕表。世界金融危机，丝毫没有降低中国人的钟表购买力。包括港澳台在内的中国市场，已占据瑞士钟表全世界份额的半壁江山。2010年，瑞士宝珀推出的一款价值197万元的全球限量50块的腕表，在钟表展开幕的第二天，就有一半以上的订单来自中国内地客户。

去瑞士，买表是计划主题之一。我喜欢手表，当然要选购一块。在日内瓦有两次买表经历。一次是瑞士人开门迎客。一次是中国人关门宰客。

在看完花钟之后，我们去一家位于英国公园对面的著名连锁专卖店。高大的玻璃橱窗展示着天价钟表样品。巨型广告牌十分醒目，老远就可看到。铺面很大，有好几层楼，若干方岛经营着不同品牌。店内装潢考究，亮光闪闪。营业员西装革履，配戴胸牌。

我们一行人刚到一楼正厅的一个迎门大方岛柜台时，立刻有中年男子和青年女子上前接待，笑容可掬。我们的英语不流利，无法沟通。这位中年男子立即让青年女子去喊一位什么人过来。我们稍等了一会，便随意向里边和楼上走去。在二层有一个方岛柜台是敞开的，我们停了下来。营业员中有一位中国人说汉语，态度和蔼，不厌其烦，生意好做起来。经过仔细挑选，我们一行人一下子买了十几块中档手表。在我们下榻的酒店房间里，以及沿街广告栏上，我看到，瑞士钟表行业组织特别推荐的一个新品牌比较适合于我，这里正好有售，于是我毫不犹豫地拿下。这款全自动机械日历手表价格不贵，但专供欧洲，中国大陆市场看不到。对于我，承受得起，又可作为纪念：表盘上有瑞士国徽。当我们下楼出门时，看到迎门大方岛内站着男女五六位营业员，正被一位年龄稍长、穿不同颜色制服的人训话，显然是生气了。营业员们则不时用眼光看我们。我猜想，大概是在说，你看，你们怎么动作这么慢，他们在楼上买了这么多，你们一块也没卖掉，你们是怎么做生意的?

中国人外出，购买力显著增强，这是不争的事实。在瑞士钟表店，只要门面稍大一些的都会雇有专业的华侨女营业员或打工者，一般都比较漂亮，用汉语向你热情介绍商品，并且不固定于某一个柜台。这也是我看到，并经询问证实的。

要离开日内瓦前往洛桑，还有人手表没买够。已经傍晚天黑，又是周

万国旗

末，没有专业商店营业了。导游把我们带到了一家中国人开的钟表店。铺面也不小，但在背街。没有橱窗，卷闸门露半腰高，里面透着光亮。

我们进去后，卷闸门立即全放下，外面看不出在营业。周末是不允许开门做生意的。营业员全是清一色的中国人，他们因不同的原因来到瑞士，其中一位女营业员便被介绍是国内北京某部商务代表的夫人。各柜台不都亮灯，你看哪个柜台就开哪个柜台灯，离开不看，就关灯。有意思的是，老板说，都是同胞，来瑞士不容易，冒着被处罚的风险营业，买表不仅可以打折，还可提供非手表销售发票。营业员极力向我们推荐一品牌。这是款石英女表，样式的确好看，价格也不贵。我们一行人买了不少，我选购一块彩色表面椭圆形表盘的送给夫人。当时，还真对老板有好感，认为是帮了我们。

回国后，在欧洲人开店买的机械表至今还戴着，走时很准。在中国人开店买的石英表已经扔进了垃圾堆。

这款女石英表，带回国后不久就不走时了，只能到上海专卖店去修，因为别的地方打不开表后盖。出差上海，到南京西路，找了许久，好不容易在这个品牌经营店里找到修家。技师是位女的，自称有20多年从业经验。她说，电池没电了，换电池可以走，但表芯是旧的，且不值钱，戴不了多久，就得报废。因手表没有编号，没有瑞士交税手表发票，机芯也不能换。

我明白了一切。

我不知道我应该是气愤，哭笑，还是悲叹。

洛桑奥委会总部

10 运动世界的别墅

洛桑 lausanne

日内瓦 Geneva

奥运会博物馆

运动雕塑

奥委会总部所在的小山坡和莱芒湖仅一路之隔。湖水清澈，碧波荡漾。摩托艇和帆船自由游弋，彩色滑翔伞上下翻飞，水滑板犁开平静的湖面，溅起朵朵涟漪。体育运动给洛桑城增添了勃勃朝气。

开车出日内瓦走不久，便到了洛桑。城市小名气大，因为国际奥林匹克运动委员会总部设在这里。

其实，奥委会总部原址在巴黎。第一次世界大战期间，巴黎风雨飘摇，自身难保，现代奥运会创始人顾拜旦提出将会址迁到洛桑，得到认可。1922年，奥委会总部正式搬入洛桑一个山坡间的小树林里。

全球关注，盛会举行时有超过10亿观众的奥运会，总部办公楼真的是很小。几幢别墅式3层楼房，彼此之间有林荫小道连接着。尖顶带天窗，红瓦红黄墙，被修剪整齐的松篱、草坪、古树围绕着，僻静、安详，想躲起来不让别人打扰。而高处飘扬着的一百多杆奥运会大家庭各成员国国旗，却那样醒目，仿佛是一张立体名片，向你说清了楼房主人的身份。

奥林匹克公园大门

在1993年即奥林匹克运动创始百年之际，奥委会和洛桑市政府共同沿湖建造了一座奥林匹克公园。别开生面的是这里在大树下、小路边、草坪上，随处可见以反映人类“更高、更快、更强”体育精神为中心题材的体育雕塑。帆船、自行车、鞍马、赛跑、跳远、投掷等运动项目造型，有的抽象，有的具体，有的立意，有的写实。

和平雕塑

总部楼前的雕塑最奇怪。褐色座基上褐色人头像，背、胸、肩被绿叶覆盖着，脸部只有下巴和嘴唇，鼻子、眼睛、耳朵、额头上部全空着不塑。难以领会，不知何意。

奥运会雕塑

在公园的最高处，便是奥林匹克博物馆。古希腊式的白色石柱，白色的环形主题墙，白色的喷泉，白色的会旗，在绿色的怀抱中格外清新。博物馆为四层几何形白色建筑，内有接待信息咨询处，有奥林匹克活动起源、精神、魅力展览，有图书馆、会场、研究中心，有餐厅、演讲厅、电影厅，还有捐赠纪念墙。馆内陈列物以反映奥运历史为主，同时展示奥运会的代表性用品和体育巨星用过的物品。靠玻璃大门处，有商场，出售带有五环标志的各种纪念品。

博物馆配有包括汉语在内的7种语言讲解系统，中文说明折页随意取拿。

小建筑搅动了大世界。

洛桑湖畔帆形雕塑

苏黎世某银行内庭

克雷菲尔德 Krefeld

科隆 Cologne

苏黎世 Zurich

11 利马河的奇观

我们继续北上，目的地是苏黎世。

已有上千年历史的苏黎世是瑞士面积最大人口最多的城市，是瑞士的经济金融贸易中心。全球215个大城市生活质量调查，苏黎世最佳，位列世界第一。紧随其后的是维也纳、日内瓦、温哥华。伦敦位列38位，纽约位列49位。巴格达最差，倒数第一。

你不得不对苏黎世刮目相看。

顺着蜿蜒起伏的小路，攀上林登霍夫山丘，好像瞭望台，苏黎世全市尽收眼底。利马河从山脚下静静流过，教堂尖顶伸向天际线，蛇形的石块路，两旁的中世纪旧宅中，隐藏着老城。近处是苏黎世理工学院教学楼掩映在古树丛中。坡下河边是造型迥异的现代化银行大厦。远处是苏黎世湖，波光粼粼，白帆点点。歌德、列宁、爱因斯坦都曾在这块极富灵性的城市里居住过，都留下了伟大诗句和惊世理论。面对古老而又清新的苏黎世，会不由地浮想联翩，肃然起敬。

我们漫步在班霍夫大街上，从火车站开始，走向苏黎世湖。

这条几乎和法国香榭丽舍齐名的大街，开着无数奢华优雅的精品店和品牌店。浓密的树荫下，走着叮叮当当的有轨电车。每隔不远就有街心花园、草坪、雕像。临街的橱窗里陈列着各种瑞士名表，标有价格，有的还立张纸片：我们会说中文。烤肉、土豆、香肠、巧克力、咖啡的味道，不断从路边装修考究的餐厅中飘散出来。

越往湖边走，金融机构越多。在湖滨大街旁，我信步走进一家银行。门脸不大，非常古朴，像宫殿。走进去是一个巨大的天井，有玻璃屋顶，光线充足，十分明亮。地上铺着绿色地毯，放着绿色植物。四方回廊，黑色大理石的罗马式圆柱环绕的，是幽静素朴的办公场所。偌大的空间，只摆着三个玻璃圆桌，外加一些木椅，尽显主人的贵族气质。我走来走去，遇到的是微笑，没见到保安。中央一个几何形柜台里，坐着一位时髦女郎。我猜想应该是秘书，负责接待。

瑞士有800万人口，大银行却有400多家。开放的社会环境、透明的行业监管、严格的制度管理、无情的舆论监督、健全的个人信用、保密的储蓄传统，是“瑞士模式”银行的全部代码。公开客户信息是不可想象的。值得关注观察的，是近年来的保密传统正受到大国的挑战，以查询逃税为名，美英政府正给瑞士以更多的压力。

靠近湖边的街头广场比较热闹。

一群女黑人，赤脚光身，胸部下部用兽皮和草裙遮着，头顶橙红色的冠帽，踏着节奏狂歌劲舞。

酒吧前的黑人表演

苏黎世湖畔长跑的老人

苏黎世利马河畔

木制本色的酒吧屋前，吧女扭着肥大的屁股，挺着硕大的乳房，在店前跳舞售卖啤酒。客人们一边和吧女们说笑，一边喝啤酒。还有客人和吧女对跳。

一位30多岁的白人男子，衣冠楚楚，对着大街，旁若无人地说着什么。他面前，一个听众也没有。他时而慷慨激昂，时而低声细语。是在练习演讲？还是精神病患者？

几位男女青年组成了电吉他乐队，围成半圆状载歌载舞，姿态曼妙。他们都穿着黑色的衣服。周围有一些观众，只是音响效果不好。

沿湖滨路全是长跑和骑自行车的人群，首尾都不见尽头。男女老幼，穿着运动服。年长一些的，跑跑走走。体胖一些的，跑跑停停。还有残疾人拄着拐杖夹在中间，有人扶着。一位老叟，胡子全白了，戴着白帽子黑墨镜，躬着背，颤颤巍巍地慢跑着，腰间挂着数字计步器。他们全都一脸的认真。

志愿服务人员，拉着黄色布条和蓝色布幔，把游人和运动员分开，并不断鼓掌加油。这让我颇有几分的感动。

苏黎世湖是夏日的度假胜地。此时，虽是下午，却阳光和煦。沿湖码头，色彩斑斓。鲜艳的风车摇摆旋转。有人在湖里游泳、嬉水，有人在红

利马河女人裸晒俱乐部

红绿绿的遮阳伞下，悠闲地坐着，有人就躺在水边晒太阳。岸畔树荫鲜花旁，男女拥抱接吻。水中天鹅和帆船游来游去。

一对兜风的赤膊小伙和三点式泳装姑娘，开着橘红色敞篷跑车在我面前戛然而止，带着爽朗的笑声，非要和我拍照合影。然后，巨大金属敲击的马达声，又把他们一路送远，快速消失。

“水利万物而不争”。水是最具灵性的，无色无味无形，却刚诚至柔。利马河流淌着，浅浅的，匀匀的，清澈见底近乎透明，如烟飘忽，如薄岚拂地，这是我平生所见最干净的城中河水，徐徐漫漫，不声不响。石桥、木桥把河两岸连接起来。岸边是碎石小路，花园里各种小型喷泉千姿百态。高大的教堂宫殿沿河而立。河岸整齐排列停靠着各式游艇。

最令人惊奇的是停泊在河中船上的女人裸晒俱乐部。

河边的一个木质码头，几条大木船连在一起，不时有各个年龄段的女人进进出出。靠近岸边的船舱，有栅栏和玻璃挡板，河中的船头则全无遮掩。打扮时尚的妇女进船舱脱去衣服，然后就到由船头连接起来的平台上日光浴。有的穿比基尼，有的只套三角裤，裸露着上身。有的则一丝不挂，赤身裸体。她们或坐或卧或躺或站或侧睡着，自由自在，悠然浪漫，充分享受着大自然的馈赠，沐浴着太阳的光辉。几分逍遥，几分惬意。我

日内瓦湖的黄昏

实在不好意思近看，只在河岸边远远地望着。这儿是市中心，行人很多，船离路只有四五十米，大家也不稀罕，各走各的路，没人驻足围观。

据介绍，俱乐部每月收费不多，可随便加入，经营者仅提供简单服务，这成了瑞士一大景观。

而与此相同，瑞士的另一大景观，是裸体登山。

白雪皑皑的阿尔卑斯山，景色美不胜收，被人们誉为“最靠近天堂的地方”。因而，吸引了大量天体主义者前去亲历回归自然的感觉。尤其是在风景区，几乎成了天体主义者膜拜的圣地。许多裸友在各大网站论坛上分享自己的裸行经验。

裸体登山，又吸引了越来越多慕名而来的游客。在旅游高峰期，阿尔卑斯山到处可见一丝不挂的男女裸客。他们全身上下只穿一双登山鞋，背一个登山包。

瑞士法律没有规定裸体出行不合法，但这种过于开放的思想行径同当地山区的习俗产生了碰撞，引发了争论。不少人对裸体登山十分好奇，支

持反对各执一词。当地公民将通过投票方式决定是否增加补充规定。

利马河西侧火车站以北，是苏黎世的新天地。一百多年前，这里是重要的工业区，生机勃勃。沧桑巨变，这里沉寂了，破败了。近年来，建筑师们再度发现了它，或新建，或改造，旧建筑里插新建筑，新建筑包着旧建筑，新新旧旧，现代古朴。工业建筑改建的民用商用建筑，魅力独特。

外形看上去像坚实厚重石头的造船厂原址，如今是一个艺术中心，里面有剧院、餐厅、酒吧。餐厅是一个透明立方体，通过玻璃天花板，可以看到旧厂房的横梁。餐厅旁则是画廊和艺术展。

曾是牛奶加工厂，现在是迪厅。

曾是涡轮机生产地，现在是广场……

对于苏黎世这样历史悠久的城市，任何拓展新区域的项目，政府和民间，都是慎之又慎。当地投资公司和银行，打算将废弃的造纸厂改造为多功能购物中心，为此，苏黎世特别举行了全民公决。

工业建筑巧妙地融入后现代设计，传统之上的创新理论，让新旧成为相互依存、交相辉映的共生体，给苏黎世带来了时尚，也带来了活力。

在“钟表王国”瑞士，无论是和平之市日内瓦、奥林匹克之都洛桑，还是金融之城苏黎世，放眼眺望，作为城市景观的钟表，总会留下深刻印象。各式钟表就像一张张“笑脸”。那时针、分针，忽而像少女舒展柳眉，绽放如花笑靥；忽而又像老爷爷撇开八字胡，开怀大笑。

瑞士人酷爱用他们引以为豪的钟表作为小品装点城市，构造景观。

在苏黎世敞开的火车总站，花岗岩外墙上，一座老式时钟默默走着，巨硕大钟悬挂在正厅内，各站台又有雕塑时钟。这些与建筑融为一体的时钟，美观大方，又方便旅客。

商业街上，钟表店鳞次栉比，难以计数。就像国内城市的烟酒店，到处都是。背街僻巷，哪怕是小杂货铺里，也经营手表。

在我们下榻的酒店，进入大堂，迎面就是一座大钟，表盘透明，只有齿轮发条，没有指针。楼梯走廊，装饰品不是画作，也是钟表。

在铺满鹅卵石的小道旁，有专售“咕咕钟”的小店。有的装有布谷鸟，正伸缩着头，“咕咕”报道时点。有的钟面是正在荡秋千的女孩，一左一右地摇摆着。有的是小矮人，到点就从里边晃悠悠出来转一圈，尔后窗户一关。

当你来到酒吧、书店、餐馆……只要是公共场合，总有时钟在陪伴着你。

苏黎世的钟表，样式大小不同，面饰各有千秋，但无处不在。

利马河畔娥眉般的双座钟楼，华美肃穆。令人叫绝的仍是那足有几层楼面的时钟，金光闪闪，傲视山河，成为精神灵魂，城市象征。

“当……当……”不知何处传来悠长的钟声，这时太阳西沉远去，大地一片橘黄。湖水山坡被晚霞照耀得更加瑰丽安详。我徜徉在灌木丛中的碎石路上，不肯离去。树边站立着构思奇妙的雕塑小品，涓涓细水从中流到摆满鲜花的水池，清冽可口，像农夫山泉有点甜。顺着弯曲的小路，来到起伏的高坡，民宅房舍别墅散落其间，周围绿篱相隔，露台和阳台上鲜花怒放。窗明几净，透过半掩的白色纱帘，可以看到主人喜爱的摆件。有的是插着鲜花的各式花瓶，有的是古董，有的是玩具，有的是航空航海模型，有的是怪诞的座钟，还有的摆放着家用小型机床，从独特靓丽的风景线中可见瑞士人生活的精致。院内的草坪上，有餐桌、坐椅、秋千、摇篮、滑梯、水池，还有嬉戏的儿童，散步的老妪，闲坐的老汉，真是处处胜似图画，一派俗世天堂。

明天，太阳还会回来，又是一个金色早晨。

我们就要回国了。在机场，我们两次遇错，险些误机。

在换票时，接待员是一位中年女士，面孔呆滞，看上去很笨拙的样子。她手忙脚乱，人数不多的团体票，折腾了近一小时，才将登机牌给我们。到安检时，突然发现登机牌搞错了。唯一的女团员有两张登机牌，一位男团员则没有登机牌。而在此之前，导游程先生已经急匆匆离开，去接新团了。我们重新来到换票柜台，女士变为先生了，语言又难以沟通。代表团中一位急中生智，用笔画了两个女人头形打上叉，又画了一个男人头形，打上勾，又画了一个问号。好不容易工作人员才明白，重新换调了登机牌。

坐电梯，乘轻轨，到达登机口，我们急躁地等待。但我发现，离起飞时间只有20分钟了，登机口前却只有我们这一行中国人。直觉告诉我，肯定出问题了。我赶快找到机场警察，出示登机牌。他领我到飞行时刻显示屏前，才发现登机口临时改变了。赶紧跑步前往，我们一行已是最后的登机旅客了。刚进机舱，空姐就把门关上了。刚坐定，飞机就滑动了。

显然，苏黎世国际机场的服务不够细致周到，机场服务人员应在原定登机口查问每一位旅客。在日本大阪国际机场就是这样。

飞机掠过苏黎世上空，湖边山上的灯光，星星点点，疏密不同，汽车灯流，穿行流淌。

对于造访者来说，当你熟悉并喜欢瑞士时，便是要离开了。

但我，也许还会再来。

12

莱茵河的波涛

克雷菲尔德 Krefeld

科隆 Cologne

欧洲最早的人类化石是在德国发现的。德国是欧洲最早人类的聚集地之一。

今天的欧洲人来自何方?比较多的说法是中亚的克什米尔。公元前2000年，克什米尔的中亚人经印度混血后，形成雅利安人进入欧洲。

到欧洲后这些人被称为凯尔特人，其中的一支是古代日耳曼人。早先他们居住在欧洲北部的波罗的海海滨，以后向南迁徙。公元前1世纪定居在莱茵河东、多瑙河北以及和北海之间的地区，称为“日耳曼尼亚”。

公元9年，日耳曼族一位名叫阿米纽斯的首领，战胜了罗马军团，被称为是第一位德意志民族英雄。德意志民族史自此开始。

“德意志”一词来源于古德语，意为人民。公元5世纪后期，日耳曼人中的西哥特部落，在今天的法德地区建立了法兰克王国。在查理大帝统治时期的法兰克王国，讲德语的日耳曼部落的方言，被称为“德意志”。

公元814年，大帝驾崩，帝国离析，形成了东西两个王国。讲法语的西王国，演变为今天的法国。讲德语的东王国居民，在长期生活中，也逐渐产生“同属一国”的感觉，这时德意志指讲这种语言的人。当讲德意志语的部落建立自己的王国时，不但用德意志命名自己的语言和人民，还用来称呼自己的国家。

德国境内的普鲁士王国逐渐强大，定都柏林。此后，奥地利王国也日益强大。当神圣罗马帝国解体时，德国分裂。但同时，德国境内科学技术和资本主义工业迅速发展，1817年战败拿破仑建立了联邦。19世纪中后叶，俾斯麦任普鲁士首相，击败了丹麦、奥地利、法国，使南德各国和北德联邦组成统一的德意志帝国，威廉一世为皇帝。

统一后的德国比普鲁士更强大，但总有不安全感，时刻警惕着他国联盟。面对着人口的急剧增长和国内资源不足，而世界殖民地已被西班牙、英国和法国瓜分殆尽，改变疆域，重新瓜分世界，扩展生存空间，取得市场和资源的要求在德国日益强烈。威廉二世挑起了第一次世界大战，接着不久，希特勒又发动了第二次世界大战。

这是个德国之谜，史学界的答案很多，各种各样。

也许，崇尚科学，尊重逻辑，严守规则，脚踏实地的德意志民族，打两次世界大战并非匪夷所思，抑或是理性中的不理智。

但可以从另一个侧面欣赏这种理性中如火的热情。正是这种火热的理性，才能成就开创性的事业：

欧姆发现对于电学发展有决定作用的欧姆定律。楞次发现确定感生电流方向的楞次定律。高斯建立了电磁单位。基尔霍夫则有电路第一和第二定律。利比希开创了有机合成：草酸和尿素，首先制造出化肥：人造钾肥。霍夫曼奠定了染料化学。拜尔首先合成了靛蓝染料。古登堡发明了现代印刷术。路德改革了欧洲一统的基督教……

当你对中国历史和德国历史做比较时，会发现：当古老的华夏文明震惊世界时，德意志还一盘散沙，在欧洲列强面前默默无闻。中世纪结束，德意志统一后，民族从蒙昧的原野跨越到文明的高原上纵情驰骋，在社会科学、自然科学和技术工程方面创造了许多伟大的成果，推动了整个人类社会的进步和发展。

不可否认，由于民族的盲目骄傲心理和特定的历史环境，德意志也曾给人类带来了无可挽回的灾难。

不可否认，几度灾难，几度辉煌的德意志民族历史上充满了神奇的力量，不仅养育了影响全球的莱布尼茨、海涅、歌德、席勒、康德、费尔巴哈、黑格尔、贝多芬、舒曼、瓦格纳、巴赫、爱因斯坦、普朗克、西门子、本茨、戴姆勒、伦琴……还向世界贡献了近代世界最伟大的思想家和科学巨匠、全世界的革命导师马克思和恩格斯。马克思主义的哲学、政治经济学、科学社会主义对世界历史发展的巨大影响已有一个半世纪，并且还将持久地影响下去。

我们考察采访德国的第一个目的地，是闻名世界的鲁尔工业区中的一个城市，主题是工业发展和经贸文化。

哦，这是我首次企图揭开欧洲神秘的面纱，去圆早年孩提时代的一个幻梦。

发源于阿尔卑斯山的莱茵河，由南至北，像玉带一样飘落在德意志大地上。风光旖旎的河畔，有一座美丽的“田园城市”——克雷菲尔德。

作为中部地区我的家乡城市有史以来第一个新闻代表团，从浦东国际机场起飞，经法兰克福转机杜塞尔多夫，驱车20分钟，便到了访问的第一站克雷菲尔德市。怀着陌生与好奇，代表团在一片寂静的夜色中下榻在紧靠火车站的一家旅店。而旅店的老板，是一位年逾花甲，满头金发，慈祥勤劳的老太太。

克雷菲尔德位于德国西部世界著名的鲁尔工业区，属北莱茵——威斯特法伦州。这是德国人口最多的州，也是欧洲人口最稠密的地区。经济发达，气候温暖，雨量充沛均匀，植被生长茂盛。克市的交通十分便利，蛛网般的高速公路直通柏林、波恩、科隆和多特蒙德等城市，以及荷兰、比利时、卢森堡等国家，距首府杜塞尔多夫国际机场20公里。纵贯欧洲的莱茵河从克市东侧蜿蜒而过，不仅平添几分妩媚，更提供了舟楫之利。溯河而上，可通往世界最大港口之一鹿特丹，以及上莱茵河地区的许多德国重要港口。

当地博物馆展出的文物表明，早在石器时代和史前凯尔特人时代，这里就有日耳曼先民繁衍生息。1373年正式建市后，到十七世纪初，克雷菲尔德成为一个宗教自由岛，遭受迫害寻求宗教自由的避难者奔向这块开放的土地。他们当中许多是掌握丝绸制造技术的工人。中国的原丝运到这里，加工成云霓般的丝绸销往欧洲各国和大洋彼岸的美国。纺织业的兴盛为克市赢得了“天鹅绒和丝绸之城”的美誉。克市的第二大纺织品博物馆，至今仍保存着三个世纪以来近2万种纺织工业品，其中不乏古代中国的珍品。

纺织，奠定了克市的工业基础，又带动了化工、机械、冶金业的发展。到了19世纪，克雷菲尔德已成为德国发展最快的工业城市之一。为了纪念工业发展的拓荒者，市民交际协会在城市中心广场上竖立了一座大型纺织工人雕像。克市采访期间，代表团两次专程看望这位德国的“黄道婆”。古树花木丛中，那一身粗布衣衫，肩扛机轴，手提行囊，风尘仆仆的劳动者形象，印证了主人多次强调的一句话：克市的发展，不是贵族的恩赐，而是人们长期艰苦奋斗的结果。

开放的优良传统，使历史悠久的克雷菲尔德至今仍焕发青春。从事工业生产的职工，按人均计算，年销售额远远超过德国内外其他工业城市的平均值。虽是工业城市，克市的农业，主要是畜牧业，也具有相当高的水平。不仅有著名的农产品加工机械和数所农业学校，莱茵州的农业协会、莱茵河地区农业联合会、全德国畜牧防疫站等机构就设在这里。

我们到达的第二天上午，伴随着细雨初歇后明丽温暖的阳光，克市经济促进会长赫尔莫斯博士、分管外事的斯特鲁威官员，陪同我们开始了采访工作的第一项内容：参观市容。斯特鲁威驾车，赫尔莫斯拿着地图，通过德语翻译——一位热情能干的德籍华人、纺织工程师、大学讲师陈女士——不时高兴地介绍着克市的历史、交通、经济、文化、社会福利、人民生活等各种情况。

有人说，德国的城市如田园，既达到了高度发达的现代工业文明，又保留了集农田、牧场、森林、村庄为一体的农业传统文明。此话不假。克雷菲尔德街道整齐干净，交通秩序井然，没有喧闹嘈杂，车多却不拥挤。除市中心和公众机构有少量多层建筑外，多为造型别致明快、形态迥然相异的德式别墅小楼，户户树木掩映，窗窗鲜花点缀，鸽子在人群中悠闲觅食，小鸟在街道树上筑巢安家。放眼望去，满目青翠的大地，静静流淌的河水，诗情画意的牧场，花园丛中的农舍，还有教堂的尖顶古钟，神秘的城堡碉楼……金辉的沐浴中，处处透着安逸祥和的气息。行人稀少、洒满落叶的道路上，一辆辆疾驰而过的汽车，绿篱、草坪、白桦树林中如织的钢铁管道、耸入云中的直立烟囱、宽大的机器厂房，以及宏伟的跨国公司透亮玻璃大厦，又分明无误地告诉你，我们正在德国工业的心脏地区。

以促进交流合作为主要目的的新闻代表团，到达克雷菲尔德市后的重要工作安排，无疑要会见和采访上层官员、社会名流，并通过当地新闻媒体的报道，进一步扩大我的家乡城市在德国以及克市周围地区的影响。同市政府的会谈，同经济界的聚会，同新闻界的互访，每次都令人难忘。

第一次在市政厅。

代表团到达克市的当天下午，按事先约定，全体成员应邀前往市政厅。德意志民族的性格，以严谨、内向、理性而闻名，但早已等候会见，身材高大的常务副市长库坡，开始便不乏幽默："市长因公不能参加今天的正式会面，但他把这一重要任务交给了克市最好的三位先生。"他这里指自己和参加会见的赫尔莫斯博士和斯特鲁威官员。风趣的开场白引发出的笑声，使诚挚热情的会谈又增添了几分轻松。

库坡先生详细介绍了克市的历史、现状。他特意强调，克雷菲尔德具有开放的优良传统，克市人民乐于接受新事物，喜欢同外界接触，以此再次表达对代表团访问的热烈欢迎。他衷心希望代表团带着对克市的美好印象，带着克市人民的美好祝愿，返回中国。

代表团长说，缤纷金秋，带着丰收的喜悦访问克市。同克雷菲尔德已有十几年友好交往的历史，并有多次成功的互访和经济合作，是良好的贸易伙伴。在经济全球化的时代背景下，中国的城市也正在寻求新的更多的发展机遇。希望通过对克市的访问，促进双方在优势互补的基础上，进一步加强各自经济和社会多项事业的发展。

库坡先生记下了代表团所在城市政府官方网站网址，表示要把代表团赠送的纪念品摆放在办公室，认真阅读所有的图文资料，并常到网站访问。他还说："看了你们带来的图片和资料，感到的确很美，很想去。还要对夫人说，那里的珍珠好，我会给她带一条精美的项链回来。"

第二次在风车古堡。

它尔古堡是克市的古代标志性建筑之一，是曾经被荷兰人占领的历史见证。古堡属政府财产，但归赫尔莫斯托管。博士在古堡为代表团举办聚会，邀请经济界朋友见面。圆形古堡里装修得很现代，底层兼做厨房，可烹制德国面食，二层是一座中世纪风味的酒吧。大家喝着黑啤酒，相围而坐，从克雷菲尔德市的对外交流，谈到中国的改革开放、经济发展和古老文明、传统文化。从事贸易的赫夫先生还介绍了曾经来中国亲身经历的两件趣事，以及中国发生的巨大变化。

令人吃惊的是，热衷于中德文化交流的尼特女士，50多岁，痴迷中国文化，竟40多次到中国。她去过北京、上海、深圳等大城市，到过西安、洛阳、平遥等历史名城，也曾经在皖南山区考察，熟知鲁迅、老舍、巴金等文化名人。她戴着金丝眼镜，文质彬彬，穿着从中国购买的格呢外套，披着从中国带来的大红围巾，优雅地同我们讨论晋商和徽商的不同及其兴衰。

她说，她家有一个企业主要同中国内地的企业做生意，丈夫打点经营管理，她就满中国旅行。她甚至表示要邀请热爱中国文化的德国朋友到安徽凤阳开一次明史研讨会。

一位并不是专业工作者的德国太太，对中国文化如此熟悉和研究，给我留下了极为深刻的印象。而参加聚会的每一位德国人，如此认真地讨论中国德国世界，令人肃然起敬。古堡外风雨交加，风车也缓缓地转动了，而古堡内气氛热烈，谈兴正浓，直至夜半方散。

沉稳善良的赫尔莫斯夫人，不言不语，只是微笑着，在风车转轴旁，为我们烧烤烹制德式家庭菜肴面包。亲手为客人下厨做饭，在德国无疑是最高礼遇了。

第三次在火车站。

弃用很久的火车站候车房，是一座石块宫殿式建筑。铁路已经拆除，变为街道。为重点保护好，市政府租给了一家餐馆。市长在这里设宴，招待品尝正宗德国菜，客人自然是尊贵的。

参加宴会的全是克市企业界代表，也就是我们已经访问和将要访问的企业高管负责人。市长的良苦用心让我们有些感动。

餐厅布置装潢是古典式的，照亮大厅的是蜡烛。宴会在长长的成条状的笨重原木餐桌上进行，宾客相对落座。市长简短的开场白，宴会开始。席间，大家谈论的是世界经济的巨大变化，中国和德国经济的未来，普遍担忧的是整个欧洲糟糕的经济状况。声音都不大，气氛和缓，发言踊跃热烈，却不打断别人。一人说话，别人都在听着，也不交头接耳，这让我感觉好极了。让我感觉不好的是德式大餐，实在不习惯。土豆麻，牛肉血，面包硬，蔬菜生，啤酒苦，例汤淡，一晚上，几乎没吃什么食物，但很

企业信息大楼

饱，我“吃”了许多思想。

第四次在古城堡博物馆。

克雷菲尔德官方为代表团的访问，召开了一次新闻发布会。时间是离开克市的前一天下午。

新闻发布会特意安排在有850年历史的古城堡博物馆。古城堡建在山丘上，红砖厚墙圆楼尖顶，清脆悦耳的风铃和悠扬深远的风琴声，对遥远的东方来客表示欢迎。参加发布会的德方人员除库坡副市长、赫尔莫斯会长、斯特鲁威官员外，还有德国工商杂志副主编、西德报、莱茵邮报记者站负责人和文字、摄影记者等。

赫尔莫斯向记者介绍了两市的友谊和交往的历史，他三次到中国访问的经历，代表团来访的目的和在克市考察采访的单位。他感慨地说，中国的变化不可想象。他对记者说，百闻不如一见，想加深了解中国的城市和农村，就要自己去看了……热心的赫尔莫斯博士极富感情的话语，深深打动了记者。

暮霭中，我们登上了几经战乱，又多次修复的古城堡内院角楼顶层，驻足良久，鸟瞰克市。近处，小河、灌木、草坪围绕着城堡，碎石路古街，恬静、幽深而安详；远处，红顶、黑顶、白墙、褐墙，千姿百态的民宅掩映在黛绿色和枫橙色的树林中；再远处，哥特式教堂的尖顶同柱型的烟囱，正述说着古老和现代的童话；蓝色的天空，白色的浮云，都被斜阳晚霞浸染得一片火红。

正如一百多年前，德国著名诗人海涅描绘的：莱茵河慢慢地流去，暮色渐渐袭来，夕阳的光辉，染红，染红了山冈……

德国经济高度发达，加工业是支柱。资料表明，经历了“二战”后3次大的经济危机，德国政府改革税制，减少赤字，进一步实行非国有化，充分发挥市场机制的作用，使经济得到持续稳定增长。工业布局均衡，厂房遍地，整个德国就像一家庞大的企业。

克雷菲尔德虽然是德国的中等城市，但工业却有相当的知名度。按人均销售额计算，克市超过其他城市两倍。在克市，有拜耳特森等著名跨国公司，但更多的还是中小企业。有开发电子通讯、信息软件、特种化工产品的高新技术企业，甚至有德国最大的计算机中心，也有许多历史超过百年，仍然固守自己品牌的家族企业。

辛北尔康普公司是代表团考察采访的第一家企业。推开紧靠路旁的浅蓝色大厦的透明玻璃门，曼德拉兹经理站在总体模型前，他笑着说欢迎贵客来访时，我们才意识到已经进厂门了。这是一家生产压铸各种木质纤维板材机械的企业，颇具规模。厂区很大，但工序之间合理紧凑，二三层楼高的龙门刨床、巨型铣床为数不少。科研实验部门相当于小型工厂，从各国木材的品质化验，到本厂生产的各种机械成品，以及压铸的各种板材，都有严格检测，且手段先进，为企业开发产品和质量管理提供翔实的数字依据。公司在中国建有40多条生产线，在安徽省就有合资企业。

塞斯凯针织机械厂生产的电脑自动绣花机，把零部件委托专业厂加工，自己主要是承担总装配和调试。一台绣花机上万个零部件，按工艺流程半个月前采购，20天组装完毕，立即包装进集装箱，销往世界各地。这样不需要仓库，也节约了大量流动资金，减少了管理和财务费用。在厂区内，车间占地比例并不大，而大部分地方却是花木和草坪，当然，还停放着一大片各式小轿车。我们清楚地看到，该厂加工的绣花全棉遮阳帽，半成品来自于中国。

雷那尼安啤酒厂是一家建于1838年的百年老厂，30万公升的生产规模在一栋五层大楼内完成。工厂自动化程度高，几乎看不见工人。德国是个盛产啤酒的国家，在世界享有美誉。因而，作为5代家族式企业的雷那尼安，不仅注重啤酒的品质，更加注重自己的传统，炫耀骄人的历史。到

啤酒厂

了工厂，犹如走进啤酒博物馆，百年以来机器设备的演变、酿造工艺的改进，你都可亲眼看到，并有专职接待讲解员领你参观。品尝工厂生产的新鲜啤酒，观看啤酒发展史录像片，是每一位到雷那尼安客人的“必修课”。

泰威尔斯食品公司主要产品是蛋糕、布丁粉及各种食品添加料，近一半出口到西欧各国，目前正积极拓展日本、韩国等亚洲市场和中东地区。公司给人的突出印象，不仅生产井井有条，卫生条件标准高，而且办公室装饰得像艺术画廊。特别是职工食堂别具一格。沿墙壁挂满了4代家族创业者的肖像、当年的生产设备及其企业发展史照片，不由得令人起敬。销售部主任是一位英俊的年轻人，热情诚恳，举止言谈彬彬有礼且十分得体。他表达了要与中国市场发生联系的强烈愿望。虽然我们远途奔波，行李已是负担，但代表团还是决定把两箱样品背回国。

蒂森是一家钢铁机器联合制造业的跨国公司，跻身于德国前10名，信息技术总部设在克雷菲尔德。公司的业务几乎遍布全球，在中国有北京、上海、香港等多个分支机构，为汽车、电子、矿产、运输、医疗等行业提供整套信息软件，并且从事卫星和电缆相结合的数字媒介技术服务。信息公司大厦全部由不锈钢和玻璃建成，阳光照耀下，光亮夺目，十分气派。控制中心设在巨型智能大厅内，据说在德国甚至在欧洲是最大的。工程技术人员肤色不同，来自世界各地。代表团仔细观看了多媒体展示的公司业务后，又认真考察了音像数字处理系统和卫星有线电视转播系统。公司热情留请代表团午餐。令人意想不到，为了节约时间，提高工作效率，餐厅只有高腿圆形小餐桌，没有椅子，全站着吃。一位博士说，公司中午全都这样。我们粗略一算，从开吃到结束，没用20分钟，同中国的业务招待相比，这就不是饮食习惯的差异了。

麦瑟尔特种气体灌装公司，也有100多年历史，生产灌装上百种气体。据说，在整个欧洲仅此一家，别无分店，年销售额达30多亿马克。许多气体应用于尖端科学领域。如一种液态气体，可以在短时间内，使一定空间达到零下269摄氏度。车间生产全部自动化，工人上班要穿类似防化服那样的工作服。为保证生产安全，作业区禁止打手机，自动控制台的电脑显示屏，也要用金属隔离罩，防止电花。陪同人员任泽尔先生介绍说，价值50万美元的专用运输汽车，公司有36部。表情不无自豪。

劳芬伯格粘贴胶带制造公司，主要产品是五花八门的胶带纸，有好几百种，应用领域非常广泛。总经理介绍，企业属中型，家族式，1947年建厂，1960年转产，1955年取得技术突破，产品在全球内销售。他特意指出，中国胶用纸市场巨大，公司在上海办理中国事务。自始至终陪同采访的经理，总是不忘告诉你，他们的技术和质量是世界一流的。

几天的深入采访，代表团印象深刻而又收获颇丰。

从外表看，克市企业的建筑同国内多有不同，没有围墙和大门，工厂、居民、单位之间的分界仅仅是一道木栅栏，或者什么都没有。一幢漂亮讲究的建筑物，一栋民族风格的房屋，可能就是一家企业。厂区除了道路就是草地、绿化物，同周围环境和谐统一。不进入车间不看到机器，你是不会感到是在工厂里。各种原料、设备、成品，摆放有条不紊，一尘不染，门窗明亮干净，地面卫生整洁，看上去谈不上赏心悦目，但心情舒畅，视觉上有一种独特的“企业美”。在洗手间里，我曾惊叹，可以和国内四星以上酒店相比。

建立开发区招商引资，是世界各国普遍采取发展经济的一条道路。克雷菲尔德招商区起步早，起点高。经济促进会买下土地，投入资金，完成“八通二平”后，再出售或租赁给外资企业。市政府规定，外资企业租地后，必须用二分之一的面积绿化，汽车必须停在地下车库。如果三年不

垃圾焚烧厂

用，无条件收回。目前，已有美国、英国、日本等30多家跨国公司在这里设立分支机构或合作办厂，是德国办公用具、音乐电器制造业的中心。招商区的名字叫“欧洲公园”。

代表团到招商区采访，如不是有人陪同介绍，还以为真的是公园。整个区域鸦雀无声，不见人影，草皮树木覆盖，人造河流清澈见底，水中鹅鸭嬉戏，如果不是亲眼看到彩色的现代化楼顶上，赫然立着世界知名企业的大型招牌，路上有大型长臂吊车，正在起降设备，你仍然不会相信是在开发区。

感触尤其深刻的是，所到企业，无一例外地都有自己的科研机构，源源不断地开发新的产品和技术。

纺织业在克市出现最早，迄今已有400多年历史，现在仍是克市的骄傲。无论是面料还是服装，新产品一代一代不断问世。德国三分之二的领带来自克市。一些名为意大利制造的高档领带，其实就是克市生产的。克市的服装在号称世界时装之都的巴黎，也颇受青睐。用于制作防弹衣的高强度碳纤维和血液过滤网的超细纤维，在一定程度上代表了克市纺织技术的水平。

在克市考察的企业，全是股份制或家族式，基本上姓氏就是企业的名字和品牌，这除了德国近代工业历史发展的原因外，也同战后，特别是统一后的私有化进程，改造合股公司或股份有限公司有关。改制企业按国际资本市场上的价格出售。我们重点采访的垃圾焚烧厂和污水处理厂，原来属国有企业。前几年，当局将这一市政设施私有化，卖给了两家私有公司进行股份制改造，市政通过收取垃圾处理和污水排放税付给经营公司，垃圾焚烧的余热发电出售和用作污水处理厂的动力来源。目前，这一有30多年历史的环保企业按市场规则正常运营。

企业管理已从科学时代进入人文时代，管理者更多地注入感情因素，以调动劳动者的积极性。我们注意到，企业的办公室走廊上，车间的机器旁，一般都放有自动饮水机，免费提供纯净水、饮料或可乐，工作间隙提供糖果甜点和咖啡。挂在车间墙壁高处的低音喇叭，工作期间播放背景音乐。蓝领、白领、金领工作态度都是认真的，一丝不苟的。在辛北尔康鲁，总经理陪同代表团在装配车间，一位用刮刀修整铸件的工人，自始至终连头都没抬。而我们一群人就在他身边。在自动绣花机厂，一位电脑工程师，埋头计算调试，不仅不搭话，连看都不看旁边一眼。在焚烧垃圾的总控制室，工作人员专注得不知道代表团进门带有照相机和摄像机……良好的生产秩序，负责的工作态度，全面的企业管理，也许是克市经济成功的一个旁证。

早在上世纪五六十年代，对外贸易稳定持续增长，以及资本输出输入比较自由，就促进了德国工业生产和整个经济的迅速发展。七八十年代，政府进一步扩大出口，增加顺差，带动经济增长。到了九十年代，当局再次调整政策，刺激发展新的科学技术，以提高出口产品的竞争力。德国克服危机，创造经济奇迹，大量产品出口是一个重要因素。此点在克市得到验证。企业几乎全是外向型，产品遍布世界各地，只不过是国内外销售的地区和比例各有不同。就连完全为本地服务的垃圾焚烧厂和污水处理厂，设备安装和环保技术也整套出口国外，接受工程订单。公司领导和工程技术人员，从产品开发到市场销售，眼光总是国际性的。整个克市的工业品，一半以上出口国外，就是在德国内也很难有更多的城市与之媲美。

德国成为生态农林业为中心的绿色如茵的城乡融合社会，是战后几代人艰苦努力的结果。良好的环境保护，是克雷菲尔德向我们展示的独特魅力之一。

造物主偏爱德国，雨量充沛均衡，气候凉爽湿润，一年四季山林青翠，鲜花盛开。德国是林业革命的发源地，三分之一以上的土地被森林覆盖着。许多美丽动人的民间传说、寓言童话，大都发生在神秘的森林里，以至派生出专业的森林文化和森林哲学，比如格林童话中的《白雪公主》、《灰姑娘》。德国人对森林情有独钟。

当第一批森林被砍倒在地，文明便开始了；当最后一批森林被砍倒在地，文明便结束了。人们信奉着这样一句有关人类文明与森林的至理名言，于是，造林、护林、爱林、颂林，不断到森林中谛听大自然生命的吟唱，领略绿色王国的无限风光。在克雷菲尔德中心地区，成片的自然树木遮天蔽日，有金色的落叶松，有暗红色的杉树，有灰蓝色的地柏等，可谓五彩缤纷。还有一种叫连香的树，叶子能释放出浓重的香味。

按我们的眼光看，克市的绿化并不刻意追求，人工雕琢的痕迹不重，而是讲究实实在在的环保效果。即使在中心区，也看不到装修砌造考究的花坛，多是围以水泥方砖或普通的铁栅栏。没有整齐划一的名贵花木，但用剪草机精心修整的草坪，青翠欲滴，平如茵毯。长势茂密的橡树、山毛榉、落叶松、云杉在风中摇曳，色彩斑斓的红叶黄叶绿叶，层层叠叠。森林中有城市，城市在森林中。

克市是德国最早建立垃圾焚烧厂和污水处理厂的城市之一。在德国，垃圾是分类收取的。垃圾箱标明放金属物、玻璃制品，还是纸制品和其他杂物，前三种回收利用，后一种焚烧。焚烧后的无菌灰用于修路或填地，不能再利用含有对环境有害的剩余物深埋处理。污水处理的残泥，也要焚烧。克市的垃圾焚烧厂可日烧垃圾近2000吨，承担包括周围地区城镇的垃圾处理，整个生产过程用计算机控制，全部实现自动化。焚烧产生的气体经多次净化，由环保部门检测达标后再排放到空中，烟囱过滤灰被用于建筑材料。整个厂区干净整洁，空地处同样枝繁叶茂，草长花开。厂区外紧连着的一泓清水，竟是克市水上运动中心。

克市政府和社会团体都十分注意鼓励市民参与环境保护，美化家园。交际协会按期在盛大节日向对改善环境作出贡献的团体、企业和个人颁发表彰证书。在迎接克市建立600周年的活动中，4000户房主响应交际协会的倡议，把自己家建筑物的正面修缮粉刷一新，得到了市长的签名嘉奖。

在法律约束和社会影响下，克市形成了浓厚的环保意识。每家企业不仅向我们介绍自己的经营业绩，同样讲述在环保方面采取的措施，强调说明本企业和产品没有给环境造成污染。在一家企业的门厅内，精致的橱窗中陈列了好多份证书，开始以为是产品荣誉称号之类，经询问原来是通过环保检查的证明。

早先的鲁尔工业区并不是这样。上世纪六七十年代，作为全欧洲最大的工业区，集中了全德国百分之九十的煤矿业，百分之六十的钢铁业，百分之五十的能源工业和百分之四十的化学工业。6600多个大烟囱排放着二氧化碳和硫磺等废气，有老工人回忆说：“每天，我都会眼睛发涩，喉咙疼痛，走路时感到肺疼。”污染给人们健康带来了极大的危害，区内一些城市甚至被称为“死亡之城”。有人说，“莱茵河犹如一道几万种化学药品调制的鸡尾酒”。据说，一天警察从河里救出一名男子，他却大叫：“我在游泳！”但警察认为他在自杀。污染最严重时，死鱼覆盖了400公里的莱茵河面。

上世纪八十年代初，德国终于吹响环境污染治理的号角，政府颁布了100多个法律规范。一些州长、市长，环境官员纷纷辞职落马，有的甚至被处罚判刑。问责风暴还促使德国诞生欧洲第一个绿党。绿色政治掀起了环保运动的高潮，并日益成为公民的自觉行动。

在垃圾焚烧厂，我们目睹一对衣着考究的老年夫妇，开着奔驰轿车，把自家不用的沙发等杂物送进焚烧坑。在采访途中，我们乘坐的面包车在一个偏僻无人的小道上碎了块玻璃，钢化玻璃的碎渣呈圆球状，妨碍不大。可陪同的赫尔莫斯博士坚持停车，随即打手机。翻译告诉我们，因为车上没有工具清除，他是在同单位联系，立即安排专人前来清扫。等带着工具的人员赶到，清扫干净后才驱车离开。

虽然克雷菲尔德干净整洁同他们城市基础设施完备有关，但严格的措施和良好的习惯却值得赞赏。克市规定拆除危旧建筑必须逐间进行，拆除一处清理干净一处。装运建筑垃圾应先用水喷洒，防止扬起灰尘。车辆是整体车斗，不准装得过满，而且必须盖上篷布，以免沿途抛撒。楼房改造装修，要用一节一节的锥形塑料管，从楼上接到地面的一个整体车斗内，车斗再用篷布围严，像用管道一样封闭运输建筑垃圾，这样当然不会对环境造成污染。城乡暂时不用的空地，都必须用植被覆盖。大街小路，电线全部入地。大店小铺，橱窗一尘不染。市场经济发育成熟的国家，广告牌却少而又少，几乎看不到，讲究的是不允许污染视觉。

城乡居民都十分注意美化自己的家庭环境。马路上没有临时搭建，楼房阳台没有晾晒物，墙壁上没有乱写乱画，窗户上没有“老虎笼”，建筑物没有悬挂品，几乎家家门前有草，户户阳台有花，擦得明亮的玻璃窗内，清一色的白纱帘，整个城市整齐、干净、静谧，犹如中世纪的牧歌田园。

在克市，我们也领略了严谨甚至刻板和过分注重形式的德国传统。在去德国前，电传往来多次，不仅要确定采访地点和内容，采访时间要确定到分钟级，并回执不得更改。采访期间，因团长身体不适生病了，我们同经济促进会商量了整整一个下午和晚上，试图做局部调整，回答都是否定的。甚至能否让团长多休息半小时都毫无商量余地。

古堡和火车站候车房聚会，不少人发言打了草稿，无论是政府官员还是企业代表，都照本宣读。德国人说，念事先准备的材料是非常重要的形式，更能体现对客人的尊重。

由于德国历史短，又由于两次世界大战，德国人内心潜移默化的不安使他们坚信，一切事物都可以量化，可以用形式体现。所以做事，按部就班，不怕麻烦，甚至一个菜谱，都能传好几代人。德国人的天性不肯投机取巧。亲朋好友写信表达思想，邻里之间也要写信联系。一家的狗在另一家门口拉屎了，另一家就写一封信告知对方，接信的邻居再写信致歉，因为过程有形式，而书面形式比口头表达重要。在克市看冰球比赛，坐在我旁边的一位先生，沉浸在疯狂时刻的同时，十分清醒地把球赛技术数字记录下来，用统计数学原理同其他球迷一起分析，演算公式，预测比赛结果。

近代报业的发源地在意大利，社会主义报业的发源地在德国。

现在德国的报业比较发达。资料表明：公民享受着高份额的大众传媒，日报销售量近3000万份，每千人发行量雄居世界前列。德国统一后，前东部报业进行了所有制的改造，前西部报业向集团化方向发展。发行方式也悄然变化，从以零售为主，向订阅和零售并举发展，订阅比例逐渐提高。这是报业集团拓展发行市场和集约经营的结果。大报的地方专版正逐渐取代地方小报。

商店里的中国文化产品

考察报业是事先商定安排好的内容。参观了奔驰汽车专卖店，在一家姓叶的温州人开的中餐馆用完晚餐后，由斯特鲁威官员陪同，我们来到了德国知名报

街头书报亭

纸——Rheinische Post，即总部设在杜塞尔多夫的《莱茵邮报》。

到报社后，我们非常不解。一楼门厅内站满了人，大多为中老年人，也有学生和儿童。他们三五人在一起，低声话语，不知他们晚上到报社何事？等到工作人员引我们到底层接待大厅，才恍然大悟，他们同我们一样，是到报社做客的。原来，莱茵邮报每周一、二、三晚上8时开始，专门接待读者来访，并有专车接送。

大厅内早已安排妥当，桌子呈“口”字形摆开，上面放着各式点心和饮料。两名女管理人员，一开始播放报业发展史和莱茵邮报史专题碟片，然后，拿着报纸清样和印刷胶片、底板，详细介绍着有关报纸采访、编辑、出版、发行的各种业务知识，态度真诚，讲解耐心。

据介绍，莱茵邮报是个报业集团，1946年创办，经过几十年发展，不仅拥有子报及其子公司，还同电视业合作，当然还有网站。报纸在德国有较大影响，发行范围覆盖到周边国家。办报宗旨可以概括为：用简洁明了的版面语言，准确、鲜明、真实、客观地反映政府意见和人民意愿，报道世界各地的重大新闻。发行量40多万份，周末50多万份。平时40个版面，最多时超过100个版面，是德国区域性的新闻媒体中心。报社有25个编辑部门，19个负责国内报道，其余负责国际报道。2000多从业人员均经过专

克雷菲尔德古堡

业培训，24小时值班，分4班操作。印刷设备是欧洲一流的，生产线有80米长。报纸总收入三分之二来自广告，发行总数中，百分之七十是订阅。

国内报界有一术语，叫“开门办报”，即依靠群众，不断听取并吸收读者意见，以改进工作，提高报纸质量。没想到，德国也是如此。我现场数了数，来访读者一共42位，发言十分踊跃，且彬彬有礼。看得出，他们非常关心这份报纸，所提问题，也都经过考虑。我按顺序记在本子上，一共20多条，不妨罗列：

报纸夹带邮送广告偏多。读者来信中关于时事政治不同意见也应刊登，而编辑无权改动。上头版的不一定是政治新闻，应该是最吸引人的消息。为什么同一件事，别的报纸上一版，而邮报上二版。报纸刊登启事不应过多。为什么非莱茵地区到中午以后才收到报纸，是否可以早一些。谁是新闻用纸的供应商，是本国还是外国。印刷报纸用的油墨是否环保，不能对环境造成危害。报纸折叠、运输质量要提高。看报纸，怎样避免油墨掉色，手不发黑，要改进用墨技术。能否多给零售商优惠政策，以更多地推销报纸。在德国和其他国家，能否采用更加有效的竞争手段，尽量扩大邮报的影响。如果搬家了，怎样才能及时拿到原来订阅的报纸。国家已有正字法，为什么还有非规范用字。

提问持续了1个半小时，已到了10点钟，来访读者却毫无倦意，仍在不断发言。而负责接待的两位女士，总是面带微笑，详细诚恳地回答各种各样的问题，尽管有的问题很古怪。作为新闻界同行，代表团也提出了诸如报纸发行量、覆盖范围、广告收入、年度利润、网络新闻、同电视广告的合作、是否有出版社、编辑部分工、世界性报道如何安排、印刷机器设

克雷菲尔德市福利院

备等比较专业的问题。

在两名工作人员的引导下，我们同来访读者一起参观了报纸全部出版过程。作为同行，我注意到，整个流水线，有的设备比国内好，也有的比国内差。还有一点同国内略有不同，报社同广告商签有合约，在印刷报纸的同时，报社也印刷各种报型、杂志型和单页的广告，并和报纸一起用机器折叠，一起送到读者手中。

已是深夜11点多钟，看着送读者回家的大客车在蒙蒙夜色中消失，我们才踏着月光往回走。四周静悄悄，只有略带寒意的微风在轻轻唱。考察莱茵邮报，我们的心情并不平静。毕竟，德国是马克思主义报业思想的故乡。马克思一生中参与创办了有20种报刊，其中以莱茵报、新莱茵报和社会民主党人报最为著名，并形成了马克思主义的工人阶级报刊思想和党报思想。在马克思、恩格斯影响下出版的第一张党报，即共产主义杂志报头上就鲜明地写着：全世界无产阶级联合起来！如何借鉴和批判吸收现代德国的办报经验，是需要我们认真思索的。

德国是体育大国，人们酷爱体育活动。克雷菲尔德居民成人中有四分之一分属不同的体育俱乐部，或骑自行车、骑马，或划船、踢足球，或跑步、打冰球，全民健身活动开展得十分广泛。克市拥有良好齐全的体育设施：有高尔夫球场、冰球馆，曲棍球场、赛马场、水上运动场，足球、篮球、排球和网球场更多。市内树林、灌木丛后，常常看到成排的标准足球场。克市的体育馆可容纳25000人，游泳中心和室内游泳馆可容纳15000人。在主人的热情安排下，代表团观看了一场冰球比赛，其热烈激烈场

家族企业食堂墙上挂着创业者像

面，是始料未及的。

克市的跑马场是德国最好的快速跑马道之一，每年举办15场比赛，每次比赛都吸引全国各地的马迷前来参与这项既是竞技又兼博彩的活动。赫尔莫斯博士还特意告诉我们，其中有的赛马就是由经济促进会参与主办。经济与体育“联姻”，采用市场手段运作经营销售体育，由此可见一斑。

克市人民追求高雅的情趣，提高自身的文化品位。克雷菲尔德剧院已有200多年历史，世界著名的音乐家舒曼、勃拉姆斯都曾在这里举办过音乐会。如今克市拥有市立剧院、青年剧院、实验剧院和一支管弦乐队、一个交响乐团，还与邻城有一个剧院联合体，保持4个剧种。博物馆有5个，图书馆、植物园都是人们增长知识，陶冶情操的好去处。

许多富有的家族把自己珍藏的文物，甚至私有古堡、别墅、豪宅捐赠给市政用作发展文化事业。动物园里有一座热带雨林馆，占地2000多平方米，三四层楼高的自动控温玻璃暖房，就是一位有钱人捐资建造的。里面树花生生，蝶舞翩翩，流水潺潺，鸣禽啁啁，人们足不出市，就可领略亚马逊河畔的迷人风光。

主管市政、青少年教育和社会福利事务的史耐以德议员，专门陪同代表团参观采访了现代艺术馆。这群在上世纪20年代由一位纺织大亨建造的房屋，四方形平行框架，线条分明，超大窗户，开放式阳台，高贵中显出淳朴，建筑风格在当时是超前的。这位富翁将房屋连同开阔的后花园一齐捐给政府，辟为艺术馆。现在不仅展览其建筑本身，还定期更新室内各类摄影、绘画、雕塑作品。

德国的发达归功于先进的教育。基础教育世界领先，职业教育更具特色。有人说，德国制造业的强大，是因为有大批受过良好培养的技术工人。据介绍，德国每年都有三分之一的职工参加各类职业教育，不断更新知识，提高技能。克雷菲尔德有州立工科大学和医科大学，还有多所专业学校，加上中小学和业余学校，教育体系完整完备。

音乐学校主建筑是一幢宫殿式楼房，富丽堂皇，是贵族后裔捐赠的。学校坐落在森林的边沿，环境幽静，景色宜人，加上典雅艺术的装修，的确是孕育音乐灵感的好地方。学校不搞学历教育，而是培养技能，设有声乐、吹奏、钢琴、小提琴、戏剧等专业，有50名教师，2000名学生。德国人普遍重视下一代的音乐素养，要求入学的孩子很多，受规模限制，需排队两年才能上课。市政提供百分之六十的办学经费，其余由学校自筹。临别时，校长还特意送给代表团每一位成员由学生演唱弹奏录制的光盘。

我十分庆幸和其他到欧洲旅行的人不同，能如此深入了解一个工业城市，走进德国普通人家庭中做客，到这么多的公司内部集中考察，还采访了农民、商贩、工人，要说感触最别样的，应该是家族式企业。

德国的家族式企业一般历史都比较悠久，经过几代人的不懈努力，才能达到如今的规模和水平。特别是在战后，家族企业随着德国经济的复苏崛起，得到了长足的发展。但他们都未雨绸缪，如履薄冰，小心翼翼地呵护着。他们为自己的前辈而自豪骄傲的同时，担心因自己经营不善，而辱没了祖上的名声，败坏了家产。但面临着全球性的资源整合，分工调整，特别是跨国公司的血腥竞争，也犹豫过，彷徨过，是入股参加？还是继续坚持？每个家族企业都必须做出选择。在我采访的家族企业中，许多都邀请聘用了职业经理，全心打点。他们都明白，中国的市场实在是太大了，企业要发展，仅仅面向欧美是绝对不够的。因而，在接待中国客户时，表面热情而矜持，内心却是谦恭和担忧，对中国客户分外看重，不愿失去机会。这也是我们代表团礼遇如此高的内在原因。德国《莱茵邮报》、《西德报》等媒体，都在重要版面和时段刊登了我们访问的消息。如今的中国，真的牛气冲天，一个订单，甩出去就是几十亿欧元。我们所到各个企业，经济促进会长也都全程陪同，总经理或者总工程师，热情而详细地介绍推荐企业和产品，盼望着合作机会，期待着商机出现。

支撑德国经济的，正是一大批具有几十到几百年历史的家族企业，他们中的绝大多数不仅躲过了金融危机的重创，而且正在逆势扩张。调查表明，一半左右的家族企业打算通过入股或并购来扩大自身规模，即使在金融危机中，这些企业财务结构也大多健康。

在世界上的工业国家中，德国家族企业所占比例最高。在300万个德国企业中百分之九十五是家族企业。德国经济研究所数据表明，100年以上的家族企业达数千家。最老的是慕尼黑皇家面包房，有近700年历史。家族企业成为德国的经济稳压器，也正是依靠家族企业，德国才能在经济危机中最先复苏，成为欧洲最抗打击的经济体。

德国家族企业最大的优势在于“术业有专攻”。伤其十指，不如断其一指。他们并不面面俱到，而是通过在一个行业、一个专业领域内突前发展，成为“明星”，即使经济萧条，产品先进精细的地位仍然无人取代。

适应性强是德国家族企业的另一个秘诀。他们按客户需要生产，审视经营活动中的每一个细节，并随时做出调整。据介绍，始建于1861年专业生产测量仪器的马尔公司在金融危机中，以“应用专家”的形象面向市场，口号是“说出您的问题，我们就会给您解决的答案”。

适应的基础是创新。成功的家族企业都注重产品的研发，都有自己的工程师和科学家，他们专注自己的事业往往有所作为。

家族企业还是德国就业稳定的最大功臣。克市的官员说，“很多职工世代相传在同一家公司工作，有的已经传承了四五代人，技术诀窍留在家族中，几乎成为基因的组成部分”。很多德国人对工作的家族企业忠心耿耿，把自己视为家族成员，这样就形成了凝聚力很强的文化，使企业保持优良传统，促进企业发展繁荣。

把经营重点转向新兴国家，转向中国，这是德国家族企业的共同选择。早在15年前，德国《法兰克福汇报》就认为：“中国是世界上最有活力，最大的新兴市场。在不到20年后，中国将成为世界上最大的国民经济规模体。不及时或者不充分地到这个新兴市场去投资，就意味着放弃经济增长，从而危及德国的就业岗位。”

家族企业泰威尔斯食品公司销售部主任的一席话也许颇具代表：“未来的大市场在亚洲，首先是在中国”，“德国的家族中小企业必须进军中国，到中国去淘金”。

13 流浪汉拯救的教堂

雷菲尔德 Krefeld

科隆 Cologne

苏黎世 Zurich

洛桑 lausanne

Geneva

带着克市深度采访的收获和满足，我们驱车去科隆，一座以哥特式大教堂和香水而闻名的德国第四大城市。

欧洲的乡村景色是胜过城市的，各国风情又有所不同。意大利的庄稼，芬兰的湖泊，瑞典的岛屿，荷兰的运河，奥地利的森林，法兰西的葡萄园……

而德国的乡村风光可以抽象化为整齐。驱车行驶，不看路标，仅从路面的平坦洁净度，就能判定到了德国境内。路边树木的栽种，草坪的修剪，农舍的精致，田野的耕作，一切都那么有序，体现了德意志认真严谨的民族传统。去科隆的旅途可以说秀色可餐。

到科隆，无疑首先是看教堂。科隆大教堂的正式名字称圣·彼得大教堂，有5个殿堂、3个偏堂，还有回廊。圣坛是德国教堂中最大的。圣坛上的十字架是欧洲最古老、最著名的。让科隆教堂闻名于世的是高度，两座哥特式尖塔相当于50多层楼房，远远望去，像两把锥子，直刺苍穹，有两个半巴黎圣母院高。玲珑剔透、高耸入云的尖塔，寓意着灵魂可以升天。

科隆教堂另一个世界之最是建造时间。不可想象，1248年始建，1880年才最后竣工，前后六百多年。的确是因为经历了太久远的时光，教堂整体已呈黑灰色。“二战”中，科隆是德军西线扼守的据点，盟军炸弹已把科隆夷为平地，独有教堂巍然不动。据介绍是因为炸弹触不到尖顶，即使落到塔上也滑到了地面，而教堂底层基石是两米高的巨石，炸不透，所以幸存。

科隆教堂还有一个奇迹：窗户玻璃居然也是原物，历经狂轰滥炸而没碎。2008年5月，一封解密的“二战”盟军轰炸科隆的飞行记录揭开了悬疑。

教堂内四壁，镶嵌了一万多块彩色玻璃，描绘的是完整的圣经故事。当年，教堂在建时，就收留了许多流浪汉寄宿。建成后，教堂允许流浪汉住在地下室。盟军轰炸时，科隆人外逃，流浪汉无处可去，仍守在教堂内。没有人怀疑盟军会放过教堂，流浪汉中的一位老者站了出来，他说，过去教堂给了我们庇护，我们虽然无力不让教堂被炸毁，但可以把玻璃拆下保护起来。在老人的带领下，流浪汉们开始拆玻璃，没有梯子，他们外出借，甚至偷。流浪汉们不分昼夜辛苦工作，任凭轰炸机在头顶呼啸，仍然坚持装卸着玻璃并运往地下室。到最高层时，需要从外面拆，流浪汉们象“蜘蛛人”一样，冒着生命危险用一根绳子系着，全身飘荡在塔外。而这一惊人之举，震撼了轰炸机上的飞行员，他们看得很真切。突然，领航机改变方向，没有投扔炸弹，炮弹也没有朝教堂主体发射，而只是象征性地向周围射了过去，接着轰炸机群便绕行一圈飞离教堂远去了。随后科隆被炸得只剩碎瓦，教堂却完好保存。

在揭秘的飞行记录中，一位代号为MX78的美国军官写道：“当我改变主意，放过大教堂的那刻起，我就知道会因此受到惩处，但当你看到一群衣衫褴褛的人，将自己悬在高高的塔尖之外，不顾生死地抢救教堂玻璃时，相信你也会跟我做出同样的决定。”

拯救教堂的不是上帝，是一群流浪汉。

因为确信有上帝，人们才建造教堂，虔诚地供奉祭祀歌颂，盼望着同上帝对话。但上帝不仅没有能力拯救教堂，更没有能力拯救深受战争蹂躏的善男善女。上帝抛弃了的信徒，成为了流浪汉，却以德报怨，英勇无畏地拯救了教堂。上帝不值得信赖。创造奇迹，包括建造巅峰艺术之作的教堂，只有靠人们自己。

见证历史的科隆教堂，凄风苦雨中挺立，腥风血雨中不倒。在11月底的冷风中，我在科隆大教堂前的广场上，驻足有近半个小时，寻找并看到了当年留下的弹痕。

面对高高的教堂，我想拍一张留有尖顶的照片，直到我退到很远一条斜坡石块小街的高处，才按下快门。

凡有名气的城市，一定会有一条河。水能带来灵气。我快步穿过莱茵河铁桥，仔细欣赏着这座城市沿河两岸的风光。虽是冬季，科隆依然枝叶繁茂，绿草如茵。河水舒缓地流淌着，清且涟漪。色彩斑斓的宫殿城堡式建筑，鳞次栉比，错落有致。滨河公园树木成林，掩映着雕塑小景。中午的太阳温暖而柔和，照在教堂入云的尖顶上，更显得雄伟挺拔。更远处深林长谷，闲云飘忽，同莱茵河一起，静止在天际线上。恰在瞬间，教堂的钟敲响了，这来自天国的声音，犹如诗化的哲学语言，在悠渺广阔的空间久久回荡。

教堂前的广场十分热闹，有乐器演奏者，有杂耍艺人，有陪同合影的真人秀乞丐，有溜旱冰的儿童，当然还有无所事事的流浪汉。紧接教堂的南面，就是著名的霍尔步行街，数不清的店铺，看不尽的教堂，游客如云，摩肩接踵，人流密度比上海南京路还要大，代表团成员不得不格外小心，防止走散。

科隆是德国现代工业经济中心，世界上最早研制成功人造香精的地方，有香水城之美誉。科隆几乎成为香水的代名词。到科隆无疑要买香水回国送亲朋，售卖香水数位到分的标价方式显得特殊，当问营业员可否打折时，笑答，全德国一个价。

鲜花木桥塔楼

14 尼德兰的兴衰

阿姆斯特丹 Amsterdam

布鲁塞尔 Brussels

有人说，如果你要研究社会主义，你就要先研究资本主义；如果你要研究资本主义，你就要先研究荷兰。马克思称荷兰为“17世纪典型的资本主义国家”。

我们在科隆时间不长，就驱车前往资本主义的发祥地荷兰阿姆斯特丹。

荷兰，又称尼德兰，低地和低洼之国的意思。荷兰原来是以阿姆斯特丹为中心一个省的名称，由于荷兰省在尼德兰处于支配优势地位，所以欧洲一些国家便以省名荷兰代替国名尼德兰，汉语译名也由此而来。

很久以前这块土地上就有日耳曼部落定居。公元前55年，罗马凯撒大帝征服了荷兰。罗马帝国崩溃后，公元8世纪荷兰成为法兰克王国的一部分。公元10世纪后，荷兰属神圣罗马帝国，包括荷兰和比利时的尼德兰逐渐形成统一的政治实体。神圣罗马帝国皇帝查理五世死后，尼德兰处于西班牙统治之下。由于课征重税，没有宗教自由，尼德兰举行起义，爆发了反抗西班牙的80年战争，最终完全独立。1581年成立联省共和国，又称荷兰共和国，是为欧洲乃至全世界第一个资产阶级共和国。

此时的资产阶级主要指商人，而工业革命则在二百年后才爆发，以工业资本家为主的资产阶级还没有诞生。而早在13世纪，荷兰商业和手工业就发展迅速，成为西欧的经济中心。到17世纪，荷兰已成为商业最发达和生活最富裕的国家。

1602年，荷兰在印度尼西亚成立了官办的、有政府职能的东印度公司，开始了在非洲、亚洲和大洋洲从事大规模的海上贸易，并广建殖民地。1619年荷兰船队占领雅加达，在印度尼西亚殖民统治三百多年。

1621年，荷兰又成立决心开辟新世纪的西印度公司，从事新大陆贸易和殖民活动。美国纽约就是由西印度公司于1625年以40盾钱、10把枪和1只铜锅从印第安人手下买下来的曼哈顿主权，并在北美建立“新荷兰国”。当时纽约起名“新阿姆斯特丹”，后来，英国人夺走了这座城市，改名为“新约克”，也就是汉语译名纽约。纽约的哈德逊河也以荷兰人命名。西印度公司还从事罪恶的奴隶买卖，在南美、北美、南非开辟殖民地，从非洲赎买了1500万黑奴。

如果说，16世纪是西班牙和葡萄牙的世纪，那么，17世纪则是“荷兰世纪”，也被誉为阿姆斯特丹的“金色世纪”。鼎盛时，荷兰拥有近2万艘商船，近20万海员，世界上所有的港口都停泊了荷兰商船，货运量占全世界一半，海船总吨位超过英法总和，雄踞世界第一。全欧洲的粮食都在阿市交易。1608年，阿市创办了证券交易所。翌年，又创立了欧洲第一家资本主义性质的证券银行，荷兰成为世界金融中心。荷兰的战舰和银行几乎掌控了整个世界。

阿姆斯特丹保障任何人不受宗教迫害。于是，欧洲各国流亡人士带入了大量资金、技术、文化和新思想，荷兰逐渐成为欧洲乃至世界的经济文化中心。特别可贵，荷兰不歧视犹太人，阿姆斯特丹成为犹太人最集中的城市，而正是聪明勤劳善于经商的犹太人推动了阿姆斯特丹迅速发展。

荷兰是欧洲的自由之国，阿姆斯特丹是荷兰的自由之都。欧洲近代文明是在自由光环的照耀下前行的。

由于没有跟上世界工业革命的步伐，在殖民统治中掠夺和积累了巨大财富的荷兰日渐衰落，加上德国对犹太人的疯狂屠杀，荷兰先后被法国、英国、日本等国击败，至1975年11月25日，最后一个在非洲的殖民地苏里南宣告独立，荷兰庞大的殖民帝国彻底结束。这也从一个侧面证明，劳动是财富之父，丧失产业，仅靠分割工业平均利润的商业及其衍生的金融服务业，是不能持久立国和强国的。今天欧洲发生的一切又做了再一次印证。

在荷兰境内行走，感觉特别，有的好生奇怪。

路边的牧场一望无际，可叹的是原野上有看不到边的花田。大地一片红，一片黄，一片紫，如同一条条厚厚的花毯，覆盖在平坦的大地上。郁金香作为荷兰的象征之一，俯拾皆是。缤纷俏丽的鲜花把荷兰打扮得像个花园，并发展成一大支柱产业。

一位记者在报道世界上最大的花卉拍卖行时这样写道："步入万花丛中，沁人心脾的清香阵阵袭来。左边望去，货车上满载着的杜鹃、牡丹、蝴蝶花红艳欲滴，灿烂如血；右边摊架中陈列着的风信子、百合、喇叭水仙联翩起舞，紫摇红翻；前面则是一簇簇串红、小菊；还有品种繁多的玫瑰，以及雍容华贵、仪态万千的郁金香。正如法国作家大仲马形容的那样，艳丽得睁不开眼睛，完美得令人透不过气来。"

闪过车窗的，还有耸立转动的风车。由于地势太低，涨潮时成泽国水乡，荷兰人便世代与之搏斗，筑堤围海，挖渠垦荒。

上帝造人，荷兰造田。向大海要地，荷兰人祖祖辈辈都这样说，世世代代也这样做。他们总共修筑了近2000公里的拦水堤坝，夺得百万公顷土地。

荷兰水房

围海造田，排水是关键。于是，一排排水车昼夜不停，长年累月不断地用西风作为动力，推动着风车旋转，将水舀回大海。风车成为荷兰的另一个标志。

林林总总，高高矮矮，大大小小的风车，有的像碉堡，有的似古塔，有的如阁楼。砖砌、石垒、木制的风车，遍布大地，赋予了荷兰蓬勃持久的生命活力，也造就了或许是世界上独一无二的以风车为主体工地形成的线形村落。

同郁金香、风车相伴的还有纵横的运河。因水面高于陆地，灌溉起来特别方便，河流、湖泊、沼泽组成的水系四通八达。大地被纵横交错的水网分割成无数井字田，牧场、花地、农田以水为界，自然分开，草地边牛羊旁，就是荡漾划水的舟船，堪称一绝。而5条运河，160多条缠街绕巷的水道，把阿姆斯特丹分割成100多个小岛，以1300多座桥梁相连。在船来舶往的河面上，停泊着的木屋水房，又成为一道别致的风景线。

开始，我看不懂，因拦海而成的艾瑟尔湖连接的大片水面上，矗立着排排颜色不一、风格迥异的木房，经仔细询问，原来是新建的水上社区。我坚持下车走进一户人家。房间宽敞明亮，窗外就是湖水，成群的白鹅悠闲地游过，露台摆放着鲜花，有桥把各个房间连接在一起。恰逢日落，多姿的湖水和绚丽的水景房被蒙上一层橘红色的薄纱。

生活污水怎么办？热情的女主人告诉我，建房前有安装配套的排放系统，通过管道输送到污水处理厂。目前这种漂在水上的楼房，在荷兰很时尚。她家在市中心有房，这里相当于水上别墅。接待我们的导游在荷兰多年。他说，直接从窗户跳进河里游泳，这已经是荷兰人的一种生活方式和度假方式。房子地基打在填有水泥的发泡塑料上，可以随水位高低而上下移动，但不会漂走。社区还有水上超市、水上咖啡厅、水上博物馆。

晚霞中，我们告别“无敌水景房”，下一站我们目的地是木鞋奶酪风车村，赞丹的赞斯安斯。自南往北，途经海王宫就餐。

吃饭有什么可说的？因为这是我在海外经历中所见最大的中式餐馆。

绿色琉璃瓦，坡形房屋顶，大红廊柱，四方四正，典型的中国风格，犹如一座庞大的宫殿，漂浮在水中，同周围建筑形成鲜明的差别。这座名为海王宫的水上中餐馆，钢梁玻璃，通体透明，摆放圆桌木椅的四层餐厅，好像悬在空中，令人惊叹，几百张餐桌竞座无虚席。

在早期的绘画中，享受飨宴之乐，是荷兰人生活题材之一。无论家庭聚会，还是朋友相约，菜式饭点都很丰盛，重视饮食是荷兰人的生活乐趣之一。因地利之便，从四季如茵的牧场拿取肉类鲜奶，从近在咫尺的北海捕捞水产鱼虾，荷兰不虞匮乏，而且烹饪手法多样，良馔珍馐香远。

华人旅居荷兰历史很久，早在荷属东印度时代，印度尼西亚就有爪哇人辗转到荷兰谋生，以后又有华侨来自大陆，其中多数从事中餐业。据统计，荷兰境内华侨华裔已近20万人，拥有近3000家中餐馆。如今中餐业依然是华人赖以生存发展的主要经济支柱。在阿市中国城唐人街，我们见到的中餐馆更多，以至于你仿佛感到是回到了国内。令人欣慰的是，随着来荷移民素质的不断提高，华人进军参与的领域不断拓宽，正从事着加工贸易、超市百货以及金融保险、科学教育、会计律师、电子技术等行业，并逐渐融入主流社会。

“海盗船！”当我们饭后去旅店的途中，一艘巨大的主桅杆帆船堵在了面前。作为昔日海上强国，荷兰是最早同中国交往的国家。16世纪初，荷兰殖民者就和中国商人接触。《明史》中为四个欧洲国家立传，其中《和兰》传中写道：“和兰又名红毛番……本国在西洋，去中华绝远，华人未尝至。其所恃惟巨舟大炮。舟长三十丈，广六丈，厚二尺余，树五桅，后为三层楼。旁设小窗置铜炮，桅下置二丈巨铁炮，发之可洞裂石城，震数十里，世所称红夷炮，即其制也。”正是倚仗船坚炮利，1642年至1662年，荷兰侵占了台湾，尔后民族英雄郑成功率大军打败荷兰殖民者，收复了台湾。

这艘停放在航海博物馆码头内的著名商船，是“阿姆斯特丹号”的复制品。船身巨大，有50米长，3竖9横，12根桅杆，瞭望塔台有十几层楼高，船头昂首，船尾还有斜桅杆。由于载重货物，又要防备风浪，贸易商船也造得像战舰一样牢固。正是这些大型帆船，当年荷兰从印度、斯里兰卡、印度尼西亚、中国和日本运回数不清的商品，并纵横欧洲，使以阿姆斯特丹为中心的荷兰在17世纪成为称雄世界的贸易霸主。

为了不能忘却的纪念，1990年的帆船节，政府出面用了好几年时间，才仿造了这艘“阿姆斯特丹号”。远处闪亮的霓虹灯，把夜空映衬得又红又蓝，巨型帆船犹如一个剪影，轮廓更加分明，伟岸雄姿，记录了“海上马车夫”拉回黄金、钻石、象牙、香料、瓷器、丝绸、茶叶等巨额财富的

荷兰风车

贸易史，也记录了烧杀掠夺、贩卖黑奴、海洋强盗的殖民史。

当男子汉丈夫们，颠簸远征，漂洋过海时，就苦了终日等待、望穿秋水的女人妻子们。每当风暴来临，大雾弥天时，她们纷纷祈祷海神，保佑平安。而有噩耗悲讯时，她们对葬身鱼腹的不幸者，招魂追念。无论是等还是悼，都不免泪雨凄切。魂牵梦萦化作了一座600年历史的哭塔古堡，在码头上同帆船遥遥相望。

旅店是庭院平房式的，有水，有花，有树，有草，落地玻璃，走廊宽敞，绿色环保，温暖惬意。但花样如此繁多的早餐，我也第一次见到，特别是奶制品和面制品，数不过来。黑面包、白面包、原麦面包、夹心面包、巧克力面包、葡萄干面包，长的、圆的、方的、扁的，堆得像山一样，别说吃，就是看也得好一会。而荷兰人总是不慌不忙，不声不响，从容不迫，细嚼慢咽地大吃着。

赞丹在阿市北，是新兴的工业卫星城。早年因赞河发明风力锯木机催化了木材业的兴旺，从而带动造船业举世闻名。当年俄国沙皇彼得大帝，为富国强兵，不惜屈万驾之尊，扮装水手，到赞丹造船厂当徒弟，偷学先进技术。这种虚心学习外国的皇帝，也许仅此一例。沙皇当时住的铁匠小铺，现已改为纪念馆，人称沙皇彼得之屋。

随着时代的发展，赞丹居民不想失去传统也不愿落后于现代步伐，他们在赞河西建工厂，盖楼房，在河东集中迁建传统绿墙白窗的老宅旧屋，形成了一个民俗村——赞丹安斯。

我们沿着依河而建的西镇主街，走不多一会，便来到赞河大桥。据说，这里因河床狭窄，水流湍急，渔船行此，常有不测，人们便在桥头两岸各造一座风车，并取名“生车”和“死车”。

果真不假 ，过了生死两车，河面豁然开阔，平静如湖，到桥东，就是赞斯安斯风车村。

荷兰一年中有200天要下雨，阿姆斯特丹称得上是个“雨都”。虽然地处北海，又是冬季，仍然是西风温和，空气湿润。

此时，天上飘下了绵绵细雨，风刮得有些烈，吹皱了一湖清水。被风拉开的雨帘，像绢丝织成的薄纱，蒙在了坦荡的原野上。风车转了，硕大的风叶在高大的木塔上有节奏地旋动着，像站立的蜻蜓舞飞天空，同彩色木屋、树林花朵、水道渠浜、野草蓬蒿、绿藜禽鸟、茅棚小桥、堤坝别墅、运河湖泊一起构成了荷兰典型的童话般的田园。

风车村集荷兰民族传统精粹为一体，风车、郁金香、木鞋、奶酪，“四宝”齐全。

依河修建的3架风车，相隔不远，碾制芥末、加工木材、榨取花生油所用，其中油坊风车年龄最大，已300多岁了。风车有4层楼高，粗壮的木塔内用各种齿轮构成传统装置，从阶梯可登至平台，风叶和木塔漆成了彩色。

赞斯安斯所有的房屋和小桥，完全保留了早期工业化时期的本质结构和古朴的风格。村内木鞋作坊很多，我们走进一家门口有一个黄色船形大木鞋作招牌的绿色木屋。作坊既像车间又像商场，技术熟练的工人现场操作，实地示范表演，墙壁和货架上挂满了五颜六色的木鞋。工人先取一块杨木，机器挖空，再人工切削成鞋样细致修饰，刻上花纹，涂上彩绘。作坊里的木鞋，有的大如摩托车，有的小如手指甲，一般的客人都是先看稀奇再购买纪念品。

当班服务人员告诉我，荷兰人制穿木鞋，已有上千年历史。因荷兰地洼，湿气重，水也多，穿木鞋可保护脚部不受潮，冬天塞些干草能保暖，现在田地花园里工作的人们仍在穿着，但更多的，木鞋已经成为一种遗产和文化象征。

奶酪作坊同样有趣。各式木制加工设备一字排开，现场手工操作全过程供游客观赏，花色品种也多，可以一边听穿着白衣红裙民族服装的女孩绘声绘色的讲解，一边细细品尝口味醇厚的奶酪制品。荷兰不愧为奶酪王国，年均出口约4亿公斤。在荷兰的一些城市，奶酪市场已发展成旅游项目。

我注意到，奶酪成品呈扁圆形，有浅黄、橘黄、金黄，还有红色。外涂石蜡封闭，防变质。品尝之，色不同味亦不同，有的如乳脂，有的咸口重，有的香醇浓，但有一点无疑，荷兰的奶酪制品，是全世界最好的。

市中心老教堂附近的运河两岸，以及周围的小胡同里，是著名的红灯区，也叫陈列窗地区，或者称女人橱窗，而妓女则被称为“橱窗女郎”。

因为是到红灯区采访，代表团必须集体统一，而且时间也短，每个人都要遵守纪律，不准单独行动。当地官方人员一再提示我们，不能携带摄像机和照相机，以防被黑社会人盯着，遭抢劫和暴打。

早在13世纪，阿姆斯特丹就有了红灯区，这和荷兰是海上贸易强国不无关系。当时，荷兰海员就有近20万人，这些海员也可以说出生入死，冒险远航，寂寞地在船上几个月后，回来就想彻底享受一番。船到港，便迫不及待地上岸寻花问柳，寻欢作乐。港口成为红灯泛滥区。15世纪后半叶，阿市政府将红灯区限定在堤坝广场一带后，几百年没有改变。19世纪中叶，虽然阿姆斯特丹只有20万人，却已有200多家妓院。到了21世纪，已有400多家妓院，登记从业人员竟达3万多人，其中一半以上来自国外，年营业额达十多亿欧元。

资料表明，1992年荷兰正式承认红灯区合法存在，从业人员可以同其他行业一样纳税和参加社会保险，还有劳动保护，一周须有一天接受防疫部门体检和休息。官方的认可，使荷兰色情业迅速膨胀，运河红灯区成为一大奇观。

夜幕降临了，黑暗也难掩肮脏。在市中心堤坝广场以3条河9条马路为经纬，沿运河两侧的街道、小巷、桥头、廊下到处是开放式的性场所。沿河而建的楼房，不论几层，都竖立着大橱窗，有的是窗户改造，有的是破墙而建，密密麻麻，每一个玻璃橱窗都透出暗红色的灯光。沿街的霓虹灯广告牌也大都是红色。性用品商店、夜总会、大麻馆、赌博厅、按摩院比比皆是，整个区域红光摇曳，光怪陆离，乌烟瘴气，溢漫

赞斯安斯彩色木屋

着醉生梦死的腐朽。

政府批准，妓女拥有合法的营业执照，但她们的举止，实在丑陋不堪，也带动了红灯区的种种怪状。

在橱窗街周围，一切以性为中心。性展览、性书报、性影院，五花八门，一应俱全。性商店出售的性用具，令人眼花缭乱，目瞪口呆，根本看不下去，随团的女翻译很不好意思，立即跑到门口，我们这些成年男人也不得不知羞而退。沿路铺面立着像冰箱一样的彩色立柜，投进硬币，就能像看小电影一样观赏到性表演。

路上行人多是各种肤色的男人，或三三两两，或踽踽独行，更多的是好奇的游客。橱窗里的妓女，或坐或站或舞或来回不停转身，是真正意义上的商品，只不过没明码标价，向顾客推销自己。坐着的，手里拿一本书；站着的，手里拿一枝花；走动的，手里拿一把扇子。有的袒胸露背，有的着三点式泳装，也有的薄裙细纱，披肩长发。有的浓妆重抹，有的淡描蛾眉，也有的不施粉黛，素面净唇。燕瘦环肥，形体不一。作为生平第一次看到的奇观，尽管有思想准备，还是不免脸热心跳害怕。

我们走在近水狭窄的碎石路上，刚过一小桥，就有胡须修得怪怪的男人硬拉我们进一店门，舌头还在嘴里搅动着发出污秽的声音。他让我们进门抽大麻。看着吸食者的丑态，我们果断地摆手，急忙走开。而此时，荷枪实弹的警察就在旁边巡逻。据说吸毒卖淫者只要不在马路上交易，就视为合法，警察不是禁止，而是维持正常秩序。

一位有色人种妓女，肥硕无比，面颊涂着厚粉，乳房有小脸盆大，坐在椅子上。见我们几个站在外面，毫不羞涩，更没想到，她会说汉语，冲着我们笑喊：中国人。吓得我们赶紧跑。一位30多岁的黑人男子，背着行囊挎包，走到摆色弄姿的白人妓女橱窗前，敲了敲门。橱窗内平铺红色地毯，挂着黄色帷幕。青楼女子先把橱窗门拉开一条缝，没听见说什么，应该是谈价格，橱窗门打开了，黑人走了进去，女的把门帘拉上，接着就关灯了。见此情景，我们惊慌离开。在广告牌中，我们也遗憾地看到有“正宗学生妹”这样的汉语灯箱，不禁眉头紧锁。

近年来，当局也曾着手改变红灯区，但收效不大。政府用4000万美元买下了50个橱窗，打算用来展示和出售高档服装，变“橱窗女郎”为“橱窗时装”。但此举惹恼了妓女们并上街游行示威，极力反对。性工作者工会表示抗议，说计划影响了工会成员的收入。一些官员也不赞同，理由是如果逐渐关闭红灯区，阿市及荷兰游客就会锐减，其他附属服务业的生意也会随之一落千丈。据报道，市政府将坚持改造计划。

回宾馆休息途中的汽车上，我们认真讨论了红灯区带来的各种社会问题。作为家庭和国家的起源，无疑，一夫一妻制是社会文明的进步。婚姻是否需要补充？补充的婚姻是否更加美满？是否允许性开放？是否像建公共厕所一样开辟专门的红灯区？东西方观念差距较大，各国政策规定也不统一。赞成者反对者各执一词，谁也说服不了谁。有人认为，如果人类原始蛮野的欲望无法抑制，正常的生理要求应当满足，如果“无娼不成市”的社会现象无法根本消除，公开就强于隐秘，至少会减少疾病的传播。但更多的人不同意这种说法。

其实，开放的性政策，已经给荷兰留下了难以医救的病患。把人作为商品公然出售，卖淫吸毒，已经成为刑事犯罪发案率居高不下的重要诱因。歪曲的自由心理，丑陋的意识形态，不仅使走向深渊的风尘女子好逸恶劳，难以自拔，也使得男女交友低龄化，晚婚生育高龄化。婚姻变迁，家庭动荡，人口负增长，荷兰成为世界之最。加上同性恋泛滥并渗入到军队和政府，有伤风化的社会道德，使荷兰综合国力日渐衰弱且无可挽回。

在被誉为金色的17世纪，阿姆斯特丹是世界上最富裕的城市，建房不缺钱。但因城市原本是海边沼泽地，房屋都得用木桩打地基，难以修造得高大。雄伟华丽的王宫，卓尔不凡的中央火车站，据史料记载，分别在地基里打进了13695根和8687根木桩。有哲学家说："阿姆斯特丹的市民生活在树顶上"。15世纪，荷兰就立法规定所有房屋大致相同的高度，并限制窗户门框的重量。

于是，富裕的商人们，在近200条运河边建起了无数山墙临街的三至五层的楼房，并通过结构变化和装修体现个性，形成了极具特色的城市建筑奇观。

中间是不宽的古运河，可行船；两边是碎石路，只能通自行车；靠房根是不足一米的人行道；紧挨路就是小门小户、深红色的墙、白色的窗框和绿色屋顶的精美小楼。几乎公式化的千篇一律，谱写了阿姆斯特丹式的安魂曲，使整个运河地区更加幽静和神秘。当年近7000栋古意盎然的豪华袖珍房，已列为文物，保存完好。最奇怪的，因房屋狭窄，在每家房屋的顶部檐下，都凸伸出一个带金属钩的水泥柱或石条，搬家或更换家具时，因门小无法进去，就用滑轮吊在钩子上从窗户塞入。为此还形成了搬家公司吊运工这种新职业。据介绍，在阿姆斯特丹，最窄的房屋只有一米宽，成为世界之最。但因特色鲜明，趣味十足，这些窄房不论卖还是租，都价格不菲。

绅士运河、皇帝运河和王子运河边豪华的宫殿，能看到15座桥的桥梁，宽度仅130厘米的餐馆，面积只有3.5平方米的专卖店，专门供奉水手守护神的老教堂，世界最窄的购物步行街……我们在城市中心地带漫步，细致领略着异域风情。

在阿姆斯特丹心脏区达姆广场，有王宫、新教堂以及纪念"二次"大战中阵亡将士和死难同胞的方尖纪念碑。几十万块方石铺就的广场，成群的和平鸽飞来飞去，向游客孩子们觅食。巧合的是，我们在广场还和在德国采访考察时克雷菲尔德市政府聘请的汉语翻译、聪明能干的大陆华人陈女士迎面相逢。她在带队，那是另一个中国内地经贸代表团。

阿姆斯特丹狭窄的街道

真的是，在欧洲，但凡有人，必有华人。我们去了达姆广场东的唐人街，一处华侨华裔集聚的地方。经介绍，早期的华侨大都来自印度尼西亚、新加坡、马来西亚和香港、澳门，现在则多数来自福建、浙江、广东。在阿市华人已达八万之多，占据了好几个街区。这里布满了各式中文牌匾，有烤鸭店、中药铺、点心房、旅行社、中国货超市，还有新华图书公司。走进门脸小，厅堂深的书店，经营书籍有些是国内看不到的，特别是政治类，大多捕风捉影，猜想推测，毫无根据，文字也粗糙。不例外的还有大陆使用的中小学课本、毛泽东著作和像章、生肖邮票、毛笔对联、书法字帖，也有国内畅销小说、流行歌曲光盘和楚辞汉赋、唐诗宋词之类的古典文学作品。

我们走进了一家雕龙画凤、朱门红窗，挂着灯笼名为龙城酒楼的中式餐馆。老板40多岁，是新一代移民，来自温州。虽然我们是团餐，挣钱不多，却也热情添饭加水，安排梅干菜扣肉、宫保鸡丁、麻婆豆腐等典型的中国传统菜。

忽闻马路一片呼喊和鼓乐声，老板说，这是欢乐大游行，劝我们看看。

天空下着淅淅沥沥的小雨，可游行者兴致正浓。前面是穿戴整齐民族服装的鼓手和红呢外套黑呢马裤的号手，骏马拉着用鲜花摆放各种造型的花车在前，用汽车改装的蒸汽火车头、有轨电车、风车古堡等移动模型在后，着蓝衣蓝帽蓝裙蓝靴的姑娘们，在花车上不停地向观众飞吻，看热闹的路人则不断尖叫。车队浩浩荡荡，交通中断。周六花车彩车游行，已形成传统，作为吸引游客的项目之一，愉快活泼健康，多多少少冲淡了红灯区的污浊脏气，给城市带来了活力。

有70万居民，却有60万辆自行车，这还不算供出租用的数量，作为全球人均自行车最多的城市，值得一说。

中间是运河道，两旁为窄石路，是无法通汽车的，自行车便成为当然的选择。全市共开辟了长达400多公里的自行车专用道，全国则高达1.8万公里。人们上下班，上放学，购物送货，探亲访友，全骑自行车。警察巡逻执行公务骑自行车，就连荷兰女王也经常骑自行车出行。国外宾客也可租用游览。阿姆斯特丹有世界上唯一的四层自行车存放楼。我看到马路边、人行道旁、桥梁上都有专用支架摆放着自行车，政府还专门提供数以千计的自行车供市民和游人免费使用。如需要，看见自行车可随便骑，抵达目的地，就放在那，别人有事再随便接着骑。到处是自行车，却很少看到上锁的。

在阿姆斯特丹，还可看到人睡在自行车上的“躺车”，带有小筐放小孩的“亲子车”，专供大个子骑的“高车”。可以说，骑自行车已成为荷兰的一种文化和时尚。

阿姆斯特丹切割和研磨钻石技术精湛，犹太移民带入的传统工艺，公认为世界顶尖水平。

早在18世纪初，阿姆斯特丹就是全球钻石加工中心。来自南非、安哥拉、纳米比亚等非洲国家产的宝石金刚石主要送到荷兰加工。到目前为止，世界上最大的钻石“非洲之星”，就是由阿市研磨，镶嵌在英国国王的权杖上。

荷兰友人带领，我们去了位于市中心的迦山钻石厂，有着百年历史的家族企业。

走进四层大楼，首先有讲解员领我们看钻石展览，介绍地壳运动、全球钻石分布以及怎样开采，接着带我们参观加工车间，亲历和了解钻石从原料到成品的全过程，并讲述如何判断钻石工艺品的价值，最后引导我们走进灿烂夺目的陈列室。

令人惊奇的是，犹太男青年，却操着一口流利的汉语。他说，钻石，一看克拉即重量，越大越好；二看色泽，极品是蓝白；三看净度，无瑕疵是上乘；四看切割，只有当金刚石被研磨成57个切面，才能百分之百折光，晶莹剔透，称为钻石。迦山钻石厂可以在放大镜下研磨一百多个切割面，享有专利。切割面越多，钻石越光芒四射，璀璨无比。他还说，每年大约有近5万客人来自中国，出手都很大方，如果我们需要，可分别选择钻石和环链，技师现场加工，持凭证保单，可终身包退换。我本无采购计划，一番折腾下来，导购员巧舌如簧，加上犹太商人不用怀疑的信誉度，便高兴地选择了一款戒指带回送给夫人。代表团其他成员也愉快地购买了钻石品。厂家后门，就是码头，按事先安排好的行程，我们巡游运河。

乘坐玻璃罩小船游览密如蛛网的古运河，是阿姆斯特丹的经典项目。此时，天已擦黑，华灯初上，河畔多彩的古老建筑，婆娑起舞的垂杨，砌切整齐的石岸，别具匠心的桥梁，树荫掩映的翠绿，房前临街的码头，包括骑车步行回家的人们，都含着雅致的韵味，平添妩媚安详。船儿轻轻飘荡，激起层层水浪，划开了阿市几百年来的尘封记忆，缓缓走进了迷离的梦幻。

终点到了。我从遥想的星空回来。上岸乘车，夜色中，直奔欧洲心脏以及比利时的首都布鲁塞尔。

布鲁塞尔中心广场及天鹅宾馆

布鲁塞尔 Brussels

15 白天鹅的翱翔

巴黎 Paris

比利时的历史，总离不开战争。

公元前10世纪凯尔特人就生活在比利时地区，公元前57年被罗马屋大维征服，公元4世纪日耳曼人进入，5世纪成为法兰克王国的一部分，9世纪法兰克王国崩溃，比利时被瓜分，随后分别被西班牙、奥地利、法国统治。

拿破仑复辟后，在比利时境内与欧洲联军决战，遭到彻底失败。1830年比利时人民起义，推翻了荷兰统治，成为独立王国。

然而好景不长。欧洲革命使比利时动荡不安。普法战争大部分在比利时境内进行。1914年和1940年，比利时又成为一战二战的主要战场。比利时成了近代欧洲的征战之地，平均二十年打一次大仗。

因此，比利时有了太多的战争记忆。而刻骨铭心的是滑铁卢，一个战争惨败的代名词。我们到达布鲁塞尔的首日，就去凭吊拿破仑全军覆没而震惊世界的古战场。

滑铁卢，一个很好听的英文名字，音译为“水牌”。可当年这里却是刀光剑影，火光冲天，血流成河，尸横遍野。

驱车南行20公里便到了滑铁卢。临风四望，周围一片苍翠，村落、丘陵、森林和开阔地全被绿色隐藏起来。田园牧场，芳草葱郁，巨树环绕，和平宁静，已看不到一丝当年残酷厮杀的痕迹。

硝烟，弥散在了历史深处。

残存记忆的，是在附近村庄保留的拿破仑司令部旧址。普通的红顶黄墙二层石头小楼，里面展示着拿破仑使用过的军床、马刀、望远镜等遗物，外面竖立着参战国英、德、法、比为阵亡者安魂的纪念碑。小镇有纪念品商店、旅馆和酒吧、咖啡厅，昔日战场变为了休闲旅游区。电影院周而复始，不间断不换片地放映着《滑铁卢之战》。纪念馆里永久地展出着描绘惨烈战场景象的巨幅全景画、泥塑人物和枪炮刀剑。

残存记忆的，还有一座被称为蒙圣然的土丘，当年两军几十万将士反复争夺的坡地。战争结束后，土堆被砌成50米高，方圆300米长，有228级石阶的锥形小山冈，巅顶石台上是用联军缴获的枪炮铸造的一头雄狮。刚劲威武，咆哮腾跃，张牙舞爪，满眼凶光的巨狮，气宇轩昂地踏着一个象征地球的圆球，遥望着西边的法国方向。

胜利的欧洲联军垒山铸狮，本想震慑法国，给人印象，纪念的却是失败的三军统帅。人们忘记了胜利者是谁，却记住了失败者拿破仑。

莫斯科战败后，从流放的厄尔巴岛秘密逃回巴黎的拿破仑，纠集旧部，誓死再战。如晴天霹雳，惊魂未定的欧洲慌忙组成第七次反法联军，不得不与法国再决雌雄。

联军密集布防，法军重拳出击。

历史有偶然。往往正是这种瞬间巧合决定了结局。

正当两军对阵，大战在即，犹如导致拿破仑第一次失败的俄国莫斯科的寒冬，比利时布鲁塞尔连日大雨，法军失去了最佳进攻时间。

联军统帅，被称为“战争之犬”的英国惠灵顿公爵谨慎迎战。法军统帅，被誉为“高卢雄狮”的拿破仑用重炮猛轰，但雨后的泥泞，大大降低了杀伤力。拿破仑发起肉搏战，并动用了精锐王牌骑兵师。惠灵顿死守阵地。恰在这时，拿破仑膀胱结石，排尿受阻，痔疮也疼痛难忍，胃病又突然发作，只好离开前线，临时转交指挥权。

此时，双方都损失惨重，精疲力竭，谁的援军先到，谁将取得胜利。

然而，拿破仑旧将，能征善战的格鲁西大错惊天，被联军诱惑，远离了主战场。而联军狡猾的布吕歇尔躲过了围剿，率先到达滑铁卢。汇合的联军发动了致命的反攻。

不得不重返前线的拿破仑忍疼指挥，但大势已去。他低估了对手。联军恶犬扑倒了法军病狮，并无情地将其咬成碎片。顷刻间，法军土崩瓦解，联军乘胜追击，开始了一场史无前例的真正屠杀。

天亡法，非战之错。

拿破仑取得了滑铁卢决定性的失败。

这一天是1815年6月18日。

长靴高帽，交叉双臂，目光迟钝，神色焦虑地凝望着远处的战场，急切盼望着胜利的消息。这是一尊拿破仑塑像。

而真实的拿破仑等来的是圣赫勒拿岛的再次流放，等来的是他最后的葬身归宿之地。

大海的波涛永远淹没了一去不复返的拿破仑时代。

夜晚去布鲁塞尔的高速公路，仍然车轮滚滚。迎来的是黄色灯光汇成的潮水，远去的是红色灯光聚合的洪流。核能发电取之不尽，路边竖立着密集的灯杆，橙色灯光把高速公路照得十分明亮。这让人很兴奋。

黑暗中的布鲁塞尔市区却令人有点遗憾。司机路不太熟，在绕来绕去寻找下榻酒店的过程中，我们既没看到高楼大厦，也没看到闪烁霓虹，街道陈旧，建筑显得毫无生气，像一群迟暮的老人，只是呆呆默默地坐着。第二天晴日出外参观，才算是初识了庐山真面目。

照例有王宫，建在一片高地上，但规模比较小，好似一座王府。因年代久远，岩石外墙颜色已经黯淡。标志主人地位的是广场前占地很大的公园。中间是碧绿的草坪带，两旁是沙砾铺就的宽道，精致的宫殿群掩藏在参天古树茂密的浓荫中。皇家园林已改为开放式的城市公园。

下了高冈，就是乌伯赫市场街，和欧洲其他步行街不同，百家店铺的上空是透明玻璃顶，每家店铺门窗式样都高度统一，经营出售的大多是服装、古玩和纪念品。因店铺装修考究，又在市中心，价格普遍偏贵，而且商品也没什么特色。从外表看，街面更像是一座豪华宫殿的内廊，只是宽敞些。

走出市场，沿方块石路不远，就是始建于12世纪被雨果称为“欧洲最美丽的广场”——布鲁塞尔中心大广场。每逢节日，广场就会被彩绘和鲜花所覆盖，又被称为“鲜花广场”。

大广场其实不大，周围全是哥特式和文艺复兴式的各种古建筑，典雅美艳，雍容华贵，整体犹如一个恍然隔世的神话古王国，1998年，被联合国列为世界文化遗产。广场楼外，有好多家用木栅栏隔开的露天咖啡馆，还有一些正在经营的饭店酒楼。尖顶高耸的市政厅对面的3层小楼，曾是法国作家雨果的藏身之处。1851年，雨果参加了共和党人的反政变起义，失败后遭到迫害，化装成排字工人流亡到比利时，创作出19世纪最伟大的讽刺诗作《惩罚集》。

广场南侧有座三开间的门外镀金的五层楼，门楣上方有雕花的方框，中间立体镶嵌着一只展翅欲飞的白色天鹅，这就是著名的昔日“天鹅宾馆”，今日“天鹅餐厅”。门牌号“9”字，经过岁月的洗礼，仍依稀可辨。门的两侧有两块锈迹斑斑的铜牌，一块上写着：“1885年4月5日至6日，比利时工人党在此成立”。另一块上写着：“卡尔·马克思1847年在此度过”。

小宾馆改变了大世界。

1845年2月马克思被法国驱逐后，就迁至布鲁塞尔，后住在市政厅右侧的这个小旅馆中。据说，这座楼是恩格斯祖传的家产，不然难以解释流亡的马克思如何交得起租金。后来，恩格斯也赶到布鲁塞尔同马克思会合，并一起秘密参加了共产主义者同盟。

1847年底，马克思、恩格斯受同盟第二次代表大会委托，在小宾馆三楼的一间斗室里，共同起草了彪炳千秋的《共产党宣言》，吹响了“全世界无产者，联合起来”的号角。从此，在欧洲徘徊的共产主义的幽灵，发展成风起云涌的工人运动。

只要踏上4级半圆形石阶，推开玻璃门就可进入餐厅，去寻觅马恩留下的足迹。可惜，门已经被玻璃罩起来不再使用，只能从侧门进入。这是一家高档餐厅，内饰豪华雅致而富有情调。当年马克思在此居住时，只是大众的咖啡厅兼旅馆。这里还成为“共产主义通讯委员会”、“德意志工人协会”的大本营。在小旅馆后院，马克思曾为工人们举办过多次“资本家剥削工人剩余价值”的讲座。遗憾的是，一百多年来，旅馆不知经过多少次装修，已找不到任何残存遗迹。但历史不可能磨灭，马克思、恩格斯所创立的理论及其用理论指导的实践，将永葆青春。

世界如此不公。作为“危险的革命分子”，25岁的马克思被迫离开德国后，几乎成了流浪者，先是亡命巴黎，再遭驱逐，又客居布鲁塞尔。1848年，比利时当局警察又拘捕了马克思夫妇，并野蛮地把燕妮同妓女关押在一起。不久，又将他们驱逐出境，马克思只好再次移居伦敦。

“身体茁壮，面容英俊，一头黑发，精力充沛……让人感到一个勇敢灵魂的热情火焰”。

“骄傲而敏锐的大眼睛里有某种令人不安的素质，第一眼就可以看出那是一位充满精力的天才。他高人一等的才智对周围的人形成一种无法抗拒的权威”。

正是布鲁塞尔的三年，在饥寒交迫、典当度日的困境中，马克思历尽艰辛，陆续完成了《哲学的贫困》、《关于费尔巴哈的提纲》、《德意志意识形态》、《论雇佣劳动》等具有划时代意义的重要著作。

旷古奇世的天才，从布鲁塞尔中心广场展开了天鹅般的翅膀，翱翔在理论和智慧的太空。

毫无疑问，如果没有马克思，整个人类的20世纪历史肯定将彻底重新改写。

特别是在亚洲的东方，十月革命一声炮响，给中国送来了马克思主义。这位科学巨匠是影响中国最深最久远的欧洲人。从此，中国的面貌焕然一新，发生了天翻地覆的变化。受马克思感召，史无前例的早期赴欧勤工俭学浪潮，为新中国培育了大批拥有世界眼光的卓越领导人。

欧洲人难忘马克思。如今马克思著作是众多大学生的必修课。年轻人对马克思的认识更带有时尚色彩，称他为“带向理想社会的人”，说他：“年轻时非常帅，比贝克汉姆帅。”英国评选马克思为“最受敬仰的哲学家”。在马克思诞生地德国小城特里尔，马克思红酒、马克思雕像、马克思明信片等随处有售。在柏林，有以马克思命名的大街和书店。在克姆尼茨，马克思头像至今仍矗立在广场，是城市标志。在伦敦切尔西区安德森街4号、第恩街28号故居，虽已易主，但仍挂着马克思纪念牌。

在天鹅餐厅前，我抬头仰望，喟然长叹。想问：为什么马克思有改变世界的力量，却没有力量改变自己一贫如洗的家境；为什么马克思能把旧世界打得落花流水，却无钱买药，没能拯救自己过早夭折的儿女。

我仿佛看到大胡子的马克思老人健步从餐厅里走了出来，走在了铺满鲜花的广场上，给我的只有背景而没有答案。

中心广场旁一条称“埃杜弗”的小巷里，有一个被称为“布鲁塞尔第一公民”小男孩的青铜塑像，出广场走不多远就到。

铜像很小，只有半米多高，站立大理石雕花的石柱上，背后是扇形石刻，紧挨着居民住房的窗户，在巷子的拐弯处，稍不留意，就走过了。然而，他大名鼎鼎，是布鲁塞尔城市的象征。

满头卷发，浑身黑色，翘着鼻子，亮着肚子，眼睛眯缝，小嘴发笑，一副调皮快乐的模样。右手叉腰，左手扶着“小弟弟”，正无拘无束地撒尿，如汩汩细流，射到像前的水池中。

名为于连的尿童，在这已经快400年了。

男孩来历有四种版本，比较多的说法是：在15世纪，西班牙侵略者占领布鲁塞尔，在一个寒冷的夜晚，准备把城市炸毁。倔强天真的小于连，临危不惧，急中生智，用尿浇灭了燃烧的导火索，挫败了阴谋，拯救了城市。

因尿童可以带来福音，雕像被法国士兵偷走，布鲁塞尔人赶到巴黎示威，发誓讨还。于连凯旋了，成为布鲁塞尔和比利时独立自由的象征。

裸体男孩受到了全世界的喜爱，不仅五洲宾朋都赶来看望，并按季节变换送他许多衣服，广场中央的旧王宫辟成博物馆，专门收藏展览。其中有一套中国的腰鼓服，是北京送给布鲁塞尔建市1000周年的礼物。

当然，男孩已经习惯了裸体。也有一些游客，伸长脖子，张开嘴巴接尿，还说好喝。自然，男孩子尿出来的是可饮用水。

近代欧洲，历史纷繁，你争我夺，战争不断。各国之间，一场战争结束了，另一场战争开始了。当我们远离是非，从现在看过去，连绵不绝、连年不断的战争，大多是无意义的，大多是极少数人导演的政治悲剧。战争，留下了疮疤，还留下了仇恨。战争，甚至倒退了历史车轮。尿童，从一个侧面反映了人们对战争的态度，除了避免、批判、阻止，还有轻蔑、嘲弄和诙谐的搞笑。

也许，这是雕塑大师杜克思1619年创作尿童时的本意。

人类对微观世界的认知是无止境的，物质的笋衣被逐步剥去。有人利用显微镜下的病毒图案作画，竟绚丽多彩，想象空间巨大。比利时设计师用雄伟的建筑去展示原子结构，创意和建筑物本身都载入了史册。

二战后的欧洲，经济发展迅速。1958年，比利时决定举办世界博览会，并建造了布鲁塞尔原子球大厦，象征人类进入了科学进步的新时代。

这组建筑位于西北郊的易明多公园，由9个巨型银白色不锈钢圆球组成，每个圆球象征一个铁原子，按铁分子的正方体晶体结构组合在一起，形成了一个放大了近2千亿倍的铁分子模型。每个圆球之间用钢管连接，每根钢管内都有自动电梯，乘电梯可以到达每个球体。底部球体是一个接待大厅。

这座造型别致、气势恢弘的原子塔实际是一座现代科技馆，有和平利用太阳能、原子能、卫星、飞船等各种展览，还有爱因斯坦、居里夫人等著名物理学家生平事迹和科研成果的介绍。

当我们到达时，正值中午，圆球在阳光下熠熠生辉。开阔的地势，如茵的绿草，扶疏的林木，蓝色的天空，更衬托出原子塔的神奇新颖巍峨怪异壮观。

经过近千年各国间持续不断毫无意义的战争，欧洲开始醒悟并联合了，发源地是比利时的布鲁塞尔。争战之地成了联合中心，是比国布市的历史性转折。

在欧洲煤钢共同体、经济共同体、原子能共同体基础上，成立了欧共体。盟员增加，合作扩大，设立了欧洲议会、欧洲法院，并正式建立了欧洲联盟，发行了欧元。

欧盟是世界上重要的政治、经济、军事力量，总部大楼设在法律大街，是一座由钢架和玻璃建成的大厦。门前有欧盟标识雕塑和欧盟成员国旗。因无法进入，我们只能在大厦周围转转。

世界上没有永远的朋友，只有永远的利益。欧洲本身也在不断地出现新问题。

有趣的是，作为冷战时期一方的总部，几乎和欧盟齐名而早于欧盟建立的北大西洋公约组织总部也设在布鲁塞尔。真不知倘若欧洲发生动荡时，到底谁执牛耳。

欧洲欲静，欧洲难静。

卢浮宫一侧

16

巴黎 Paris

塞纳河的风情

法兰克福 Frankfurt

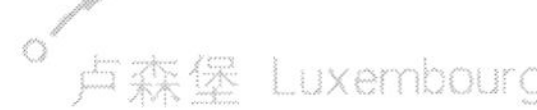

卢森堡 Luxembourg

巴黎是世界上最大的城市，巴黎是世界上最美的城市，巴黎是世界上最浪漫的城市，巴黎是世界上最文化的城市……

巴黎纸醉金迷，巴黎狗屎满街……

越是众说不一，越是令人向往。

巴尔扎克说：“巴黎是一个真正的海洋”。恩格斯说：“只有法国才能创造巴黎”。

但，这是百年之前。带着悬疑，代表团从布鲁塞尔驱车赶往巴黎。

欧洲的乡村永远比城市秀丽。尽管是隆冬，路边仍然是看不尽的绿色，农舍、教堂、牧场、城堡、树林，连休耕裸露的土地都是那么的如诗如画，流淌着圆舞曲的韵律。

司机是年轻的中国留学德国的小伙子，自科隆开始，一直为我们开车。他可以说英语和德语，但不会说法语，巴黎的路也不太熟。去我们下榻的旅店，他不仅要问路，还要绕路。这反而也让我们有机会，更多地从外表去认识巴黎。

在城乡结合部及边缘地带，房屋凌乱，街道肮脏，行车无序，外墙涂鸦，马路上无家可归的流浪狗任意溜达，随处可见花团锦簇般的狗屎，弥漫着腥臭味。狗任意大小便倒也罢了，更奇观的，竟有男人光天化日，众目睽睽之下，既不在墙角，也不在树边，毫无遮挡之地，解开裤子就尿，令人愕然。同市中心区相比，好像内穿艳丽的婚纱，外面却罩上了褴褛的破旧衣裳，很不协调。我们下车问路，碰巧遇见一女士驾驶两厢轿车撞上了一男士骑的摩托车。两人不顾前后路上已经塞满了车辆，仍不停地相互指责，特别是女士如泼妇般地大声叫嚷，路人默然，都不出面劝说。

道路不宽，汽车显得旧小，沿街有乞丐。路边的垃圾桶没盖子，垃圾堆得满满当当，四周纸屑、瓶子、塑料袋，一片狼藉，无人打扫清运。

如此不雅景致，到接近城市中心区时才转变改观。

就这样，停停问问，问问走走，走走看看，直到晚霞收尽，华灯齐放时，我们才到达塞纳河畔几乎是专门接待中国官方代表团的宾馆。

不知为什么，巴黎和欧洲其他城市相比，中国城唐人街的历史很短，据介绍，直至20世纪80年代才逐渐成形。90年代是快速发展期，小卖铺变成了大商场，水饺店变成了大菜馆。据说，上千家的中国餐厅已占巴黎饭店总数的十分之一。

晚饭，我们去位于塞纳河与马恩河交会处的中国商业城。

远远望去，大红灯笼高高挂，彩色霓虹不断闪烁，琉璃飞檐，圆柱方窗，典型的中国风格。水中倒影，波光粼粼，好像到了广东的城市。走到近前，超市、副食品商场、书店等一应俱全，甚至还有银行。我们订座在一家颇具规模的中式酒楼。

大堂经理是位女的，深色宽边眼镜遮住了眯缝的小眼，白衬衣映得假笑分外虚伪，嘴里喋喋不休地唠叨我们的菜点得太少。因事先不知，我们自带了酒水，惹得她大嚷大叫，听口音是福建人。答应付开瓶服务费也不行，还把我们带到了离窗户最远的拐角小桌，话说得很难听。

端盘子的服务员偷偷向我们解释说，别理她，神经病。她是华侨的第二代，嫁给了一个法国糟老头，对中外顾客态度不一样。点菜多，要名酒，消费多的她另眼对待。她不知道，国内发生了多大的变化，总以为大陆来的都是穷人。她已失去了华人经商的好传统。

自称为留学生打工妹的一番话，让我一时语塞。我想起了巴尔扎克笔下力透纸背、入木三分的吝啬鬼。

在欧洲，中餐馆歧视同胞的现象屡见不鲜，甚至有“本餐馆不接待中国人”的告示。根据欧洲法律，如此拒客是违法的，任何一个被拒的顾客都有权利控告对方。餐馆老板不是不懂法律，而是一种心理自卑的表现。如果将这种自卑发泄到同胞身上，就会出现另一种厌恶和歧视。对此，华人协会还专门呼吁过，希望餐馆停止伤害同胞感情的做法。当然，华人用餐时也要自律，不要浪费，不要当探客，跟风仿冒和互相杀价。

金钱，真的是灿烂的奸夫吗？这一天，我对巴黎的总体印象不好。

翌日，太阳当空，清朗俊逸的巴黎终于睁开忧郁的双眸，绽开迷人的笑容。我们的考察采访重新开始时，不解和不快才慢慢淡去。

有人说，不懂得西方的建筑，就不可能真正懂得西方的文化。自基督教文化萌芽以来，西方人就把期望、智慧、热情、人力和财富用在了兴建以教堂宫殿为主的大型建筑上。不然，作为东方人很难理解，欧洲各国在不同历史阶段都不惜工本，倾其所有，千年大计，精雕细刻，登峰造极地修建恢宏巍峨、富丽堂皇的各式教堂和宫殿，短则几十年，长则甚至几百年。政权更换频繁，建设却始终如一，蚂蚁搬大山一般的日复一日，年复一年，直至完美建成，不留遗憾。人们不惜用一辈子精力去完成一部作品，细腻和耐心创造着经典。

从古到今，巴黎几乎没有受到太大的破坏。“二战”炮火，没有伤及巴黎，幸运地保留了西方建筑史上几乎所有的流派形式。希腊神庙式、哥特式、罗马式、巴洛克式、拜占庭式、新古典式、文艺复兴式等应有尽有。巴黎古老，却一点儿不苍老，人们不轻易改变岁月打磨给外壳留下的印记。

浪漫的巴黎人，并没有停止在保护旧建筑上，而是用现代理念激活内存，充实内质。受绘画雕塑和行为艺术“野兽派”、“印象派”、“未来派”和“朦胧派”等影响，建筑也有了“现代派”和“超现实主义派”的传世作品。在巴黎的大街小路行走，就其建筑而言，目不暇接，美不胜收。

巴黎，可以说是欧洲建筑的博物馆。

走进巴黎就像钻进一部古老的巨著，沉入一个无边的知识迷宫。每一处宫殿、教堂、城堡、广场、桥梁、街道，甚至每一件雕塑都能诉说出一段悲壮的历史或动人的故事。热情澎湃地涌向巴黎的世界游客年达8千万，巴黎稳坐世界第一旅游城市的头把交椅。

巴黎成了所有人想象中的城市，又被所有人的想象所丰富。巴黎是个看之不尽、看之不清的城市。不尽和不清，又增加了无穷的文化魅力。

脑海中的巴黎圣母院是法国作家雨果留下的，有小说，还有电影。而当我站在广场前，抬头仰望，认真审视时，才真正感觉到它的高大和辉煌。

被迫害者深受冤屈和迫害者精神崩溃的双重悲剧故事，赋予了圣母院神秘的气息，也更渲染了上帝的神圣崇高和公正可怕的威严：人是不可为恶的，否则必遭惩罚。

圣母院位于巴黎市中心塞纳河中的“西岱”岛上，始建于1163年，工程耗时近200年，直到1345年才全部建成。圣母院不仅是世界驰名的天主教堂和名胜遗产，而且也是巴黎甚至是法国波澜壮阔的历史见证。在圣母院，路易七世主持奠基；菲利普四世召集市民会议对抗教皇，标明资产阶级进入政治生活；巴黎被英军占领，亨利六世举行仪式加冕为王；路易十四加冕，开始了法国最强盛的“太阳王朝”时代；民众集会庆贺攻陷巴士底狱；拿破仑加冕称帝；庆祝“一战”胜利和希特勒覆灭；为戴高乐将军和蓬皮杜总统做弥撒……

哥特式建筑艺术的代表作，被雨果称为“巨大石头的交响乐”的巴黎圣母院，在凄风苦雨、腥风血雨、狂风暴雨、和风细雨中，已经挺立了八百多年，黄色的身躯已经黑褐。底层是3个内凹的桃形大门，左为“圣母门”，右为“圣安娜（圣母的母亲）门”。中门表现的是耶稣在“世界末日”对每个人命运的“最后审判”。一边多做善事，灵魂得救，升入天堂；一边多行不义，数罪并惩，打入地狱。门洞上有一排华丽服饰衣装的“国王廊”塑像，再上方中间是巨大的圆形“玫瑰窗”，刻着圣母、圣婴、亚当、夏娃四尊雕像。第三层顶部各有一座黑黝黝的巨大塔楼。据说，右侧悬挂的就是《巴黎圣母院》小说中卡西莫多敲的名为“玛丽”的大钟。

雨果评价说，“所有的部分和谐地融合为一华丽的整体……所有单元的尺度都完美吻合得安宁有序……是时代综合力量的奇异产物……它是人的创造，其丰富和力量，犹如神的创造”。

我站在广场法国各条道路零公里起点的标记上，仔细打量着矗立的教堂，仿佛看到全城乞丐攻打圣母院的场面。我走到教堂的侧面和背面，慢慢品味着无数纹饰和直插青云的尖顶，好像听见上帝同人间的对话：“孩子们……”也许，那高高钟楼古栏上神情怪异冷淡的众多神魔鬼怪精灵，正以锐利的目光审视人间，俯瞰着脚下这迷朦的城市。

缓缓走进大门进入主堂，让人感到震撼的首先是庄严宏伟的建筑风貌。粗壮的石柱支撑着高大的尖拱，尖拱支撑着哥特式拱顶，拱顶像花瓣，垂落在尖拱上。绘满《圣经》故事的圆形彩窗，投射进束束幽幽光亮，洒落在主殿供奉的圣母像上。

巨型管风琴弹奏着《圣母玛丽亚》，浑厚响亮，低低萦回。厅堂内，烛光闪烁，千人肃穆，神龛、油画、雕塑以及圣女围绕的殉难耶稣大理石像，同信徒们一起倾听着主教的颂词。尽管看了许多教堂，我还是被这虔诚的氛围所打动。告别时，圣母院的钟声响了，悠远不尽，震颤着人们的心灵，飘荡在塞纳河的上空。

以设计师命名的埃菲尔铁塔，是当时建筑的怪物和奇迹。300多米高，近2千级台阶和2万个部件，重达9千多吨，靠100多万个铆钉连成一体，是法国献给1889年世博会的一份厚礼。

普法战争失败后的法国，不仅要在工业革命的潮流中追赶领先的英国，还要同德国、比利时等列强竞争。恰逢法国大革命一百周年，法国需要一次世博会鼓舞民众，重振国威。耸入云霄，镂空钢架结构的埃菲尔铁塔应运而生了。世界第一高度不仅成为人类进入工业文明时代的里程碑，也承载着法兰西民族重新屹立于欧洲大陆的信念。浪漫的巴黎人给铁塔又取了个优美的名字：“云中牧女”。

流亡欧洲的中国近代思想家康有为1905年来到巴黎，曾经三次登临，凭栏回顾，留下了诗作：“浩浩凌天风，高标卓碧落。邈邈虚空中，华严现楼阁。俯视下界人，城市何莫莫。问此何都市，巴黎称霸国。”

排队，买单，安检，登塔。第一层有餐厅、商店、影剧院。第二层有酒馆、铁路历史展。不乘电梯，我一步一阶攀登。越往上，风越大，视野越开阔。在第三层，我围塔转了一周又一周，环顾眺望，但见放射状的

卢浮宫前的老人

道路笔直地伸向远方，塞纳河静静流淌，一座又一座造型迥异的桥梁，连接着左右岸宫殿教堂楼宇民舍草坪树林广场。隆冬萧瑟的巴黎，梧桐树叶到处飘落，大地仍有间或成片的块绿。天际线极目处，还是无边无际的建筑。不时乌云飘来，遮住了景物，但很快，光亮又从云彩的缝隙中露头。空中有成群的鸽子飞来飞去，发出咕咕的响声。新区现代化大厦和老区古风犹存的楼群一起，构成了一幅浓墨重彩、黄灰色调的立体油画。

巴黎真是个海洋，风姿绰约，幽深莫测，广阔无边，浩瀚无垠。我们下塔时，天黑了，灯亮了，铁塔犹如一座金塔。而此时的夜空，娇艳瑰丽，彩色霓虹簇拥着滚滚车流，疑似天庭间的建筑，也更加缥缈多情。

巴黎是艺术之都，而艺术殿堂，则是卢浮宫。

从菲利普二世始建存放王室珍宝和档案的城堡，查理五世扩建为寝宫，到拿破仑三世修造花园，再到采用贝聿铭先生方案改建透明玻璃金字塔出入口，经过长达近八百年的漫长岁月，才建成今天这座庞大的皇家宫殿群。

卢浮宫不仅曾居住过路易十四、拿破仑一世等50名国王和王后，成为法国千年历史的见证，而且又是收藏居世界之冠的艺术博物馆，同时本身就是呕心沥血，登峰造极，精美绝伦的艺术品。

16世纪初，弗朗索瓦一世开始收藏。拿破仑一世称雄欧洲，曾将几千吨艺术品从被征服的国家运回巴黎，加上以后法国在世界各地的掠夺，卢浮宫有40多万件艺术珍品。因收藏太多，艺术品只能轮流展出，而每天亮相的还不及馆藏品的四分之一。

全馆分古埃及艺术、古希腊和古罗马艺术、东方艺术、欧洲中世纪和文艺复兴艺术等部，底层展雕塑，一层展珍宝，二层展油画。

我们参观时，是个碎金铺满大地的上午，冬季的阳光不仅十分温暖，也给卢浮宫及其广场庭院花园染上了一层淡黄色。开馆前，我们在塞纳河畔漫步，左右岸巍峨沧桑的建筑默默矗立着，似乎在向人们倾诉骄傲而又坎坷的身世。休闲的老人们安详地坐在草坪边的木椅上喂食蹦蹦跳跳扑扇翅膀的鸽子。马路艺术家已早早地打开支架画板，坐在河边等候生意，为游客素描作画。苍绿的树木前，河畔道路竟有成片柔软的人工沙滩和行行棕榈，还备有躺椅。河面上成排的水晶游船静卧在水中。夜的巴黎还没有完全苏醒。晨的巴黎是舒缓曼妙的，犹如咏叹调慢板，流畅但惆怅。

上午9时，卢浮宫开门迎客。我们照例从金字塔排队进入，有持枪警察维持秩序。观众太多了，在著名的展品前，人群里外三层，要踮起脚才能远远看到。在最前面的，是席地而坐的艺术类院校学生，他们每人端一个画板放在腿上，专心致志、全神贯注地临摹着。带团导游用不同的语言轻声解说着。

浩如烟海的展品，细细品味需好几天时间，我们只能择其精华，在高大宽敞的回廊宫殿间匆匆穿行。曾异常强盛而又钟爱艺术的法国，攫取了太多的宝物，来路不正而又堂而皇之地展出，历史果真是胜利者书写的。卢浮宫的展品和巴黎的建筑一样，集中了千百年来人类的物质财富和文化遗产，在痛恨法国人巧取豪夺的同时，又感谢法国人竭力善待的保护。

参观时，我最理不清头绪的是雕塑和绘画。绝世的艺术之后都有世绝的来历和故事。绘画之全、展品之珍，世界上任何艺术馆都不能比肩，是卢浮宫中最璀璨夺人之处。近40个宽敞的长廊和侧厅，陈列着法、意、比、西、荷、德、英等国各种流派的画作，尺寸非常大，创作题材也非常广泛，反映着14世纪至19世纪宗教、神话、宫廷、战争、劳动和下层百姓生活。

称之为“镇馆三宝”、“宝中之宝”的是：米洛斯的维纳斯、萨莫斯瑞斯的胜利女神、蒙娜丽莎。

凭着展馆指示图册，我们在艺术的海洋中寻觅着。

维纳斯是罗马神话中爱与美的女神，在古希腊神话中称为阿芙罗狄特。传说她在大海的泡沫中诞生，在时光女神和美惠女神的陪伴下来到奥林匹斯山，因美丽无比，众神纷纷求爱。宙斯遭拒后，把她嫁给了丑陋的火神，但她却爱上了战神，并生下了小爱神厄洛斯。因帮助特洛伊王子拐走斯巴达国王的妻子——全希腊最美的女人海伦，引起希腊远征特洛伊的十年战争。

在卢浮宫底层，维纳斯雕像陈列十分突出，用隔离带围着，禁用闪光灯拍照的提示十分醒目，并有专人看管。据说这尊雕像是1820年由一位农人在希腊米洛斯岛一个山洞里偶尔发现的，因而雕像的名字叫米洛斯。法国公使的秘书重金收买后献给了路易十八。雕像曲线优美，造型典雅，富有弹性。温存的脸庞，闪动着轻柔的光彩和朦胧的诗情。舒卷旋纹的发髻，散发着缥缈的韵律，肩、胸、腰、腹，特别是眼、鼻、唇，无不充满诱人的魔力。即使雕像已失去双臂，表层已经脱落，石体已经开裂，仍丰腴饱满，端庄平和，给人以超越时空的审美永恒。

萨莫斯瑞斯胜利女神雕像是经工作人员带领，我们才找到的。胜利女神和维纳斯相比，知名度要小得多，不仅无臂而且断头，由100多个残片组成。1863年在希腊的萨莫斯瑞斯的岛屿上发现，因而取名为萨莫斯瑞斯，艺术成就高于维纳斯。雕像为纪念一次海战胜利而作。女神昂首挺立，左腿稍曲，加强了前进感。怒吼狂风，吹打着单薄的衣衫，身长翼翅，意欲飞天。身体肌肉羽毛衣襟长裙，如行云流水，有强烈的质感，展现着精湛的雕刻技艺。女神圣洁丰满，柔媚高贵，勇敢正义，体现了神与人的自然结合，是人类追求女性美的最高理想。雕塑家罗丹赞叹说：“这简直是真的，抚摸她可以感到体温。”

旷世奇才，绘画大师达·芬奇的《蒙娜丽莎》可以说是家喻户晓。作为文艺复兴时期最卓越的肖像画，创作于1506年，被法王法兰西斯一世用重金买下，收于卢浮宫，是艺术圣殿的瑰宝。

《蒙娜丽莎》成功地描绘刻画了资本主义上升时期一位有产阶级的妇女形象，坐姿优雅，笑容微妙，背景幽深，茫茫无边，淋漓尽致地表现了娴熟的透视笔法。

据说，画面描绘的是意大利佛罗伦萨一位淑女，1495年嫁给了当地显贵焦贡铎为妻，因此，欧洲人称她为焦贡妲。达·芬奇非常喜欢这幅作品，走到哪都带着。

这位500岁的妇人引起的争论是前所未有的。有人说她是达·芬奇情妇，有人说她是那不勒斯妓女，有人说她是当地乡村孕妇，有人说微笑是掩盖缺齿，有人说达·芬奇是同性恋者，曾关在米兰监狱，这是他自画像。研究蒙娜丽莎已经成为一门学问，《达·芬奇密码》一书，洋洋几十万字。

文章学、著作权研究到极端便成为卖弄和无聊。想创新和受人重视，哗众取宠，标新立异，奇谈怪论，便在所难免。了解背景历史，作为一件成功的艺术品欣赏就是了。

《蒙娜丽莎》神来点睛之笔，在于“神秘永恒的微笑”，是弥漫在整幅画面宁静典雅气氛中的集中表现。据介绍，作者采用层次渲染的特点，让人体的轮廓线条在光影的作用下自行溶解，使肖像丰富的内心情感和美丽的外形巧妙结合。特别是恰到好处掌握具体和含蓄之间的关系，抓住眼角唇边的关键部位，细致刻画，使微笑具有莫测的奇韵。

零距离看到《蒙娜丽莎》真迹还真不容易。油画被特殊的玻璃罩住，并设有栏杆，有灵敏的防盗装置，只能站在稍远的地方参观，严禁闪光灯拍照，否则，相机有可能被没收。我在里外三层的人群边驻足仔细欣赏，然后又挤到最近的位置，整整看了有好几分钟。依我对油画的认知水平，根本不知密码在哪里？但被深深地打动着。供职于梵蒂冈档案馆的加利次娅，自称发现“真正的达·芬奇密码”：世界末日将从4006年3月21日开始，“全球性洪水”将导致世界在4006年11月1日彻底毁灭，新一轮文明会重新开启。结论是无聊和荒诞的。

香榭丽舍大街一端是协和广场，另一端是凯旋门。我们从卢浮宫出来，穿过一座花园，便来到协和广场。

方石铺就的广场，承载了太多的血泪，飘散着太多的冤魂。可能是法

凯旋门下无名烈士墓

国杀人最多、被杀最多的集中地，有一段不堪回首的往事记忆。

史料记载，协和广场始建于1757年，因立有路易十五骑马雕像而被称为路易十五广场。1789年大革命后又称为革命广场，1795年才改称为协和广场。

1739年是广场最不平凡的岁月。1月21日，末代皇帝路易十六以叛国罪被送上断头台，在千万革命者和市民的欢呼声中，残暴昏庸、挥霍无度的路易十六被处以极刑，断头机当众把头颅切割滚落在地。第二天宣告成立法兰西共和国。不久，皇后也被送上断头台。再接着，继王宫贵族反对派被杀后，革命者和工会之间开始互相残杀。人们以反对皇权始，以反对集权杀人无数终，最后以"热月政变"止。

耸立在广场中央的方尖碑，是埃及总督1829年的礼物，刻有古楔形文字，具有3300年历史的拉美西斯二世法老的玫瑰色花岗石，能安抚灵魂，镇妖辟邪。如今的方尖碑两侧各有一个雕刻精美的喷水池。广场四角还有8座雕像，据说代表着法国的8个城市。作为巴黎具有纪念意义的胜景，广场还有交通枢纽的重要作用，东西南北的车辆都从此快速通过，像一个分流器，减少了阻塞。

香榭丽舍在法语中是田园乐土的意思。香榭丽舍大街可称为田园乐土大街，在法国又称为爱丽舍田园大街。爱丽舍是希腊文，灵魂所去乐土的意思。如婀娜多姿的少女，如妖媚惊艳的少妇，香榭丽舍大街摇曳着荡人魂魄的诗意。

300多年的香榭丽舍大街，东段绿树成荫，恬静安宁；西段商业繁荣，雍容华贵。银行、时装店、化妆品店、高档轿车行、夜总会、电影院、餐厅、咖啡馆比比皆是，奢侈商品价格极其昂贵。在一家皮具店，我走进去两分钟就走出来，在化妆品店也同样。相当于几万元人民币的一只提包、几千元人民币的一瓶香水，我只能匆匆一瞥。19世纪风格的长椅、候车亭、海报柱、报亭、邮筒以及流浪音乐家、街头画家的表演和献艺，更吸引着我的目光。草坛、花坛、多排梧桐树、拿破仑时代的街灯、灰白色的高大百年建筑、蓝色花岗岩路石，加上深厚的文化积淀，与民族命运紧密相接的历史，让人不由得流连忘返，感叹不已。

司汤达称之为“宁静祥和的天堂”。一首抒情歌曲这样唱道：走在香榭丽舍大道，说一声你好，向陌生人敞开心扉，随便对谁，说什么都无所谓——恰恰是你，与我相会。阳光下，细雨中，在正午，在子夜，这里有你热望的一切，哦，香榭丽舍！

沿着香榭丽舍大街往前走，不过百米，就到了戴高乐广场。这座圆形广场的中心，是宏伟壮观的凯旋门。

这个长方形有四个拱门的纪念碑，是拿破仑一世为纪念他在奥斯特利茨战役中击败俄奥联军而建，前后耗时30年，直到拿破仑被囚21年后才完工。

凯旋门下的圆形广场，如星光灿烂，向外辐射了12条大街，其中最著名的福煦大街，几乎见证了法国所有的重大事件。

这里曾迎接从流放地运回巴黎的拿破仑灵车，举行过雨果葬礼，庆祝“一战”、“二战”胜利，希特勒攻占巴黎入城式，为戴高乐送行，国庆阅兵大典……

1920年11月，凯旋门下建造了无名烈士墓。我看到，摆满鲜花和三色国旗的墓地用金色的立柱和绳索把游人隔开。墓前的长眠之火在默默燃烧。横卧的墓志铭只有一行字：“这里安息着为国捐躯的法国军人”。墓碑上门两侧的拱门墙，密密麻麻刻着几百位将军的名字。门顶门楣雕刻着拿破仑东征西战取得胜利的战役故事。

四面外墙刻有四组浮雕，对着大街一侧最为著名。右边是《马赛曲》：“祖国处在危急中”，飞翔的胜利女神执剑高呼，鼓舞法国人民保卫新生的共和国。左边是《1810年的凯旋》：妇女、老人、少年姿态各异，翘首盼望出征沙场的战士们光荣凯旋。

在滑铁卢战胜拿破仑的惠灵顿曾感慨：“胜利，是除了失败之外的最大悲剧”。胜利和失败都是悲剧，只是演出时间先后次序不同。站在拿破仑下令建造，又迎来拿破仑灵柩的凯旋门下，我想，作为解决政治问题的最后手段，战争应属政治范畴，错的可能是政治。随着时光的流逝，人们也许忘记了谁对战争负有责任，却记住了战争中人的意志、智慧和行为魅力。在法国，人们记住的不但是胜利的拿破仑，更记住了失败的拿破仑。这位寄托着法国人理想的夕阳骏马、荒原雄狮，虽然个子矮小，却永远地成为了历史巨人。

而此时，晚霞惊艳，太阳羞涩，华灯已经悄然初上。拿破仑金戈铁马的峥嵘岁月和英雄无奈的浩然长叹，已经伴着星辰远去。大街旁闪烁的光亮以及无数车灯汇成的光流一齐涌向辉煌的凯旋门。

尽管天色已经很晚，我们还是按原计划采访参观圣心教堂。

夜的巴黎更加浪漫迷离，更加让人捉摸不定和难以识别。

一首法国作者的《巴黎》小诗这样写着：“三根火柴一根一根地在夜里燃点，第一根火柴为了看看你整个脸，第二根火柴为了看看你的眼，最后一根为了看看你的嘴。”

没有火柴我们什么也看不清。看到的是川流不息的人群、车辆；流光溢彩的商店、餐馆；霓虹闪烁的舞厅、酒吧；黑幕遮挡的乞丐、懒汉；树林掩映的别墅、花园；昏暗破旧的街灯、墙皮；缄默不语的宫殿、庭院；凌乱随意的地摊、小贩；时尚摩登的女郎、小狗……

不知穿过多少街区，来到一处高地。圣心教堂就建在高地之巅的高台上。我去过欧洲很多教堂，但在夜晚，还是第一次，平添了几分神秘和胆怯。

在泛光灯的照射下，教堂白色的穹窿圆顶格外醒目，好像悬在空中。拾级而上，才真正看到了雄伟。

拜占庭式教堂与众不同的特别之处，在于：

建得高。位于蒙马特山之上，高度仅次于埃菲尔铁塔。高地、高台、高堂、高门，高高在上，并全部采用白色大理石建造，犹如高大的石膏雕塑，成为巴黎城市形象标识之一。

建得迟。始于1876年，直到1919年第一次世界大战结束之后才落成，而且面积大，造型独特，更像一座城堡。欧洲著名教堂几乎都在中世纪完工，建造时间如此晚期的教堂，绝难再有。

建得有目的。原是巴黎工业区，工人聚居之处。巴黎公社的起义主力就坚守在这里，最后全部壮烈牺牲。起义之后，起义之地建教堂，意在教化。宗教取代不了理想，上帝不可能改变穷人的命运。

我们走进教堂，发现：

大厅的穹顶上是一幅完整的耶稣升天图，气势更加宏大。房间比较多，主塔为大厅，配塔为侧厅，内有走廊，通往各小堂。

有修女忙碌的身影。白衣白裙白披肩白头巾包裹下，露出白皙的面孔，祈祷结束走进带栅栏的侧廊。我想看得仔细，跟随其身，遭到了白眼。

因去得晚，教堂等着我们走后下班。偌大的主殿里，就我们几位中国人，更显得空旷寂静。走出大门，走下台阶，才发现附近还有一个小广场，廉价商店没打烊继续营业。暗淡的路灯下，还有潦倒的画家和漂流的学生现场为人画像。地面上摆着模仿名画的复制品，价格不高，但粗制滥造，问津者寡。

导游兼司机向我们介绍，安徽籍妓女出身的中国旅法画家潘玉良当年就曾在这里多次卖画。

此时，风紧月冷，寒气袭人，我们在黑暗中走开。

巴黎的又一个清晨。要去凡尔赛宫。我起得很早。还有更早的。勤劳的华侨和在法国打工谋生的同胞，已将我们在塞纳河畔住宿的宾馆团团围住，兜销香槟酒、葡萄酒以及价廉物美的纪念品。

只隔一条小街，对面就是居民社区，我信步走了进去。宅楼不高，白色，方块形的，每户宽大的阳台上，都花团锦簇，姹紫嫣红，落地玻璃门内是雪白的纱幔。看得出，他们生活得精致。

小区内有庭院，竟有中国江南式的园林盆景，鲜艳的草本花卉，我叫不上名字，娇若春露，灿若霞光。绿地、小径、座椅铺陈讲究，树木不高，栽种有序。林间停放着轿车。按常理推测，在市中心的河畔边，不大可能住着穷人。当我出来时，有家长带着两个孩子进院。中国人，早上好。

早上好。我回答着。这一天的开始显得轻松。

凡尔赛宫在巴黎西南郊外，路不远，但路不宽不平不整，路旁茂密的森林挡住了我们远望的视线。树木草地间有讲究的别墅，还有停放的私人直升机。

凡尔赛原来只是个小小的村落。年轻的路易十三，经常在这里狩猎。据说在1624年，路易十三决定在这里修建城堡作为行宫。他感到“房子”太小，1631年原地重建，3年后完工时，U型宫殿已经形成，花园也按轴线展开。

路易十四登基后，决定扩建。从1661年开始经28年之久，使凡尔赛宫成为欧洲最华丽的夏宫之一。好大喜功的路易十四增购土地，建成了7平方公里的园林，有北京颐和园2个半大。其中占地一平方公里的法式花园成为世界之最。

有一段轶闻趣事：居住在陈旧的枫丹白露宫的路易十四应财政大臣富凯之邀，去他新建的宫殿赴宴。此人犯了大忌，错在主子前显摆了。他贪污受贿，敲诈勒索，宫殿豪华。挥霍无度的皇帝逮捕并宰杀了挥霍无度的大臣。路易十四查抄了富凯的珍贵物品和全部建筑图纸，并下令为自己设计建造更为雄伟壮观的宫殿。尚未竣工，路易十四便迫不及待从巴黎搬到了凡尔赛。从此日日盛宴，夜夜笙歌，狩猎郊游不断，奢靡登峰造极。

到达凡尔赛宫，车刚停稳，一位西装革履的中年人主动上前为我们把车门拉开。身受如此礼遇，自然要说谢谢。这时他伸出手说：“请给我一欧元。”翻译说，他实际是位乞丐。我们没有零钱，也不情愿。但他并不生气，仍然笑脸相送，并祝我们参观愉快。

巴黎很多乞丐，大多穿着整洁体面，由于法国经济不景气，失业者，又没有一技之长的人，干脆当起了乞丐，并认为也是一份工作。在圣母院门口，乞丐比较多。他们认为，对于常进教堂的人，施舍是一种慈悲和幸福，所以就集群在那里乞讨。我甚至看到有怀孕的妇女在广场乞讨。最为经典也是常见的属艺术型乞丐。在卢浮宫广场，有一位先生很投入地背诵台词，有时用英语，有时用法语，声音好听，并有舞台动作。他面前放着一顶礼帽，有人投钱时，他会停下来说谢谢，然后继续他的表演。如果帽子里的钱差不多了，他便戴上帽子，装起钱币，满意下班。

法国是一个社会福利优厚到被认为是养懒人的国家，而且也没有禁止乞讨的法律规定。一些喜欢自由又不愿辛苦工作的人，便在公共场所当起了乞丐。

我们从正门进入宫殿大院。深色方块岩石铺就的广场，给人以厚重的沧桑之感，中央是路易披戎装、跨战马、挥右臂、望前方的巨型雕像，霸气十足。身后是橙黄色相间的三层大厦及其配楼和教堂。靠自动汉语导游播放器，我们进入迷宫般的大殿。

凡尔赛宫是部分开放的。我们先看了饰金、高穹、简洁、雅致的皇家小教堂，然后进入大寝宫。凡尔赛宫和卢浮宫不同，除展览艺术品之外，更多的是展示王室贵族当年的生活，以及皇帝办公、会客、餐饮、娱乐的地方。印象比较深刻的是维纳斯厅、阿波罗厅、床厅、王后厅、艺术厅、贵族厅。

维纳斯厅用于举行大型招待会。阿波罗厅是御座厅，路易十四自比太阳神阿波罗。床厅先为皇帝卧室，后作皇帝日常起居会客。王后厅是王后寝宫，所有皇家子女诞生地。艺术厅供路易十四欣赏音乐。贵族厅是大臣等候觐见皇帝的场所。

镜厅很特殊，墙上安装了许多巨大的镜子，同窗户一一对应。每面镜子由近500块镜片组成。天花板是一组气韵生动，反映路易十四征战功绩的彩绘，走廊有20多支火炬。白天，可以通过镜子看园中美景，廊顶画面；夜晚，反射烛光火焰，辉映出梦幻境界。

“战廊”则放置了30多幅表现法国一千多年重要战争的巨幅油画，同时还陈列了上百位法国历史著名将领的大理石胸像。排除历史偏见，纪念献身沙场军人的举动，是值得尊敬的。

宫殿奇思妙想的设计，瑰丽灿烂的装饰，眼花缭乱的雕塑，宏大细腻的画作，金碧辉煌的廊厅，尽显皇权威仪，奢侈荣华。

英国签订协定承认美国独立；法国大革命，路易十六被解往巴黎送上断头台；普法战争，德皇获胜加冕典礼；梯也尔作为据点镇压巴黎公社；结束“一战”的《凡尔赛和约》；“二战”盟军登陆后的总部……凡尔赛宫又成为法国惊心动魄、跌宕起伏历史的见证。

花园是标准法式的。几何形草坪，塔状形松木。古希腊古罗马著名雕塑的复制品分列在粗沙砾铺就的主干道旁。修剪整齐的绿篱把花园分割成若干区域。运河引来活水，在中央甬径旁形成两个大水池，沿池伫立着千

巴黎新区一角

姿百态、栩栩如生的半卧神话人物和天使铜像。数不清的喷头同时射出水柱，在阳光的照耀下水帘形成彩虹。哗哗水声，犹如和弦交响。环形柱廊远远地俯视着错落有致的各式花坛。目力所及，是看不到尽头的树林。一切布局和谐，别具匠心，精致典雅，美不胜收。

条状的大片森林把古今巴黎分开。老巴黎躯体已赶不上时代飞奔的双腿，巴黎人在老巴黎之外仔细规划建设了一个新巴黎：拉德芳斯新城。

巴黎新区和老区风貌截然不同。有了立交桥，有了钢铁水泥玻璃建筑，有了摩天大厦，有了火柴盒式的写字间，有了银行和跨国公司，有了令人费解的抽象雕塑，有了西装革履的职业女性，有了工业科学技术的浓浓气息……

我们品味着巴黎新区，宽大的步行广场周围，高楼林立，浪漫严谨的法国人在群楼之间特别建造了环境调节系统。和老凯旋门同一轴线的是新凯旋门，一座100多米高方形大拱门，透空中心有一朵永远漂浮不散的“人造云”，门框里有许多办公室。法国近来遇到的烦心事不少，能有新的凯旋吗？

新巴黎抽象雕塑

法国最近有一个“超大巴黎”计划，打算将首都向西北延伸100英里至沿海港口城市。萨科齐总统顾问提交一份报告，认为，被陆地包围的巴黎可能沦为落后于时代的“博物馆城市”，最有效的办法是把巴黎扩建至塞纳湾上的勒阿弗尔，成为“沿海大都会”。总统对这个报告深表赞同，他想完成拿破仑时代就已萌发的梦想，但遭到了政敌的嘲笑。

巴黎被称为购物的天堂，尤其女装和化妆品。从巴黎买回来的物品，几乎可以称为奢侈、名牌、贵重的代名词。全世界有名的十大香水品牌和十大服装品牌，法国分别占了7个和6个。光彩夺目的香榭丽舍大街，没有钱，到这里也就是逛逛而已，东西太贵。

巴黎作为世界时尚中心的历史可追溯到路易十四时期。以国王为代表的上流贵族社会将生活方式、礼仪举止变为一种讲究审美时尚的文化：抹香水、穿高跟鞋、戴假发、着讲究的服装、对美食美酒精益求精、用餐有一套规矩程序、说话注意遣词造句，诸如此类，不一而足。随后，这些所谓的时尚做法影响了整个欧洲宫廷和贵族社会。到20世纪，奢侈品生产由于购买者的增多而受到新的刺激，追求时尚日渐成为一种社会文化。不过，近年来，巴黎时尚之都正受到纽约、东京，尤其是北京、上海等世界大都会的挑战。

自2000年以来，中国人就开始大量购买香水、手表、箱包等名牌产品。外国游客美国人、日本人和中国人多，三者里中国人更多。中国游客带来的营业额，平均一年就要翻倍。

潮流资讯服务提供商认为，中国人对奢侈品的热情让他们看到了20年前的日本。“中国人正在重复日本人的奢侈品消费狂热”。

2009年，中国奢侈品销售额增幅已经全球第一。

一辆宾利或劳斯莱斯不低于百万英镑。一套手工做的西服均价8千到1万英镑。哪怕是想买一套3件的斯托特陶瓷茶具，没有500镑也买不到像样的。“价格这么贵谁买得起？”不同肤色的顾客发出同一个声音。然而，不少中国买家并没有畏难情绪。

一家经营法国高档红酒专卖店经理说，“中国顾客是我在店里见到最慷慨的。一名中国顾客，一次买走两箱红酒，1万欧元。要知道，200欧元的红酒，欧美客人买一瓶而已，只有中国客人出手这么阔绰。”

奢侈品消费建立在“精英主义”基础之上。中国人的奢侈品消费是一种盲目的攀比、炫耀心态，目的是显示自己的身份，体现自己的价值，用奢侈品标榜自己。西方人这么认为。

和中国人相比，许多外国人要“小气得多”。

一些外国女性会在年轻时购置一个奢侈品牌皮包，作为自己走向职场的纪念，但这个皮包甚至会伴随她们一生，虽然变得破旧也不会轻易更换。

不过，中国消费者想的不是这样，他们是以频繁更换或是大量积累奢侈品为荣耀。

全球的时尚风潮以前都是向欧洲看齐的，这是因为几百年来欧洲文明一直处于世界主导地位。中国人刚富起来，财富观念确立不久。随着中国经济的快速发展，本地品牌的日趋成熟，全球将会出现一种平衡。而随着西方制造业的衰落，奢侈品可以说已经是部分西方国家向东方输出的最后的东西了。一位大学教授如是说。

巴黎有许多集中的商业区。萨马黑黛娜、春天、拉法耶特是三大著名百货商店。其中拉法耶特俗称“老佛爷”，知名度很高，是中国客人常去购物的地方，因为价格相对比较适中，并配有会说汉语的导购服务人员。

我们是晚上去的，临街的墙壁和树枝都挂着“串串红”彩灯，十分喜庆抢眼。商场分层按区经营，并有削价打折专卖处。商品琳琅满目，顾客人头攒动。如今中国的大商场也是世界一流的，中国人高档奢侈品的消费，正在逐渐成为全球的主力军。“老佛爷”放到北京上海，也算一般。

法国单身族多，仅巴黎就有近100万之众。购物者只要拎个有标记的篮子，就表明是单身，并愿觅友。篮子里有两块糖果和一张卡片，糖果象征甜蜜，卡片留作填写联系方式。

在商场上上下下的转悠，我并不购买什么，只是在和国内同类商品作价格包装质地比较，发现便宜的还是香水和巧克力。在一进大门的货摊上，T恤衫、男西服价格只相当于香榭丽舍大街的十分之一。当然不是名牌，也过季了。其他，只要外国有的，中国都有。

紧邻“老佛爷”，有一家专营香水、钟表和高档成衣的百货商场，中国商人巨资买下了经营权。中国客人的“大手笔”，让巴黎商家非常羡慕。这家名为“巴黎形象”，由华人经营的巴黎最大一家免税店，专门配备说汉语的售货员。据估计，来自中国的客人和居住欧洲的华人，将近占这家奢侈品店顾客的百分之八十。

在巴黎3天，既浮光掠影又印象深刻。其实，巴黎并不浪漫。也许走在巴黎街头各种肤色的人们，穿着得体，可称为靓丽的风景线，但他们都过着实实在在的生活。巴黎的建筑有特色，重文化，重艺术，看着它们，就可阅读到历史，以及历史老人留下的足迹。

还有要说的：我们看见了黛安娜王妃香消玉殒、遭遇离奇车祸的地下道路以及撞车的水泥柱，却没有去拉雪兹神墓地祭扫巴黎公社社员墙。我们到了同为世博会建造的夏优宫，埃菲尔铁塔对面一组位于高台两翼伸展的建筑，却没去法国极盛王朝建造的古典主义标志建筑荣军大厦，那里有世界独一无二的血红大理石棺材，长眠的是法国精神和军魂的拿破仑。

更有遗憾的：我们没有时间参观住在达官贵人公馆的雨果故居，以及位于塞纳河西南低地的巴尔扎克故居。也没有时间拜谒意大利广场戈德夫鲁瓦大街17号周恩来旧居和纪念像，以及位于西北近郊上塞纳省拉卡赫塔哥伦布镇迈德里克街39号邓小平旧居。这两位世界巨人曾在此勤工俭学，他们从法国带回的革命思想和赤色文化，使中国发生巨变。

卢森堡皇宫小广场

17 要塞下的大峡谷

○ 法兰克福 Frankfurt

○ 卢森堡 Luxembourg

欧洲有不少袖珍国家。真是大有大的难处，小有小的好处。人口不足50万的7个国家，马耳他、梵蒂冈、列支敦士登、摩纳哥、圣马力诺、安道尔和卢森堡，都比较富裕。卢森堡最大最发达，以钢铁工业和金融业著称于世。

卢森堡是大国争夺维持平衡的产物，因此历史并不复杂。

公元前1世纪，罗马将军凯撒征服了属于高卢的卢森堡，建立了“卢西林堡胡克”。公元5世纪，卢森堡属于法兰克王国，公元9世纪法兰克王国分裂后属于洛林王国。1060年，阿登家族康德拉被封为伯爵，卢森堡建国。国小力弱，总是受欺负的。15世纪后，卢森堡先后受西班牙、法国、奥地利统治，两次世界大战两次被德国占领。

卢森堡位于法德之间的阿登高原南部。法德两国长达数百年欧洲霸权的争夺，卢森堡很不情愿但无可奈何地被裹陷其中。世界战史闻名，愚蠢可笑，傻瓜军事代名词，“一战”后建造的马其诺防线主体就在阿登高原。

马其诺防线有3层建在岩石山体的上千座碉堡群。一层凿岩，二层石垒，三层砌塔。碉堡内有炮台，群堡之间有通道。大的碉堡可以驻扎上千名军人和马匹，还有工作室、厨房、面包店，就像一座地下迷宫。聪明的德国人从后路包抄进攻，如神兵天降，固若金汤的防线顷刻间土崩瓦解，守军变为俘虏。如今，山洞和钢筋水泥的防线孤零零地横卧在寂静的高原之上，成了游者探秘访幽的去处。

在欧洲，雪山、湖泊、森林、河流、教堂、宫殿、旧街、古居、剧院、画廊、博物馆等自然人文景观，都可圈可点，给人以美的享受，而主要参观有一千多处的军防设施，恐怕唯独卢森堡国。

沿着细长弯曲的山间小路，粗览了人烟稀少的高原战争遗迹后，我们径直向卢森堡市驶去。

卢森堡先有市后有国。市，始于古罗马，在平原地带。为了防范日耳曼部落，在附近岩石上广筑城堡。为了阻挡匈牙利人，又建造了要塞。有城堡要塞相对比较安全，众多农民聚居寻求保护，久而久之，便逐渐形成了城市。卢森堡市已有千年历史，但只有区区8万人口，仅相当于中国的一个乡镇。

依河而建，据险而防的城堡并没有带来安全。相反，因扼守交通要冲，卢森堡被欧洲列强反复攻占，直到19世纪中叶，卢森堡市才结束修碉堡建要塞筑城堡垒炮台的历史，发展成为独立的国家。堡、塞、城、国的屈辱史说明，在不安宁的国际背景下，小国弱国将面临中立结盟自主对抗等多难选择。

到达卢森堡市已经是中午了，刚刚下过一场小雨，空气湿润，泥土清香。我们参观卢森堡城堡中最著名的第二圈城墙上的三塔堡。比巴黎圣母院还要早一百年的三塔堡外观雄伟，双塔底层坚实牢固，密不透风，第三层才有一扇窗，小塔则如镶在山岩上的石雕，尖顶圆墙，相互掩护，自成体系。

建在高冈上的要塞也气势不凡，大门高达10米开外，并筑有箭楼，易守难攻。城门之下，最恢弘的就是大公府第，一座德式的宫殿建筑。直刺云天的尖塔下，是斜顶的正房，白色石墙，棕色殿门，灰色窗框，褐色屋顶，虽规模不大，却也雄浑威严。据说，断断续续300多年才最后建成。

卢森堡国小，皇宫自然不大，碎方石莲花状广场往右一拐就是。四层淡黄色大理石墙灰色尖顶楼外，只有一位仪仗兵巡逻，是为一景。

圆拱门外，一个黑色的单人岗亭。离墙不过几米处，石栓铁链把皇宫同小广场隔开。头戴蓝呢帽，身着黄军装，胸佩红丝带，腰系白皮带，脚穿黑皮靴，肩扛刺刀枪，目光直视，旁若无人，腿抬高到90度，一步一步向前走。不过50米，便到了终点，右脚一跺，哈的一声，便向后转正步原路返回。如此周而复始，严肃认真。

“一人大军”的国门卫队，让人大开眼界。而此时的总统府外，可巧也只有一位参观者。同伴戏称此时是三个人的国家，总统、卫兵和游客。

午饭很迟，照例是中国餐馆。步行街上，我们进了“北京酒家”。开北京酒家的是位北京人，倒也热情。趁上菜期间这位中年男子打开了话匣子：

卢森堡啥都好，人单纯，国富裕，钱好挣，就是交流太困难，得说卢、法、德三种语言。当地孩子一出生，妈妈教说本国话，小学用德语、法语授课，中学修外语，要学英语、拉丁语。报纸用德文，刊物、论文、书籍用法文。饭店菜单、标价和票据用法文，和顾客打交道招呼生意又要用卢语，而遇到外国游客，又要说英语，这太麻烦了，搞得我们无所适从。

还有更奇特的。在法庭上，法官审讯用卢语，而宣判用法语，判决书却用德语，这些是约定俗成的。一家人，你会看到父亲读德文报纸，儿子念法文书籍，女儿用英语唱歌，母亲却在一边用卢语唠叨，女婿或者儿媳可能用意大利语插话，但他们互相都懂，说明白就行。这苦了外国人，也苦了卢森堡人，要用相当的时间和精力学习运用语言。因此，卢森堡从未出现过文学家，也没有属于自己的大学。

小小卢森堡，怪事真不少。导游还向我们讲了一段往事，很有趣。1797年3月，拿破仑皇帝和约瑟芬皇后从法兰西到卢森堡参观一所国立小学，自然受到全校师生的欢迎和款待。一时高兴的拿破仑讲演时许诺：为答谢学校的殷勤和佳肴，送一束玫瑰花，并表示只要法国存在，每年都送。说完就送了一束价值3个金币的玫瑰花给校长。后来战争不断，惨败流放的拿破仑无法送花。可到了1984年，卢森堡人旧话重提，以5厘利息计算，向法国政府索要近14万金币价值相当的法郎，或者公开承认拿破仑言而无信。无奈苦笑的法国人只好答应，给予卢森堡教育事业以支持兑现拿破仑一诺千金的玫瑰承诺。

卢森堡大峡谷

除城堡要塞古迹外，卢森堡闻名欧洲的是峡谷。我们的旅行车就停在卢森堡大峡谷旁。卢市被阿尔泽特河与佩特罗斯河分成北新区南老区，中间有90多座桥。最著名的阿道夫红砖拱桥跨度将近百米，连接着两岸起伏的丘陵山地，成为新旧市区的主要通道，也是卢森堡的市标，“欧洲最杰出的建筑之一”。桥下谷中，苍松、黄叶、红枫、绿草，色彩斑斓，郁郁葱葱。令人意想不到，深深的峡谷底竟有房屋人居。桥的两岸，是掩映在绿树丛枝露出的尖塔和房顶。紧靠桥边的是座椅、路灯、雕塑、小景以及宁静整洁街道。再往里，就是著名的银行街了。

在兵家必争之地夹缝中生存，并取得经济奇迹的卢森堡令人尊重和刮目相看。钢铁金融业的发达，犹如身体有了健壮的筋骨和鲜活的血液。特别是匿名存款，高度保密，即使是国家机关也不能以征税为名了解客户情况。完备的银行信誉制度，使卢森堡成为金融大国，而金融本身是可以投资生财的。

短暂的访问，使我记住了：一个卫兵的仪仗队，一个法庭三种语言的审判，一条可笑的马其诺防线，一千多处碉堡炮台要塞，一条大峡谷，一套可依赖的金融信用体系。

难说再见，又不得不说。欧洲旅途，还在继续。我们穿过古堡村落，越过黑森林山，沿摩泽尔河谷北上。渐渐地，卢森堡远了，德国法兰克福近了。

歌德故居

布鲁塞尔 Brussels

法兰克福 Frankfurt

卢森堡 Luxembourg

18 美茵河的奇迹

法兰克福德语的意思是："法兰克人的浅滩"。据传说，查理大帝率法兰克人同日耳曼族作战，兵败至美茵河畔，走投无路，陷入绝境。忽见一只白色的母鹿涉水逃到对岸。接着，河面突然笼罩了一层白雾，追兵无法渡河。以后，查理大帝取得胜利，在美茵河浅滩渡河处建立法兰克王宫，把建宫的地方，称之为法兰克福。

夜色赶走了晚霞，灯光照亮了迷漫的河面。到达法兰克福，天已经完全黑透。居住宾馆的不远地方就是商业区，店铺林立，热闹繁华，饭后我们闲步溜达。然而令人意想不到，沿街偌大的立地商场橱窗展示的是皮鞭、皮绳、皮镣等性虐待器物，并有女模特。更猝不及防的是，有一层楼高、对着十字路口的玻璃广告廊，竟是一幅巨大的女性生殖器彩色图片，所有的细部都非常清晰，裸体女郎叉开着大腿，目光火辣勾人。我们害羞地快步走过，而路人却神情坦然，并不惊讶，看来是习惯了。步履刚慢下来，眼前又出现一家敞门出售性具和色情书刊、碟片的商场，规模比我们在阿姆斯特丹看到的还要大。黑影处，两位身材高大魁梧持枪警察，直冲着跑了过来。他们按倒了我们身后一位长发披肩的男人。一警察用腿压卡住男子的腰，反剪锁住双手，另一警察掏出明晃晃的手铐，把男子铐上后，推进闪着蓝光的警车。这使我们非常扫兴，没走多久便折回宾馆。而就在宾馆门旁，两位警察逼令一光头男青年，举双手站立趴在墙上，其中一警察在搜身。德国留学的陈导游说，这两个男子肯定吸毒而又贩毒，警察可能是突击行动。法兰克福也有红灯区集中地，皇帝大街和火车站附近在欧洲比较出名。这让我们多少有些意外，荷兰如此，德国难道也如此吗？

白天，来法兰克福路途中的加油站休息小卖铺里，就出售性器具和裸体画册已经让我们大吃一惊了，加上晚上亲眼看到的种种场景，答案只能从腐朽和变态词语中寻找了。这令我对法兰克福原来的印象大打折扣。

还远远不止这些。宾馆房间的电视机里，充斥着应召女郎广告，做出各种姿势动作，展示身体各个部位，并有通讯联系方式。播出频率比布鲁塞尔密得多。

这让我想起记述德国一本书的序言：日耳曼，不失为优秀，但矛盾重重而令人不解。以严谨理性著称，而又常常举动疯狂。正是这样一个民族，使德意志神奇和灾难交替。

当晚看到的一切，使我不免为德国的未来有几分担忧。

在欧洲，“大教堂”一定指大主教所在的宗教地。也许，法兰克福例外。酷似皇冠，哥特式尖顶，被“黄金诏书”以法律形式固定选举国王的教堂，被称为“皇帝大教堂”。外形如塔，宏伟挺拔，仅尖顶就有近百米高。“二战”中遭英美轰炸，后恢复重建，直到1953年才最后落成，从查理大帝改建算起，修建期长达1200年。

一夜无话。早晨起床，我们第一时间参观了位于美茵河畔的皇帝大教堂。锈红色钟楼，端庄威严，犹如黄袍加身站立的国王，成为法兰克福古老历史的城市形象标志。墙上挂着法兰克福创立者查理大帝、德国首任国王路德维希，以及奥托大帝、查理四世等历代皇帝铜像。中厅为皇帝加冕地，礼拜堂是国王选举厅。同欧洲其他幽暗神秘的教堂相比，皇帝大教堂最大的特点是以浅色为主调内饰，明快鲜亮，体现了德国宗教的新风气。

走进去，大厅里有几百男女老幼，齐声唱着圣歌：全能、永恒的上帝，请仁慈地俯视我们的软弱吧……个个神情都是那么肃穆恭顺，甚至有些诚恐卑微。

宗教的力量就是这么神奇，让人忘掉滚滚红尘匆匆过客的渺小和生命的短暂。

因为开幕和剧终全操在上帝手中。

《圣经·创世篇》中说："你本是尘土，仍要归于尘土"。这，便是生命的循环。

一种赴死的壮烈情绪油然而生。面朝着圣十字，我退步倒走出教堂。

同皇帝大教堂近在咫尺的是"罗马山"。居民把房屋建在教堂周围，便成为法兰克福市的起源。法兰克人称这里为山，其实没有山，只是地势略高。因市政府买下了名为罗马楼的民房改建市政厅，这片地就称罗马山了。市政厅前开阔地就成了罗马广场。那么，广场上两尊雕塑题材，也就取自于古罗马。一尊是石雕，战争女神内尔娃，持长矛守护法兰克福安全；另一尊铜雕正义女神尤斯堤伽，一手握剑，一手举着天平秤，守护法兰克福的公正。在中世纪，广场经常举行露天法庭的公开审判，雕像寓意是不言而明的。

广场不大，像欧洲所有老城广场一样，方块岩石铺地，镶着横竖斜直装饰木条的旧屋，中间是喷水池，旁边有一座教堂，四周是步行小街，使人情不自禁地想起那古朴的年代。

不大的广场，几乎被露天酒吧和售卖纪念品、食物的小卖铺占满。这些犹如童话世界里的方、圆、尖式木板房，都是可活动的，涂着彩绘，插着遮阳伞棚，给广场增添了几分轻松和情趣。

一辆大红的四轮售货车，专卖咖喱香肠。车前立着一人高的圆木桶，上有一白圆盘，放着一根有腰粗的香肠。摊主戴着礼帽，系着红色的纱领巾，穿着背带裤，一位胖硕的中年汉子，笑呵呵直招呼我们品尝。看得出，他很快乐。

据统计，德国香肠品种达1500多个，其中以咖喱香肠最为热销。"德国大众每年造车50万，造香肠200万"。德国一些著名企业也兼产香肠。大众集团就设有专业的咖喱肠制作间。传说，1949年的一个雨天，小吃摊老板娘闲来无事，顺手把香肠切成小块，又浇上番茄酱和咖喱、辣椒等调味汁，这种集香、酸、甜、咸等五味于一身的香肠立刻受到欢迎，成为小吃店的招牌产品。如今，装在纸盒里卖的咖喱香肠是德国人最实惠的快便餐。每逢节日广场集会或足球比赛，人们便消耗大量香肠。政治家也靠在公众面前吃咖喱肠赚取人气。不过，也有许多人批评咖喱香肠是德国人体重超标的“罪魁祸首”。

罗马广场第一座建筑为尼古拉教堂，最重要的建筑是市政厅罗马楼。法兰克福买民用建筑扩建市政厅，1405年起，1878年止，前后竟用了400多年，以中国人的思维，是难以理解的。罗马楼不是一座楼，而是一群楼。说是楼，也不高，四层，而且每幢都有自己的取名。因为原楼的来历、主人、用途各有不同。

上千年来，罗马广场一直是法兰克福的中心。以前，皇帝在这里举行议员大会、加冕典礼、公布法律、颁发诏令。现在人们在这里集会，举办音乐会，发表演说。平时更多的用作市场和博览。

我们在广场采访着，忽然发现，罗马楼前有一群军人。走近一看，不禁大喜。中华人民共和国的国防部长，由德国军方高官陪同，也到罗马广场参观访问。我们高兴地上前打招呼，作自我介绍，惹得路人羡慕地看着我们。

法兰克福市可看的精华相对比较集中，都在内城。而当拆除城墙时，地段留给了林荫大道，以美茵河为起始和终点，形成了大半圆密密的森林绿化带。在能骑马奔驰的大道旁，竖立了如歌德、席勒、海涅、菲力普、莱辛、叔本华等文化名人像，非常有特点。

法兰克福有两位德国历史上最伟大的人物：发明机器活字印刷术，影响欧洲乃至全世界历史的进程的谷登堡；规范了德国语言，对社会发展有重大影响的诗人歌德。采访歌德故里，也是来法兰克福的宿愿之一。从罗马广场往西走不远，就是歌德出生和度过青少年时代的小楼。

歌德是德国最伟大的浪漫主义诗人，法兰克福人们称他为最伟大的孩子。作为德国文学“狂飙突击运动”的代表，歌德在法兰克福留下了书信体小说《少年维特的烦恼》，以及六十年才完成的悲剧诗《浮士德》的原始稿。

歌德故居是祖母买下的，父亲做了改建。“二战”中被炸毁，后修旧如旧，恢复了当年的面貌。

故居临一条幽静小街，乳白色外墙，内有庭院爬满了植物，方形大门上方有一歌德彩色挂像。一层进门便是厨房，砖灶大锅。餐厅为蓝色称为“蓝厅”。客厅为黄色称为“黄厅”。二层出人意料，是中国北京厅。中式家具，中式瓷器，中式壁纸，中式器皿，风琴上也绘有中国山水田园漆画，反映出18世纪欧洲贵族和上流社会向往崇敬中国的普遍心理。他父亲学法律出身，皇家参事，母亲是市长的女儿，如此家庭背景，才拥有看上去并不正统地道的中国物品。二层有一个称为“灰厅”的音乐厅。三层是歌德出生的房间，有图书室和画室。歌德在他的自传《诗与夏》的开头就写道：“1749年8月28日中午，时钟敲了十二下，我在莱茵河畔法兰克福降生了。”四层则是歌德的住房和书房，写字台和椅子是原物。官宦之后，富裕悠闲，无拘无束，放浪不羁，或许就是歌德天分很高而又多愁善感的“烦恼”缘由。

故居旁是博物馆，据介绍保存了4万份歌德手稿，还有一个12万册的图书馆。

18世纪中叶到19世纪初期，正是欧洲社会大动荡大变革的时代，歌德恰逢其时。他不满经院式教学，放弃学习法律而自钻科学与艺术，他接受时代先进思潮，开始的作品中体现了反叛精神，恩格斯曾评价歌德：“建立了一个最伟大的批判的功绩”。歌德如同维特，并不想进行社会变革，只要求个性的自由抒发，因而初期停留在孤独的感伤和愤慨中。

与时俱进的歌德，摆脱了诗坛当时纤巧绮丽或虚拟惟理的诗风，向人民学习以朴素、明快、音律铿锵的诗句，成为德国抒情诗的创始人。

在扔掉了德意志的一个小公国的官位之后，歌德的作品虽没有放弃理想，但转向抽象的人性探索，走向了妥协。法国大革命震撼了歌德，称“揭开了一个新的时代”，但又害怕实际革命，走向了矛盾。“在他心中经常进行着天才诗人和法兰克福市议员的儿子、可敬的魏玛枢密顾问之间的斗争，因此，有时非常伟大，有时极为渺小，有时是叛逆的，有时却胸襟狭隘”。

欧洲气势磅礴的工业革命，资本主义飞速发展，工人运动兴起，空想社会主义和浪漫主义文学，熏陶着歌德更多地接受新思潮，在他晚年丰富的作品中，闪烁着开阔积极的耀眼光芒，也使他的艺术成就达到当时德国的最高峰。

热情充沛，语句有力的《五月歌》可以证明：大地何嫣妍，太阳何灿烂，自然何伟丽，照我心目间……千种声欢愉，都自深胸出，大地哟太阳，幸福哟欢乐！

采访时间不长，我还是带着满足一步三回头地告别歌德故居。我试图想象勾勒还原幻梦着歌德所在那个令人神往的欧洲时代，因为那个时代太过繁纷和绚丽。

法兰克福不仅有“皇帝大教堂”，还有“资本大教堂”即历史久远的证券交易所。16世纪中后期，因为西班牙国王拖欠军饷，在荷兰的士兵就到当时富有的港口和贸易城市安特卫普抢掠，迫使商人逃往法兰克福。不久，西班牙占领安特卫普，又一批商人来到法兰克福。逃亡的商人不仅带着资本，更重要的是带来了先进的金融意识。商人们成立协会，确定各国货币比值同时，成立了货币交换机构。金融业迅速发展了。

1778年，受奥地利委托，法兰克福银行家贝特曼开始发行国债券和股票基金，证券交易产生了。开始在露天交易，后来进入室内，再后来便在现在的地方建造了如宫殿般恢弘的黄色交易大楼。

证券交易所前有广场，站立着象征股市风云变化的铸铜熊牛塑像。所内巨大的电子屏幕闪烁着起伏曲线、指数变化和股票价格，下面是几近疯狂忙碌的交易员。德国八成以上的证券交易量，决定了法兰克福由古老的金元之都变为现代的证券中心，地位不容动摇。

难怪有诗人说：“没有一个比法兰克福更可爱的城市”，“法兰克福人最热爱的就是金钱”。赞美中带着批评。

诗人的愤恨毕竟不能改变历史。商业的繁荣必然带来金融的繁荣。商品的交换必然发展到证券的交换。犹太商人变为犹太商业银行家，再变为金融家，推动了法兰克福金融发展并形成了高潮。特别在“二战”后，联邦德国把负责货币发行的“德国各州银行”放在法兰克福，德国中央银行、欧洲中央银行也先后落户法兰克福，使之与纽约、东京、伦敦并称为世界四大金融中心。如今法兰克福已有四百多家银行或分行，其中一半以上来自德国以外，银行界的摩天大厦高耸林立，成为“美茵河畔的曼哈顿”和“现代欧洲金融之都”。

我们徜徉在欧洲最密的银行大楼区，历史文化名人雕像广场，含翠吐绿的城市花园，热闹繁华的商业中心，幽静清远的区街小巷……

特别是看到横卧美茵河秀丽的古桥，使我想起外观造型几乎相同的柏林“间谍桥”，美国和前苏联两个超级大国交换特务的场所。1962年2月一个清冷的早晨，桥的两端分别跑出美国海军陆战队宪兵和前苏联克格勃特警，在桥中间的白线处停下，持枪肃立，接着双方交换了前苏联间谍“千面人”和美国U-2飞行员。1985年，双方在这个称为“格里尼克自由桥”上交换了23名间谍。一年后，双方又交换了8名情报人员。法国电影《蛇》、美国大片《007》交换间谍的场景都选择在那里拍摄。桥还出现在德国邮票和诺贝尔文学奖小说的情节中。同在德国，法兰克福古桥和柏林铁桥，景色相同，命运却大不一样。如今，两桥都抛开了沉重的历史回忆，成为连接两岸的交通道路和城市象征。

我终于看到了莱茵河，确切地说，我终于到了美茵河，而美茵河的上北部就是莱茵河。同科隆相比，法兰克福段流水更加舒缓宁静，岸边是成片的树林和大块的草坪，更具田园风光，沿岸古老的宫殿教堂和高大的现代化摩天大厦相辉交映，更体现着德国的过去、现在和未来。莱茵河是德国的母亲河。

有一首诗这样写道：江河和文明，就像宗教和艺术，永远相伴随。在人类每个文明的背后，恒有，恒有一泻千里，滔滔不绝的河水，古老的莱茵河哟，是你养育了，德意志民族的聪慧、疯狂、深思、明辨和神奇。

是啊，绵延千年的法兰克福，自定为德国首都，抛弃王位继承制改为选举制以来，产生了33位国王，成为古代德意志神圣罗马帝国的世俗中心。称帝的国王抵制民主自由的潮流，被拿破仑战车碾碎。工人运动和市民起义的“法兰克福大会”诞生了第一部宪法，法兰克福成为近代德国民主与统一的象征。第三帝国毁灭，“二战”后低调的对外交往，只能从经济上发展，法兰克福又成为现代德国和欧洲的金融中心、证券交易中心、国际展览中心。德国没有哪个城市像法兰克福这样凝聚时光，历尽沧桑。柏林也不能与之媲美。

如今，法兰克福是全世界最大的博览中心。全球最大的商展将近一半在法兰克福。全年40多个法兰克福博览会中，有一半居世界第一。书展、车展、乐器展，数不清的展览使法兰克福成为国际博览的麦加城。作为欧洲的地理中心，法兰克福机场在欧洲最大。法兰克福是欧洲摩天大楼最多最高的城市，巴黎也稍逊风骚。法兰克福证券交易所已联手纽约证券交易所成为又一个世界之最，将左右全球金融和经济走向。“二战”起始时有3万名犹太人，“二战”结束仅剩140名犹太人，法兰克福如同整个德国，总能给世界以惊恐和奇迹。

难怪有人反问：德国是欧洲的，还是欧洲是德国的？

又到了别离时刻。黄昏，我们来到欧洲最大的航空港法兰克福机场，一片宏大的建筑群。长长的廊式候机楼，有数不清的商店、餐馆、咖啡厅，还有医院、银行和邮局。办过机票，通过安检，坐轻轨，乘电梯，搭汽车，看屏幕，问警察，快步行走在各航空公司之间寻觅，近一个小时，我们才找到正确的登机口。不由感叹，法兰克福机场真大，如语言不通，又看不懂英文，就是送一张机票，你也回不了家。

赫尔辛基火车站

19 波尔沃河的安详

自然芬馥，秀雅若兰。芬兰，英语中意为“陆地的尽头”。瑞典语中，芬兰意为“芬兰人居住的地方”。日耳曼语中，芬兰意为“游牧之地”，转意为“美丽的国土”。芬兰语中，意为“湖沼之国”。

覆盖全国的冰碛丘陵低地，镶嵌着无数晶莹透亮的湖泊，竟占国土面积的十分之一，芬兰又被称为“千湖之国”。

芬兰处处是郁郁苍苍、连绵不断的森林，松树、云杉、桦木占据百分之七十的土地，也称“绿色的金库”。

芬兰是北极圈以北土地面积最多的国家，千里冰封，万里雪飘，堪称典型的“皑皑北国”。

芬兰还是圣诞老人的故乡，桑拿浴的发源地。

芬兰长期受瑞典统治。瑞典国王下令在瑞俄间建一个以航海为主的商业城镇，选址在万塔河旁的瀑布边，城市用瑞典语定名。赫尔辛基，意为“瀑布附近的部落”。

在郭沫若先生的诗里这样描绘吟咏芬兰：“信是千湖园，港湾分外多，森林峰岭立，岛屿似星罗。”

充满着白色神秘的芬兰，访者不多。而我，很幸运地有机会来到这个遥远而陌生的国度。

芬兰很早就有人类居住，但起源众说纷纭。有人认为芬兰人源于亚洲，同匈牙利同一种族。有人认为东汉时期匈奴人西迁形成芬兰民族。

早先，芬兰隶属于瑞典。十字军入侵，瑞典人在芬兰传播基督教文化。瑞典统治芬兰有近7个世纪。在统治末期，芬兰成为瑞典和俄国拉锯的战场。民众遭涂炭，国土受践踏。

俄瑞战争，瑞典战败。芬兰成为俄国的一个大公国，沙皇兼任大公。芬兰为维护自治，反抗沙俄统治，进行了不屈不挠的斗争。俄国十月革命，对芬兰的独立起到了催化和推动作用。1917年12月6日，芬兰议会通过决议，正式宣告成立共和国。

“二战”期间，芬兰遭苏联3次进攻，被迫割让大片土地。“二战”结束后，芬苏签订合约。苏联解体，芬兰回归西方，并废除条约，确定芬俄平等关系。接着，芬兰加入欧盟，成为欧元区成员国。

还是从上海浦东国际机场起飞。机舱外变幻无穷，绚丽无比的天空奇观，还是那样夺人魂魄。和以往出国不同的是，“空中客车”里有两位中国服务员，一男一女，飞机用英语、芬兰语、汉语三种语言，向旅客播报事项。机舱内中国人多于外国人，这让我很有自豪感。

飞机降落赫尔辛基，已是当地时间的下午。乘车进入市区，第一感觉人稀地广，安静干净。街道宽阔，苍松翠柏。空气格外的清新，并略带凉意。工厂在森林中，商店在森林中，几乎所有的建筑物都掩藏在森林中。如意大利处处是古迹，奥地利处处是音乐，瑞士处处是钟表，而芬兰处处是森林。城市建在了森林中。

“赫尔辛基每天都是那么安静，看上去就像一座死城。”芬兰朋友这样描述自己居住的城市。但绿色环保组织并不这么认为，在评选全球“最适合人们生活国家”的排名中，芬兰得分最高，位列第一。

下榻的宾馆，毫不例外地建在森林中。房间所有的装饰、用具全是原色木材。从窗户往外看，一叶遮目，全是森林。宾馆分无烟房和吸烟房两种，如在无烟房抽烟，则受处罚。我们安顿好后，便在外等车。意想不到的事情发生了。

宾馆外有一排圆木椅。坐着等车时，大家不约而同地抽起烟来。只见一位芬兰老汉，拿起手机不知说了什么。我们烟没抽完，佩戴手枪的警察来了。原来老汉看我们抽烟报警了。我们有些纳闷，这不是在室外吗？就是在戒烟令严格的国家，在能看见天空的地方，也是可以抽烟的。经解释我们居住的是森林宾馆，很有特色，但不准抽烟。从此，不论在芬兰什么地方，大家都格外小心。

赫尔辛基位于狭长的半岛上万塔河口，是港口城市。由于大海的衬托，夏日碧海蓝天，冬日流冰遍浮，故有“波罗的海的女儿”之称誉。

赫尔辛基主要建筑多用乳白、淡黄浅色岩石。又因冬有白雪，夏有白夜，人们把这座银装素裹和阳光下闪耀白色的都市，称为“北欧白都”。

我们先来到中央火车站。为什么来这里？导游说，这里是西伯利亚大铁路的终点站。

1914年完工的火车站也的确不同凡响。整体建筑以一个拱形主出入口为中轴，两边对称，并有四个巨大火炬人岩石雕像。统一完整的几何图案结构，被看作芬兰现代建筑诞生的标志。

火车站旁边是国家艺术馆，19世纪芬兰建筑的另一个代表，珍藏丰富。特殊之处在于收有俄罗斯名家作品。艺术馆隔路相望的褐红色宫殿，据说是北欧最大的赌场。

晚餐在熊猫城大酒楼，街道的拐弯处，离火车站很近。这是赫市最大最气派的中国餐馆。栗色的中国式桌椅，白色的中国式餐具，金黄大红色装修，大厅正上方供奉财神爷，香烛烟火缭绕。在芬兰有如此正宗的中国古典式餐厅，也算稀奇。老板说，中央电视台不久前专门来此拍摄。

穿过后堂，就是另外一种景观了。幽深隐蔽的院落，蔽日巨大的天井，砖石裸露，杂草丛生，几个孤独破旧的木桌椅，竟然是喝咖啡的地方。老板说，芬兰人要的就是这种感觉。

而店外街面上，几位芬兰当地男青年和小姑娘们正嘻哈打闹。男青年

芬兰西贝柳斯雕像

码头集市广场皮货摊

留着鸡冠头，中间竖起的头发染成红色、绿色，怪怪的。姑娘们穿着迷你裙、吊带裙，皮靴过膝。同勤劳的前辈明显不同，年轻人的举止令人担忧。

芬兰的历史文化名人极少。作曲家西贝柳斯是顶级的，因此受到格外的尊重。

西贝柳斯毕业于赫尔辛基音乐学院，创作了《芬兰颂》和七首交响乐曲，以及无数的钢琴曲、提琴曲、独唱曲、合唱曲、管弦乐曲，大大丰富了芬兰的音乐宝库，被誉为芬兰音乐之父。在世界乐坛上，或可与贝多芬、柴可夫斯基等大师齐名比肩。

西贝柳斯9岁便可作曲，少小成名。27岁时，取材于芬兰神话创作的交响诗《英雄传奇》，轰动乐坛。芬兰议会发给他终身固定年俸。现在芬兰每年都要在赫尔辛基举办“西贝柳斯音乐节”。赫尔辛基音乐学院也改名为“西贝柳斯音乐学院”。人们还建造了主题公园以永久地纪念这位“芬兰第一音乐家”。

去西贝柳斯公园的上午阳光灿烂。这是芬兰少有的不下雪的晴朗夏日。

岩石地下教堂

公园叠翠吐绿，林木蓊郁，桦树挺拔，鲜花怒放，缤纷落叶，流水潺潺。最要去的，当然是西贝柳斯纪念碑。

坐落在参天苍松间的纪念碑由600多根银色钢管焊接而成。寓意为密密的森林，跳动的乐符。西贝柳斯一生酷爱森林，万籁寂静和涛声滚涌的森林，给了他无穷的创作灵感。密集钢管造型又恰似一架巨大的管风琴，每当海风吹拂，钢管就会发出时而高亢、时而低沉的风鸣声，犹如这位大师雄浑的音乐再次响起。而西贝柳斯金属头像嵌在旁边褐色的岩石上，没任何雕饰物。他那凝眉深思的表情逼真地表现了作曲家创作时的心态神色。

纪念碑复制品被联合国大厦永久展出。

翻译兼导游的小刘，是中国和芬兰互相交换的公派留学生，已经毕业，现在打工。他把我们带到了奥林匹克体育场。放眼一看，让人纳闷，这能和中国北京的鸟巢相比吗？

看完后我总结了体育场的几个特点：沿坡而建，低平处正好作为比赛场地，呈盆状。建于上世纪30年代，虽早，但至今仍不落后，实现了芬兰人的奥运梦。场地草坪下，铺有近30公里暖气管，每年3月初开用，促进冬雪融化，重生绿草，为世界首创。入口处的白色火炬塔，螺旋上升，高

路德宗大教堂

度72.71米，是芬兰选手当时打破奥运会标枪的世界纪录成绩。长跑运动员努尔米雕像坐落在大门旁。他在芬兰奥运会上，包揽了长跑全部金牌，创造了奇迹，至今无人打破，被称为“芬兰飞人”。新中国第一次派出体育代表团赴芬兰参赛，游泳选手吴传玉，成为新中国第一个正式参加奥运会的运动员。

岩石地下教堂，未曾所闻。但在赫尔辛基却久负盛名，是外人必到之处。

教堂位于巨大的岩石小丘中，没有尖顶和钟楼。淡蓝色的圆形拱顶，平缓地卡扣在岩石上。正厅内壁是被凿开的岩石。透过斜梁之间的玻璃天窗，可以看到蔚蓝的天空和洁白的浮云。阳光洒进教堂，明亮舒畅，没有一般教堂的昏暗和压抑感。金碧生辉的拱顶反射着烛火，管风琴沉稳浑厚的低音在大厅里回荡。

我们很幸运。来到岩石教堂时，刚好看到一辆新婚轿车停在门前。这里是夏季举办婚礼的佳地，连教堂上方乱石灌木地也站着看热闹的人。神采奕奕的新郎，笑意盈盈的新娘，双双接受神父的祝福，在真主面前发誓自愿相爱，永不背叛后，携手缓缓走出教堂。盛装亲友向他们抛撒花瓣和米粒，拍

赫尔辛基乌斯彭基东正教堂

手鼓掌。新人快乐地登上打扮喜庆的轿车，开始他们的蜜月旅行。

朴实粗犷，突破传统，标新立异的赫尔辛基遁入岩石的教堂，加上婚礼，令人难忘。

赫尔辛基的心脏地带是参院广场，周围是芬兰建筑的精华。19世纪早期，一场大火曾把这里的木质建筑焚为灰烬，这是重新规划后改建的。

广场中央矗立着帝俄亚历山大二世的青铜雕像，免冠戎装，昂首挺立，脚下是飞狮和武士。殖民统治结束后，在首都能完好保留原殖民者的铜像，比较罕见，这需要有正视历史的气度。

广场北侧就是沙皇兼芬兰大公援建的路德宗大教堂，也称赫尔辛基大教堂，是芬兰第一建筑。踏上气宇非凡、古典堂皇的数百级台阶，被教堂惊人的高度震慑得有些恍惚。明亮的乳白楼体圣洁高贵，淡绿色的拱顶钟塔巍峨飘逸，在阳光的照耀下，泛着纯粹的光芒，带有不可阻挡的神性力量。远眺海面，蔚蓝躁动，更显得教堂的雪白安详。

同其他教堂还有不同的是，赫尔辛基大学毕业典礼在此举行。

广场东侧同路德宗大教堂遥遥相望的是乌斯彭基大教堂。这是一座东

芬兰大厦

正教堂。赭红色砖体，绿色“洋葱头”金尖，四周有12座小塔环绕。典型的俄式建筑，俄式布局，俄式装饰，反映了俄罗斯与芬兰的百年联系，芬兰的双宗教特点，以及芬兰和西欧的历史渊源。

总统府也在广场中心位置，稍偏。三层不起眼的浅黄楼，表现了北欧人对行政权力的看法，恰如建筑外色，一个字：淡。普通的大门口，看不到戒备森严的警卫。堂堂外交部也挤在楼内。总统在临街的二楼办公，推窗就是波罗的海湾码头。据说，老百姓可以自由出入，只是总统办公室不能随意进。傍晚，总统经常出来在集市广场散步，有时午饭甚至就坐在水边的木椅上吃三明治，晒太阳。

紧挨总统府的是码头集市广场。总统府和集市广场在一起，世界鲜见，这也是芬兰社会和谐、人心稳定的一个缩影。

每天清晨，商贩们便汇集在这里，搭起阳伞，摆起摊位。我们到时，虽然是下午，仍然洋溢着热闹的气氛。

红、黄、绿、白的帆布摊棚之间，是亲切悠闲的笑脸和轻快友善的交谈，与其说是买卖讨价还价，倒不如说是聊家常来得贴切。货物琳琅满目，鲜花、刀具、毛衣、水果、鱼鲜、挂毯、鹿角、宝石，桦木、不锈钢、陶瓷制作的各种纪念品。更有极具北极特色的银狐、蓝狐、白狐毛制作的裘皮衣帽、围巾和披肩。还有貂皮、鹿皮制品，稀罕珍贵。

借助导游翻译，我和一位老太太摊主拉起家常。老太太衣着讲究，面容慈祥，不像生意人，更不像小贩。她说，南码头集市，濒临大海，紧靠中心广场，生意不错。但政府对摊位数量限制严格，须预约申请，有的要等五六年，并且只准出售芬兰特色的食品、商品、纪念品。她并不靠摆摊生活，来此经商，主要是打发闲暇的时光。她不无忧虑地说，芬兰冬季漫长，冰雪阻挡了人们之间的互相交流，抑郁症患者比较多，寂寞孤独造成了芬兰的高自杀率。

我真猜不透老太太原来的职业。

我买了点她经营的纪念品。她却从身边的花瓶里抽出一朵鲜花送我，并用精致小袋包装好，系上缎带，还签上自己的名字。

集市广场西，竖着赫尔辛基著名的标志性雕像——“波罗的海的女儿”。一尊裸体少女像，亭亭玉立于圆形喷水池中。女神面向大海，一手托腮，恬静柔雅地远望着芬兰湾。据说，每年4月底，芬兰大学生们都要在这里欢庆戴帽节。他们把第一顶白色平顶大学生帽戴在雕像女神头上，接着一起将白帽戴在自己头上。随后，打开香槟酒，开怀痛饮，彻夜狂欢。

广场西侧便是赫尔辛基大学教学楼和图书馆。著名大学在市中心广场，各不相让，反映了历史。我们还粗略参观了由高大连排石柱组建的议会大厦，带有塔楼的国家博物馆。宛若巨大白色钢琴立在湖边的多功能芬兰大

芬兰国务厅　科浮拉市政厅

科浮拉早晨练太极拳的人们

厦，一条写有祝贺中欧高峰论坛召开的大幅汉字标语，赫然出现在眼前。

科浮拉位于树木繁茂的山脊，曾经是瑞典、芬兰和俄国重要分界线的基米河的岸边，大西伯利亚铁路线的两旁，一个到哪儿都不远，大小适中的城市。

在教堂钟声的陪伴下，我们走进玻璃大厦市政厅。白色的墙壁，蓝色的地毯，市政府显得整洁而肃静。走廊上挂着历任市长的肖像大照片。

胖胖的政府女秘书，已先在门口等候。市长站着用多媒体演示向我们介绍科浮拉的区位、交通、经济发展等各方面情况。桌上摆着欧盟旗、中芬两国国旗。矿泉水、橘汁、咖啡，随意享用。

斯波夫市长说，政府决定科浮拉事宜，教会也可以决定一些事宜。政府遵守欧盟及芬兰国家的法律。市长每四年由人民选举一次，地方议会有50位议员，决定政府成员，所有的党派都可以参加选举。政府下设社会

科浮拉中心广场

福利、保险、文化教育等6个部门，议会有专门委员会监督政府的运作。老百姓建房要经过政府许可。房地产公司有房屋租给人们居住。政府有百分之四十的股份在电厂。政府发展部是负责招商引资的。医疗体系比较健全，有基金可以使用。科市有条件非常好的剧院和游乐场。科市和中国温州、金华、上海是合作友好城市。科浮拉正在建中国城。原先的乳品厂已改为中国贸易城。前不久，议会决定把科市的四座楼房卖给上海的一位老板，但市民不同意，不能签合同。如果反对者多，楼就卖不成了，而再重新提出来，至少要等3年以后。中国城项目正在装修，相信，和中国的经济贸易往来，会日益增多和频繁。

没想到在世界最北方的国家，不大的城市里，中国经济会如此渗透。

令人惊奇，市政府会议室里，竟挂着用宣纸装裱好的中国书法作品，上面写着宋代李清照的诗句："千古风流八咏楼，江山留与后人愁，水通南国三千里，气压江城十四州。"八咏楼在浙江金华城南婺江

乡村教堂

科浮拉居民住宅

北岸。看来，此幅字应是浙江金华市访问科浮拉所赠。不知芬兰人是否理解诗中含义。

我们向科浮拉赠送的礼品也颇具汉民族特色：一尊用玉石雕刻的仿古中国龙。斯波夫回赠的礼品是装帧考究的英文画册：《家在科浮拉》。

芬兰冬季漫长，美妙短暂的夏季人们就格外珍惜。夏末的“艺术夜”充满了文化气息和热闹狂欢的气氛。作为欧洲摇滚乐的发源地，有各式各样的“节”，如手风琴节、魔术节、爵士音乐节，各种音乐周，还有侦探故事节。每到夏天，世界各地的侦探小说爱好者聚集科浮拉，一起探讨创作情节和社会现象。

赛马、赛犬、自行车、滑板、游泳等运动项目开展得十分普遍，我们还在体育公园看到有几十人正练习来自中国的太极拳、太极剑，教练是芬兰人。

我们特地去了科浮拉人聚会休闲购物的主要地方：曼斯基步地街。楼面整齐，窗明几净，喷泉流水，雕塑站立，商场餐厅酒吧不少，只是人不多。中心广场，几位芬兰人正在用牧笛、俄式三弦琴和本地手风琴在忘我地演奏着。但没有观众。他们并不在意。也许他们追求的是音乐的本色、本原、本质，抒发的是属于自我的庆贺和分享，抑或情感和寄托。

又是一个晴朗的早晨，我们向芬兰旧都图尔库驶去。车子两旁一直是茂密的森林，每棵白桦树都那么优雅地挺直腰板。树林间断的地方，便是清澈的湖水。林连着湖，湖挨着林，林湖相依，无穷无尽。偶尔波动的水面皱纹，拨动着太阳的金光。碧蓝的湖畔，是木制小屋和小船，还有风车磨房和尖顶教堂。

树林边是丰收的原野，收割完的庄稼、秸秆整齐地堆垛着，由汽车逐一自动铲起拉走。

芬兰的城镇和村庄，都是森林和湖泊中的北国风光图画，绮丽而宁静，孤独而安详。

长长的奥拉河在天空下流淌，沿河而居的芬兰第一个首都图尔库，是“芬兰文化摇篮”，一直被作为与俄罗斯文化分庭抗礼的标志。中世纪留下的古城堡和大教堂，都坐落在奥拉河畔，遥遥相望。

虽先后曾有14位瑞典国王以此为巡游芬兰的王宫，1820年建起的古城堡却十分低调潦草，大小不一的碎石垒成，白黄相间，凹凸不平，甚至有铁钩露出墙体。作为北欧目前保存最完好的城堡，实在不算宏伟，不像中西欧的古城堡建在险峻的山头，而只是建在稍高的平地上。从后面草坪绕到低矮的拱门前，穿墙走进内院，城堡才露出雄姿。砖石铺就的庭院，一路斜坡升高。紧闭的小窗和瞭望台，透出了威严。

古堡历尽沧桑，曾被大火烧毁，后被辟为监狱，“二战”中，又遭德军轰炸，严重受损。修复后，现在理所当然地变成了博物馆。王公贵族的各式珍宝，关押囚犯的阴暗地牢，长矛、盔甲、古炮、石椅，都难抹历史的印迹。根部已枯，仍倔强生长的古树，叙说着旧日时光。身穿古典民族服装的讲解服务员，轻轻讲述以往神秘的辉煌。

作为图尔库的象征，也是最老的建筑，与石堡遥遥相望的路德大教堂则显得古朴、厚重，除了彩绘玻璃和壁画，没有多余的颜色，但复杂的结构，高耸的钟楼，沉重的大门，拱形的侧堂，庞大的风琴，表现了当时高超的施工水平。昏暗中，几缕光线照到王室墓穴，同真人一样大小的石像，带着岁月的斑驳记忆，静卧在青色石棺之上。

教堂本来就是思绪飘升腾云的地方，萤萤烛光，火苗跳动，成群的人静坐在大厅成排的黑色座椅上，默默祈祷。此时，钟声风琴声，悠长，舒缓，低沉，横生一种欲幻欲梦的飞天感。

旧都图尔库古城堡

图尔库大教堂

芬兰古城波尔沃小街

波尔沃红栈房

教堂建在高地上，褐色岩石垒成，门小窗少，更像一座碉楼。离教堂不远，树木扶疏的深处，是头戴教士帽，身着长教袍，手捧《圣经》的大主教青铜像。这位名曰阿格里柯兰的大主教，不仅把《圣经》译成了芬兰文，还发展了芬兰文化的书写语言，使芬兰语免遭消亡，被人们记颂。

波尔沃被河流环绕着，被小路串联着。弯曲起伏的鹅卵石街，一直延伸到看不见的深处。树林里野花遍地，花瓣像星星在草丛中眨眼。赤黄蓝白各色精巧的木屋，像珍珠散落在小镇中，十分鲜艳耀眼。沿河一排排红仓栈，静静地卧在水边。古城风情宛如梦幻里的童话世界，浓得化解不开。

建于13世纪，位于波尔沃河口一座小山上的波尔沃，在瑞典语中就是要塞和河流的意思。物品可以通过内河入海而到欧洲大陆，因此，早在中世纪这里就是重要的贸易中心。沿河绿顶红墙仓栈作为最好的历史见证，展示了上千年的航运史。当年这些仓房存放着从国外运来的水果、香料、美酒、烟草和咖啡，为了迎接瑞典国王到来，使沿途好看一些，刷成了红

波尔沃古城广场

颜色，沿袭至今。“二战”中，德国也用房作库，得以幸运保存。现在大多已是私人住宅或藏室，成为波尔沃古城最重要的形象标识。

交通的便利给波尔沃带来了繁荣也带来了灾难。先是丹麦人破坏，后是俄国人焚烧，数度被毁。当芬兰人重建时，聪明地按中世纪原貌修复保护。因此，现存老城区依然保留着大量小木屋和窄街道。波尔沃被称为“木制建筑博物馆”。

我们顺着木栅隔开的碎石小路进入古城，首先映入眼帘的是山丘上被脚手架遮挡的高大建筑。邂逅一位正在拍摄的芬兰记者同行。他说，这是芬兰最古老的木质教堂，是芬兰第一届议会的举行地，见证了芬兰的独立过程，标志着芬兰的独立精神。很可惜，前不久，被醉汉烧毁了，现在重修。醉汉被判重刑。政府为了保护油漆的红仓库，已分给老百姓居住，变为旅游景点。他还说，小城历史悠久，但和中国古城相比，时间不算长。显然，他来过中国。我们还巧遇自助游到芬兰的一家人，父、母、儿、媳、孙，五口人。儿子很精细地向我们算了一笔经济账，自助游可节约多少多少钱。

芬兰到处是森林和湖泊

古城的中心广场只有网球场大小，用石栏铁链围成一个圆形，正中是巨大的鲜花篮。旁边铁杆上挂着许多指示路径的木牌。彩色木板房前的木椅上，人们悠闲地坐着。有的小声说话，大部分不吱声，就是呆呆地坐着。狭窄的石块街面两旁，彩色木屋全部是经营芬兰特色旅游纪念品的小店。木质的古老庭院门口挂着花盆，吊着铁艺标牌，窄小的窗口摆着花瓶、玩具和货物样品。女店主则模仿着中世纪当地人的装束，头戴百褶边的小白帽，身穿旧式粗布长衣裙，热情有礼又不失风度，不紧不慢，悠然坦诚地接待游客。沿河两岸有精致的露天茶座和玻璃咖啡厅，河中私人游艇一字排开。竖着高高桅杆的大型木质海盗船是星级酒店。人们缓慢地踱步、骑车、闲逛。古城小镇的生活惬意舒缓，从容淡泊，与世无争，拥享着无尽的美好时光。

一座木桥上，正在散步的一位金发碧眼、白衣白裤的美女，一眼就看出我们是“中国人”。她说去过中国的北京、上海、苏州，对中国最深刻的印象就是楼高，人多，热闹。我们不禁哑然。

波尔沃还是重要的艺术文化城市，有400多位著名的诗人、艺术家和工匠长期居住工作在这里。市内还有许多历史悠久，展品丰富的博物馆。

芬兰，还有3个词汇不能不提：诺基亚，桑拿浴，圣诞老人。

享誉全球的诺基亚公司是在沙皇统治时期建立的，大约有150年历史。当初这家小公司只从事初级的纸浆产业，20世纪上半叶向化工和橡胶发展，也是利薄的传统产业，后进入电信电讯，近年以手机异军突起，成了芬兰第一大企业，生产总值占全国的七分之一。6万员工，遍布世界。中国是诺基亚在欧洲之外的最大市场。

建在赫尔辛基近郊森林里的蓝色的总部玻璃大厦，很远就可看到。现在，诺基亚向网络业大举进攻，目标是“把世界装进人们的口袋中”。

极地圈内，漫长而寒冷的冬季，要想全身出汗，洗澡成了必需。于是，荷兰人用木头建成一个个密不透风的浴室，在火炉上把卵石烧热烧红，浇上凉水，散发出了高温蒸汽，让人满身大汗。这还不够，再用浸在凉水中的白桦树枝不断抽打，以持续发汗，降低温度，直到全身通红，从而促进血液循环，新陈代谢，使身心放松。这便是桑拿浴，又叫“芬兰浴”。在芬兰据说有150万个桑拿浴室，一家一个。桑拿浴风靡全球，不过无论是形式还是内容都变了味。

每到圣诞之夜，身穿白绒镶边的红袄，脚蹬长筒靴，头戴垂肩红软帽，白头发白眉毛白胡子，鼻梁上架着一副金丝眼镜的圣诞老人，善良，憨厚，博学，慈祥，驾着鹿拉雪橇，满载着礼物，悄悄地进入各家各户的烟囱，把圣诞礼物放在熟睡孩子们的枕头边。圣诞节的早晨，当孩子们醒来就能看到自己喜欢的礼物。这一美好的传说，不仅西方国家，甚至全世界都家喻户晓。而这一传说，据信来自芬兰最北部的省会城市罗瓦涅米。

这座世界上唯一位于北极圈的省会城北的村庄，便成为“圣诞老人村”。据介绍，村里一座“圣诞老人屋”有好几位上班的“圣诞老人”，长相、身材、嗓音、化装一模一样，耐心回答游客各样的问题，并通过圣诞邮局回复每一封寄到圣诞村的孩子们的书信。当然，每年冬季，这里也成了旅游胜地。

告别波尔沃，我们返回赫尔辛基，乘船前往瑞典首都斯德哥尔摩。这时，夕阳西下，霞光万道，天空一片橘红。

斯德哥尔摩海边别墅

20 维京海盗的今昔

斯德哥尔摩 Stockholm

哥德堡 Gothenburg

自芬兰赫尔辛基去瑞典斯德哥尔摩，我们乘坐的是海上无敌巨无霸——五星级北欧海盗号，一艘比泰坦尼克要大很多的豪华游轮。船舷为红色，写着“维京人”的白色字母，比两层楼还要高。客舱犹如一座摩天大楼，矗立在蓝色的大海上。

头脑想象中的海盗，是一群长头发长胡须，赤着上身的壮汉，眼神凶悍，肌肉壮硕，手持弯刀，驾驶着高桅杆帆船，在海上横冲直撞，专截商船，掠夺金银财宝后便扬长而去。

历史记载的北欧海盗第一次抢劫是793年。

迁徙的中欧人，在冰天雪地的北欧无法耕作农业，以渔猎为生。冬季漫长，捕捞困难，生活常常窘迫。当看到中南欧已经富裕富足的缤纷世界，便做出了想不到的决定：下海为盗。于是，斯堪的纳维亚半岛维京人，在氏族首领指挥下，造船编队远航，四处掠夺。

寒冷的气候、浩瀚的大海，锻炼了北欧海盗强壮的身体和骁勇的性格。他们最先于8世纪末在英格兰登陆，肆无忌惮地劫掠当地修道院，屠杀大批教士，并驱使信徒为奴。从此，开始了北欧海盗时代。9世纪初，北欧海盗袭击了法国、荷兰，顺着河流进攻俄罗斯，足迹最远处到达地中海的北非。北欧海盗横行无阻近300年，直到挪威国王被英格兰国王战败杀死。

北欧海盗在劫掠的同时，陆续发现了冰岛、格陵兰、北美。维京和海盗也就成了同义语。

维京海盗号，有10层楼高。底层是油舱、机房、车库，上层则是客房、浴池、商店、超市、赌场、剧院、舞厅、餐厅、咖啡厅、观光厅……

形容船上是座小城市，也是恰当的。位于7层的商场很大，堪称购物一条街，经营商品除轿车外，可以说琳琅满目，应有尽有。特别是高档饰品和化妆品，全是名牌。雅诗兰黛、倩碧、迪奥、欧莱雅比陆地便宜三分之一。金钻饰品优惠更多。一条香烟，只相当于岸上价格的一半。因出售商品免税，经营十分红火。沿宽阔走廊边的餐馆，陈设华丽，口味多样，进餐时还有乐队伴奏。酒吧舞厅有网球场大。

船上生意经很多。第一招就是在舷梯船舱口安装了自动摄影机，在固定的通道地方，安检前给每位旅客上船匆忙状态时拍照，你躲不开，也无法拒绝。待船开后，在超市门前，把洗好的照片全部贴在墙上，如认可，就买下，5欧元一张。我的样子还可以，就买下了，做个纪念。

晚饭安排在8层可供千人同时落座的巨大海鲜自助餐厅。在排队进餐厅时，每人发一张指定就餐桌号，出来多少位，进入多少位。我们在第56号和57号餐桌，正好临窗。菜肴花色品种繁多，数不过来，主打是海鲜。我第一次吃正宗的鱼子酱，所有品种口味全尝一遍。饮料有红葡萄酒、白葡萄酒、啤酒、牛奶、红茶、绿茶、咖啡、可乐、矿泉水。烤肉、香肠、点心、蛋糕、面包种类也很多。我们一边观景，一边狂吃，直到实在填不下去，方才住嘴。我观察，一贯讲究的欧洲人，也不怎么文雅和绅士了，都开怀畅饮，放开肚皮大吃。

8层是大型赌场，有轮盘机、大小21点，更多的是吃钱的角子机。9层还有夜总会，有歌厅、酒吧、舞池、剧院。不同国籍、不同肤色的男女跳迪士科。开始女的被男的围着跳，不久，一对对跳。一位戴眼镜、短T恤的先生，一位上下白衣、细高个的女士，跳得最疯、最好，互相挑逗着。

面向大海落地窗前的座位上，两位老年先生太太，一直互相拥抱着。两位青年男女，男的总是摸女的屁股，女的总是摸男的后背。一位30多岁的大个子白人，则一直在电脑前工作。

我毫无睡意，就是上上下下，进进出出，在甲板上看着黑色的大海，让海风尽情吹拂，在各楼层无目的踱步闲逛，看着美满之家，浪漫情侣，孤影单行的青年男女，想看清船上的一切，拐拐角角也不放过。进商店，出超市，欣赏高档奢侈饰品，观看赌场赌客如何大把输钱……船上算个小社会，人们互不相识，所表现的或许就是人的本色。直到后半夜，曲尽人散，旅客都睡了，我才入舱休息。

北欧的太阳醒得特别早，刚到清晨，金色的光芒就照耀在蓝色的大海上。

斯德哥尔摩湾，堪称世界上最美的海峡，可以说是个奇观。水面上漂浮着大大小小、密密麻麻上万个岛屿，绵延近百里。开始看的是小岛，越往里航行，岛越大，犹如海上盆景公园。船两边近处是嶙峋的岩岸，稍远是平缓的田园，绿的树，黄的地，红的花，白的船，还有五颜六色、造型迥异的度假别墅，或成群，或单独，散落在岛屿上。小码头上停靠着游艇。起伏的山坡，连片的丛林，教堂、碉楼依稀可见。天水一线的海面上，成群的海鸥，呱呱呱叫，在船尾追逐着被巨轮犁出的无数道白浪。

几乎所有的旅客都拥到甲板上，贪婪地看着这一切。作为中国人，还有值得记住的一段往事：

清末戊戌变法失败后，康有为流亡海外，作环球旅行。1904年来到瑞典蛰居，曾诗赞这片群岛：“环湖据岛开都会，汽舫湖桥处处通。瑞典宅京千万岛，楼台无数月明中。”他还在沙丘巴登买了一块地，修建一处中国式园林，取名“北海草堂”。

遥想当年，长袍马褂、满腹经纶的康有为，远离政治和尘嚣，孤影单身，流落异乡。漫步海岛时，只能和怪石为伍，同松林相伴，乘一叶小舟随波逐浪。而那时的中国，已经满目疮痍，奄奄一息，料想康有为是苦闷的，大清何处去，华夏何处去？

但蛰伏忘忧的康有为还写道：“天下山水之美，瑞典第一，瑞典山水之美，以沙丘巴登第一，而吾得之，则此间乐不思蜀，吾何求哉，可老于是矣。”实际上，他只住了9个月便离开了。此时的太平洋东岸，正风起云涌，军阀混战，就要改朝换代了。

现在的瑞典，经济富足，社会安逸，人们追求特立独行的生活方式，向往着离群索居，常说，“有钱了，一定买个小岛”。

海峡越来越窄。渐渐地，看见了炮台和巨轮，层层叠叠的宫殿和高楼，斯德哥尔摩港口到了。而此时，天空下起了淅淅沥沥的小雨。

斯德哥尔摩，坐落在美丽的梅拉伦湖和汹涌的波罗的海交汇处，英文是木头岛的意思。玉带般的桥梁把珍珠似的3000多个岛屿连在一起，组成了一个雍容端庄、古朴现代的大都会。人们称赞她是水城、桥城、岛城，是漂浮在水上的城市，是至高无上的波罗的海皇后。

相传在13世纪，梅拉伦湖北岸的一个部落遭到外族抢劫后，决定迁徙。去哪？听天由命。他们将一根大圆木抛入水中，任其漂流，停靠点，就是新的家园。这个略带忧伤的部落跟着圆木漂到了一个小岛上，就地为生，取名斯德哥尔摩。瑞典文的意思是圆木小岛。

由于地扼出海口，斯德哥尔摩逐渐成为商贸中心而繁荣起来。随着工业化的进程，城市不断扩张发展，今天已成为斯堪的纳维亚半岛上最大的城市，一个智慧明丽的奇迹之都。

下船后，我们直奔皇后岛宫——瑞典的凡尔赛、美泉、白金汉。

400多年前，瑞典国王在这里修建了一座宫殿叫“红房子”，并像喜欢皇后一样钟爱，悉被命名“皇后岛”。后毁于大火，再经百年重建，遂成为世界名筑。

皇后岛宫淡雅中透着华贵。浅黄色的宫墙，铜绿色的宫顶。宫前是宽阔平静的梅拉伦湖一角，天鹅戏嬉，小艇游弋，水中倒影，安宁如画。宫后是一片法式花园，几何形图案组成的草坪对称美观，雕像整齐林立，喷泉流水如柱，绿篱高大蔽天。宫殿外，湖畔是宽阔的黄沙石路和成排的参天大树。蒙蒙细雨，把整个岛屿盖上了一层轻纱薄雾，一如夏日傍晚的私语。

园林南是久负盛名的中国宫。早在18世纪，瑞典就曾掀起过中国热，在建筑艺术领域模仿中国。国王为使皇后惊喜，中国宫的建造秘密进行，在皇后生日那天，国王把这座中国式阁楼作为了礼物。据说当天皇后宫许多人穿中国服装，坐中国花轿，饰清宫官吏，扮市井庶民，热热闹闹庆祝了一番。

中国宫不大，初为木质，后为土石，主殿两层，有回廊连接侧殿。宫

瑞典王宫

顶有雕龙，四壁为红色。不同的房间摆放着中国产的花瓶、漆盘、茶具、宫灯、泥人、算盘、杆秤和文房四宝。只是建筑结构和装修有点不伦不类，似是非是，红墙太粉，金饰疑漆。建设者仅为想象。

王宫也临水而建在一块高地上，俯视着波罗的海湾。形状四方四正，中间环抱着一个大庭院。虽然房间很多，但国王每天来此上班，并不住这里。宫殿西翼是半圆石柱回廊和广场，南翼是议会国家大厅和皇家教堂，东翼是皇家兵器馆，北翼是博物馆。重要场所外，王宫向公众开放，可随意参观。

有趣的是，王宫中也有中国客厅，是法国拿破仑三世送给瑞典的。和皇后宫不同，王宫中国厅的法籍装饰者访问过中国，显得更有中国味。陈设瓷器家具来自中国，还有描写中国的风土人情画：长辫衙役和缠足妇女。

最要游人看的，是每天午时在王宫西侧广场举行的皇家卫队盛装换岗仪式。

细雨霏霏，等候良久。午时许，一阵鼓乐声，骑着高头大马，身披盔甲的皇家卫队，穿过老城区，来到皇宫。他们面无表情，尖顶铜帽缀着长缨，随着马队的碎步上下飘动，礼服金色绶带伴着卫队的行进轻微晃动，显得威风凛凛。

到达广场内庭，国旗手领着3列12排卫队，着蓝军服，持枪正步，庭

瓦萨号沉船博物馆

廊前礼炮摆放整齐，士兵行军礼。6列8排军乐手，军鼓点指挥节奏，进行分列式换队表演。卫队女兵，年轻貌美，飒爽英姿，格外引人注目。

游客和卫队很近，几乎零距离，换岗仪式大约20分钟左右，威严中透着亲和。

雨帘薄雾，给蓝色的湖泊、白色的轮船、黄色的宫殿、红色的教堂、绿色的房舍，又涂上了一层淡淡的浅灰，仿佛是一位穿着纱裙的贵妇人，正懒懒地偷闲，散漫中不乏雅致。

穿桥过湖，我们步行来到动物园岛去参观一座博物馆，也许独一无二，专为一艘沉船而建。

时光倒流，公元1628年的8月10日，斯德哥尔摩海湾风和日丽，旌旗招展。一队皇家战船，在人们的欢呼声中，扬帆启航。其中最大的就是以国王名字命名的瓦萨号。可是，起锚驶离码头才1千多米远，海面突然起风，船体一阵晃动，尊贵的瓦萨号在众目睽睽之下，竟迅速沉入海底。随船官兵也全部葬身鱼腹。

瓦萨沉船博物馆，就保藏着这艘沉睡在17世纪的战船，保藏着瑞典曾经是海上强国的记忆。

古斯塔夫二世阿道夫曾说：“除了上帝，能够保护瑞典的就是舰

斯德哥尔摩老街

队”。于是，瑞典耗巨时巨资巨力，建造这艘有3条高桅杆，可挂10张帆，装64门铜炮，重量达1300吨的巅峰之作。资料表明，瓦萨号可以说是一座水上宫殿。船上雕塑有圣经英雄、罗马皇帝、海中动物、希腊神话。船头、尾、门、窗都是镀金的。尽显君主的权威，国家的力量，称霸的决心。

战船开始设计为单层炮舰。可是，当国王得知劲敌丹麦已拥有双层炮船时，便不顾众人劝阻，下令增建上层甲板炮塔。上重下轻，重心不稳，终究难免沉船之噩运。第一战船的沉没，令瑞典人心痛，打碎了国王海上霸权的梦想，这也逼迫统治者选择了放弃战争，严守中立，保持和平的治国方略。

1956年，战船被一位钓鱼者发现。1961年的春夏之交，瓦萨号被整体打捞，重见天日。一座永久性的沉船陈列厅建立了起来。巨大的船体，多样的装饰，完美的雕刻，颇具威力的武器，带给人们的是一种敬畏和赞叹。

馆外此时太阳高照，如茵的草坪上，群鸟飞翔。而馆内幽暗的灯光里，一个逝去的时代完好地展现在眼前。充满野心而又沉没的战舰像一件艺术品，静静地躺在那里。

过分自大的长官意志如果违背自然法则，将会产生怎样的结局，瓦萨号给出了明

斯德哥尔摩市政厅

确答案，无数历史事实也已给出了明确答案。

饭时在斯塔丹岛骑士岛和圣灵岛连在一起的老城区。这里是今日斯德哥尔摩的摇篮。街上满目橙黄色三四层高的百年老屋，石头铺地，路面狭窄，最窄处不足一米，且弯弯曲曲，高高低低。两旁小铺林立，古朴别致，尽显中世纪情趣。同欧洲其他老城区迥然有别的是，风味餐厅大都设在街道下迷宫般的地窖里。

下午，我们驱车前往每一位外地客人到斯德哥尔摩都必须去的地方，市政厅。因为，每年的诺贝尔颁奖晚宴在这里举行。

有不少介绍文章说，诺贝尔颁奖活动在市政厅，其实不是。引起误会的原因，大概是作者没到实地的缘故。

诺贝尔逝世日，也就是每年的12月10日下午四时，颁奖活动在一座蓝色方形的建筑物，斯德哥尔摩音乐厅举行。

从诺贝尔晚年居住地、意大利圣雷莫专程运来，包括石竹、玫瑰、菊

诺贝尔授奖晚宴大厅

花、兰花、火烈鸟花和百合花在内的2万朵鲜花，装饰大厅，做成10只花篮放在舞台上，陪伴着白色帷幕下的诺贝尔半身铜像。

音乐声中，获奖者由女大学生带领，从幕后走上前台。诺贝尔基金会主席致词后，获奖者从瑞典国王手中接过金质奖章和证书。每颁奖一次，乐队演奏长达10分钟的乐曲。最后，全场起立，颁奖仪式在瑞典国歌声中结束。

当晚，诺贝尔基金会为获奖者举行盛大的祝贺晚宴，地点就在市政厅。

位于梅拉伦湖畔国王岛的市政厅，是一座伟岸的褐红色宫殿，曾被毫无争议地评为20世纪欧洲最美丽的建筑。现在是斯德哥尔摩的城市形象标志。

据介绍，她的每一块砖都是人们志愿募捐筹集的。主体的一端，是超过百米的钟楼，犹如指挥棒，引领着激昂刚健的华美乐章。塔尖上的三个金色王冠，是瑞典王国的象征，也代表着当年组成卡尔马联盟的成员国：

斯德哥尔摩市政厅内廊

丹麦、瑞典、挪威。钟楼顶端，全部镀金，彰显着王国的奢华和强大。登塔四望，秀美壮丽的斯德哥尔摩全城，一览无余，尽收眼底。

市政厅有两个大厅举世闻名。一个是蓝厅，一个是金厅。

蓝厅在楼下。最初的设计要将所有的砖都漆成蓝色，因为红砖实在是太美了，建筑师临时改变主意，保留了温暖厚重的红砖本色。所以蓝厅其实是个红厅。每年招待世界上最顶尖聪明人的宴会，就在这里举行。国王、皇后、议长、首相、王室成员、诺贝尔奖得主和夫人、政界要人、所在国家的大使和夫人、著名学者，会应邀参加。

晚上7时整，国王和皇后分别挽着身穿黑色燕尾服、晚礼服得奖者夫妇的手，在《蓝色多瑙河》的乐曲声中，缓缓走下大理石台阶，在1300名客人的仰慕和无数摄像机的跟踪下，款款入席。

被称为“世界上最拥挤的晚宴”，每位嘉宾的活动宽度只有40厘米。每张桌位上都有一张精美的卡片。每个客人配备十几把镀金刀叉，十几件金边碟碗，十几种酒杯。

晚宴由汤、冷盘、主菜和甜点组成。除蔬菜外，还有北极虾、三文鱼、鳕鱼、鹿肉等瑞典特产。2009年主菜是龙虾海鲜汤、龙虾肉、胡萝卜、小圆白菜，甜点专供，是黄梅果外加榛子的巧克力奶酪。

菜单作为绝密文件，晚宴开始后才能公布。

晚宴追求可口和文化韵味，不同颜色的菜代表不同的科学领域：绿色的汤代表物理学，红色的鱼和沙司冷盘代表化学，黄色的主菜代表生理学与医学，蓝色的甜点则代表文学。

晚宴临尾，获奖得主上台表示感谢。当喷着烟花的诺贝尔冰淇淋端入餐盘时，宴会结束。尔后，获奖者和夫人们到楼上金厅，同瑞典各界精英一起翩翩起舞，共度良宵。

而此时，梅拉伦湖以及整个斯德哥尔摩上空，都闪耀着智慧的光芒。

蓝厅很高，旷朗浩大，给人的感觉是改造过的，拱形外廊像庭院。经询问，果然，现在的屋穹是后加上去的。原来是露天开放的，设计者当初的考虑，在屋内可以看到蓝天白云、太阳月亮以及璀璨繁星。北欧毕竟冬季漫长，冰雪入室会带来许多不便。人们投票决定添加了房顶，地面也重新装修。

二楼的金厅就是原来的样子，据说用了1800万块金砖和彩色玻璃马赛克镶嵌壁画，中间是卷发拂飞、神采秀俊的梅拉伦湖女神。她右手擎王冠，左手执权杖，怀拥斯德哥尔摩，四周是向她致敬的使者。巨柱灯光明亮，大厅雍容辉煌。

获诺贝尔奖，是每位科学家追求的终极梦想和最高荣誉，也许，这授奖并不绝对公平。

且不说，自以为站在道德最高处的欧洲人，常常以意识形态归属评定文学奖，让人愤愤不平，特别是以政治的双重标准评定和平奖，更令世界啼笑皆非，广受诟病。就是单纯的科学奖，也阴差阳错，留下诸多遗憾，使一些天才的科学家同奖项擦肩而过。

早在诺贝尔奖首次颁奖前32年，俄国化学家门捷列夫就发现了元素的周期排列规律。此后，世界上几乎所有的课堂都讲授这一内容。然而，诺贝尔奖委员会始终没有授予他任何荣誉。这位1905年的化学奖候选人，1906年又以一票之差无缘奖项。1907年，门捷列夫告别人世，给诺贝尔奖委员会留下了耻辱。

1944年，美国生物学家埃弗里证实了DNA是遗传物质，作为20世纪生物科学的重大发现，是现代生物学的基础。之后DNA建立分子模型、阐述合成机理、复制技术的科学家们都获得了奖项，唯独发现和确立者却没受奖，而当委员会认识到发现的伟大时，埃弗里已经死了。

天才中的天才，伟大的科学家爱因斯坦提出相对论，几十名著名科学家一致提名他为物理奖项候选人。但评审团有成员却固执地认为，相对论要接受时间考验，致使爱因斯坦连年落选。其实，有的评审团员因受学科和眼光所限，根本理解不了相对论的科学含义。直到1921年，另一位皇家科学院成员提出折中方案，让爱因斯坦另一项研究成果光电效应理论获奖，才打破僵局。

以严格著称的诺贝尔奖还出现过错颁。1923年，一位生理学或医学奖获得者根本没参加过胰岛素分离和糖尿病治疗研究。1952年，生理学或医学奖漏掉了链霉素的发现者，委员会竟全然不知。1918年，化学奖竟授予了战争罪犯……

有两位智者的对话我记忆不灭。《哥德巴赫猜想》的作者、诗人作家徐迟在访问美国时说，文学可以描述一切社会现象，包括高深莫测的理论物理。诺贝尔物理学奖得主、科学家杨振宁说，不，自然科学的法则和结论，有时只能用公式表达，如相对论。

我站在蓝厅中驻足良久。当然，我是渺小和微不足道的。我崇拜科学，自诩是理性主义者，曾弃商学理，埋头于实验室，后又弃理学文，伏案于写字台，再又弃文从政，胸怀理想，却整日忙忙碌碌。蓦然回首，已垂垂老矣，还是一事无成，不免心生惆怅。其实，一个人的成功，除了方向正确，最重要的是矢志不移，坚持再坚持，坚持到底就是胜利。心乱了，必然一切都乱。

走出大厅，面对波罗的海，凭栏临风，极目远望，忧郁顿消。雨帘中，松更美，花更翠。彼岸的宫殿房宇，层层叠叠，好似海市蜃楼。雨水漫飘，点点滴滴，犹如撒落的珍珠。回廊与海湖交接的地方，是大片的绿地。石台码头有两座雕像，一个男人和一个女人，分别代表着歌唱和舞蹈。回廊的尽头，立着一匹五彩斑斓的木马，颜色浓艳，张狂无稽，显得潦草但不乏神气，荣耀和智慧的圣地多了一层童趣和调皮。而在宏伟建筑拐弯的僻静之处，斯德哥尔摩创造人比尔格雅尔的镀金铜像，就平放在石棺上华盖下，他无争地躲避着这一切，甚至看都不看一眼。

哥德堡市政广场

21 哥德堡的“我先走”

哥德堡 Gothenburg

哥本哈根 Copenhagen

伴着雨点敲击车窗的嗒嗒声，听着导游曹先生有趣的自我身世叙说，我们向哥德堡驶去。

他，是云南人，个不高，却很健壮。谈吐直率，热情有加，是我在海外见到最爽气的同胞导游。每到一地，他总是尽力多跑、多讲，让我们多看。我们提出的要求，也尽量满足。他毕业于云南一所大学企业管理专业，有一份在省直机关的工作。因不满现状，不贪安逸，便随改革开放后早先的出国大潮来到德国。他在国内有结发妻子，毕业于广州一所大学，也在四川管理部门工作。只身国外，毕竟是孤独寂寞的，需要一个女人。他看上了一位德国女生。为了接近姑娘，他专心练习网球，先是当女生球友，3个月后，他们成了床友。不久，他们有了孩子，定居在比勒费尔德，并有一处单门独院的住房。德国女人改姓曹。姑娘的父母，先是反对，曾当面扔掉他送的礼物，日子长了，也就认了。现在关系很好。

但他在云南的家也没真正解体。他有一套别墅，在滇池旁。结发妻子虽然离了，但至今未嫁。每次回国，他们还住在一起。他说，中国妻子对他一往情深，知道他在德国的一切。她理解他。

老父亲80岁生日，他回国祝寿。老父亲一再请求，要他找一位中国女人，回中国，回云南。他说，他不能割舍这位德国女人。她纯情，善良，每当知道他出差返回，就抱着孩子早早地在路口等他。她大学毕业后，没有去工作，而是全力当好家庭主妇。

他是50后，但从外表看，怎么也无法确定他的年龄。他说，按德国现行政策，他退休后可以每月拿到2500欧元，按国内生活水平，应该是吃喝不愁了。

他在汽车里用碟片播放邓丽君的歌曲，李谷一的歌曲，关牧村的歌曲。小城故事多。不要问我从哪里来。我的故乡在远方。月光下的凤尾竹。

每每动情之处，他都大声跟着一起唱。我们都不免感动，十分尊重他。

斯德哥尔摩华丽的建筑渐行渐远，这时，天色放晴，碧空如洗，阳光洒满了大地。瑞典的田野是绚丽的，金黄是丰收的庄稼，苍翠是茂密的森林，碧绿是悠闲的牧场，黛黑是起伏的远山，间或红顶农舍、黄墙木房。过河湾水汊，便有游弋的汽艇。天蓝得连浮云都没有。

穿小镇村庄，孩子们踢球玩耍，父母躺坐在草地上晒日光。稍宽阔的地方，大都有一个小小的广场，人们三五群集，喝着咖啡，拉着家常，真是世外的桃源。

道路的岔口，立着工业雕塑和产品模型，表明在田园深处，还有大型企业。我甚至看到，栅栏里堆满树墩，巨型广告牌上醒目地写着：斯的卡，一家木业公司。

傍晚，我们在林雪平停下。小城有精美的宫殿，有气派的火车站，有典雅的教堂。城内散步，四周清洁得几乎一尘不染，静谧得似乎可以听到一丝的风声。古建筑旁有抽象的雕塑，有奇妙的喷泉。寓所小区前有大片草坪和标准足球场。同其他所有我去过的欧洲城市一样，“有城市就有中国人”，这里照例开有中国餐馆，经营着已经西化了的中国菜。

哥德堡，论城市规模，瑞典第二，可是论港口，甚至在整个北欧，都数第一。

天生丽质难自弃。作为斯堪的纳维亚半岛最大的海港，却终年不冻，但又是最便捷的港口，可直驶大西洋，抵达世界各地。从英美等地前来的轮船，必须在此停靠，因而被称为“瑞典的西大门”。

站在“唇膏楼”观景台，哥德堡的繁荣繁忙，尽在眼前。如织的船队，穿梭的巨轮，林立的塔吊，整齐的货柜，高大的仓库，行驶的汽车，延伸的栈桥，你不禁感叹：岁月流金。

城市介绍资料这样描述，“瑞典王国最美丽的城镇。几乎被垒墙、要塞和护城河团团包围，城区被划分方阵，街道笔直整齐，堤岸水照相映，两岸栽种的落叶乔木，交织出荷兰般的城市风情”。

回顾历史，哥德堡从一开始就和中国有不解之缘。

1731年，瑞典国王向外国公司签发第一张许可令，在哥德堡成立的从事垄断贸易东印度公司，是一件国际远洋海运史的大事。那时，中国是一个神秘的东方国度，有无数的宝藏。公司商船，过大西洋，绕好望角，历时一年多，来到广州，换回丝绸、茶叶、瓷器。

“远到银河开眼界，而今真作泛槎行”。翻开了中瑞交流第一页后的75年间，东印度公司完成了从哥德堡到广州的132次远洋航行。

几乎与此同时，中国茫然地夜郎自大，闭关锁国，全面海禁，便江河日下，日渐衰落，成为列强殖民地，而欧洲却全速进入了扩张冒险的大航海时代。正是这远洋活动的黄金时期，成就了哥德堡的飞速发展。

据说，从中国返回的商船货物拍卖之后，收入高达90万克朗，而上交关税却只有区区24克朗，税率只有百分之零点二二。一本万利。当时东印度公司一条商船的利润，相当于全瑞典的国内生产总值。不可思议。可见，大清王朝损失多大是难以计数的。

东印度公司原址改建的哥德堡博物馆，就陈列着当年从中国运来的货物。是腐败无能的晚清政府给哥德堡送去了滚滚财富。

从港口折回参观老城区。一个十字路口靠近运河桥的拐弯处，我们在中国餐馆清华酒楼吃午饭。酒楼生意很好，内有包房雅座大堂，基本满客。我们选择在楼外树荫下的餐桌，等候上菜用餐，欣赏街景。

我们热烈讨论着所见所闻，兴奋时不免互相递烟，增加气氛。因为是在室外，是否禁烟，也没太多介意。隔桌两位瑞典女人的白眼，我只以为我们说话声音大了，建议小点。其中一位拿出手机，说了什么，也以为和我们不可能有什么关联。

菜上齐，刚吃，来了警察，说有人报警了，抽烟影响了别人吃饭。我们一时语塞。酒楼老板赶紧出来解释，曹先生也慌忙圆场。警察记录了点什么，便离开了。因为在露天的街头抽烟惊动了警察，我们都是第一次遇到。而旁边的瑞典女人面无表情，边吃边看着。我们顿感扫兴，匆匆吃完，便向老城区走去。

沿着运河两岸的景观大道，穿过美术馆、音乐厅、图书馆，在歌剧院附近的市政厅广场停下，这里有老教堂和东印度公司旧址。高高的岩石座基上，是哥德堡的建立者、瑞典国王古斯塔夫二世铜像。他昂首侧目，傲视着运河及其远方。我走进广场旁已经落旧的宫殿，显得有些破败，也没有什么人。倒是运河两岸，鲜花盛开，楼宇林立，游船穿行，车水马龙，显得颇有生气。

瑞典虽偏居北欧一隅，但有许多知名的跨国公司把触角伸向了全世界。比如，电气公司、通用电气公司、爱立信电气公司、萨巴斯坎尼亚公司等，其中斯嘉弗轴承公司和沃尔沃汽车公司就在哥德堡。专业制造乒乓球器材的公司和中国、日本、德国的公司齐名。

“沃尔沃”，古瑞典文的意思是“我先走”。

公司不仅生产高级轿车和特种卡车，还生产拖拉机、起重机、挖土机、渔船、游艇和坦克、飞机和火箭的发动机。创始人是两位年轻人，一位是工程师，另一位则是推销员。他们最初的想法是，改变贫穷落后瑞典现状，必须建立自己的高技术汽车产业。

19世纪30年代，推出了第一代样车。

“二战”期间，欧洲别国工业毁于战火，瑞典的中立使沃尔沃恰逢其时地发展起来。

当我们到达哥德堡郊区，翻越山冈，居高临下时，才感到沃尔沃的庞

哥德堡市街景

大。整齐排列的厂房连绵不断，试车区、办公楼、停车场、纵横的道路，交织在一起，组成了一座汽车城。

在正方形研发大厦旁，是大面积多层建筑的沃尔沃博物馆。有专业人员接待。进馆参观，我才知道原来沃尔沃公司产品种类这么多。

开奔驰，驾宝马，坐沃尔沃，被称誉为世界上最安全的轿车。一辆黑色外形类似于英国老爷车，圆方头，大鬼脸，黑色敞篷，被指为沃尔沃生产的第一辆轿车，牌号为0A666。

遗憾的是，“体面且主流”的沃尔沃同欧洲许多传统工业公司一样，无可奈何地衰落了。继失去世界50强，100强之后，也被逐出全球十大汽车公司行列。

沃尔沃没有躲过以美国次贷危机引起的世界金融危机，正如北欧的冬季一样寒冷。10年前，沃尔沃被美国福特收购。2009年10月，福特又宣布，指定中国浙江吉利控股集团牵头的财团，作为旗下沃尔沃的首选竞购方。福特自己也濒临破产。市场真的很无情，中国汽企第一次成功收购世界级品牌的吉利老总李书福，是浙江省一位普通的农民。作为时代的幸运儿，崛起中国的缩影，新生代的民营企业家，他说，“造汽车不过就是四个轮子加一个沙发。卖汽车和卖青菜没什么不同。”直白通俗而又精辟纯粹的言论，或许道出了市场奥秘：一切都是商品，并无不同。

瑞典从人们逃难的穷山僻水，经艰苦奋斗，百年发展，逐渐成为人均国民生产总值居世界之首的富庶之邦。

社会民主党长期执政，国家稳定，人心安定，秩序井然，贫富悬殊不大，衣食无着的流浪汉和香车宝马的大富豪都很少。社会福利好，看病全公费，靠的是高税收维持。据统计，累计税、企业税等都是全世界最高的，遗产税最高竟达百分之九十八。

相对平均主义的大锅饭，也引发了问题，人们更多考虑的是怎么多减税，而不是多工作，特别是年轻人，越来越贪图享受。社会发展失去了原始动力，也直接影响了创造和效率。

或许，沃尔沃只是一个信号，只是一个糟糕的开头，只是一个偶然。但愿，类似这种因经营不善而被重组拍卖的企业不会再有。

即使是瑞典，也需要根据不断变化的实际而不断修正政策和改革现状。法无定法。道无常道。兴，必求变。也许没有例外。

我们继续南行，沿卡特加特加海峡，一半是海水，一半是原野，穿越瑞典诗情画意般的田园，从小城赫尔辛堡，乘汽车轮渡过厄勒海峡，前往丹麦哥本哈根。

沃尔沃研发大楼

丹麦凯隆古堡也称哈姆雷特城堡

22 波罗的海的女儿

哥德堡 Gothenburg

凯隆堡 Kalundborg

阴森的深夜，风寒月冷，丹麦先王的鬼魂时现时隐，魑魅魍魉，黑暗可怕。哈姆雷特王子站在古堡顶台上，倾听鬼魂在地狱诉说被残害的经过。王子发誓为先王报仇……

令人毛骨悚然，慷慨悲愤。

莎士比亚不朽的悲剧《哈姆雷特》，以丹麦古堡凯隆堡为创作背景，给历史留下的戏剧财富弥足珍贵，凯隆堡也被称为哈姆雷特堡而名扬四海，成为世界文化遗产。

站在轮渡的甲板上，还没靠岸，就看见哈姆雷特堡了。靠海边的岬角上，屹立着浅灰色的宫殿，耸起的四角钟楼已经生锈的绿色铜皮塔顶，在金色阳光的照耀下，回泛出梦幻般的彩光。

原来扼守厄勒海峡的要塞，也是抽取过往船只的税卡，被丹麦国王选中作为王宫，命名凯隆，意为王冠之宫。

走近城堡，感觉是记忆的安详，在娓娓诉说着动听的历史故事。坚硬沙岩砌成的外墙内，是宽敞的庭院。宫中大厅悬挂着历代国王肖像的织毯。国王寝宫里是古色古香的家具。4个最高钟楼在南侧，塔尖是指示航海的金色风向标。据说，昔日，每当宫中举行宴会时，达官显贵，淑女名媛，就会来到塔上，而此时，露台上的士兵，就会戎装列队，鼓角齐鸣，三呼万岁。

而城堡的外面，有绿篱红房，还有停泊的游艇。海水平和而静静地躺着，像睡着一样。海边炮台尚存，古炮尚在，只是时过数百年，一切都成为永远了。当年的战炮，已用作庆贺女王生日的礼炮了。当年的王宫，也变成了历史和航海博物馆。

为纪念莎翁逝世，英国剧团曾多次在庭院里演出《哈姆雷特》。而在大门口的宫墙上，则镶着一块莎士比亚纪念碑，大意是：王子复仇记系丹麦民间传说，英国作家莎士比亚于1601年改编为剧本，哈姆雷特的故事就发生在这里。

哥本哈根，丹麦语意为“商人的港口”。这个繁华的都会，煌煌大气，同欧洲大陆，枝蔓相连。最初，这里只是个小渔村，阿布萨隆主教在这里修建了第一座城堡后，天然良港和日益活跃的航运贸易，给哥本哈根带来了盎然生机。此后修通铁路，建设工厂，发展更为迅速，成为北欧的现代化超大城市，人口接近全丹麦的二分之一。

“尖顶之城”，人们也经常这样称呼哥本哈根。令人钦佩的是，哥市早在中世纪就是有规划建设的。“手指形发展计划”，令全城交通干线环线，巧妙相连，城区、港区、新区融和摆布。16世纪末，国王又雄心勃勃，对城市进行了扩展。在宫殿房屋中，穿插了许多圆拱形的尖顶教堂。每当晨昏，悠长响亮的阵阵钟声，传遍大街小巷，古堡水道，更给城市增添了无穷的中世纪情韵。

哥本哈根对代表团每位成员都是陌生的。是安徒生童话让我对这个城市有了幻觉中的印象，白雪皑皑而又阳光充足，彩色的尖顶木屋，每家一定有个烟囱，还有高桅杆的尖头船和木顶大轮马车，还有卖火柴的小女孩和海的女儿，还有我们孩提时代搭玩的乐高积木。

哥本哈根扼守在厄勒海峡的最狭窄处，站在海堤上，便可看到芬兰的赫尔辛堡。城市建筑既不那么稠密，也不那么疏朗。房子不高，外墙都粉刷得十分鲜妍：朱红，鹅黄，天蓝，嫩绿，雪白……又衬映着运河倒影的风帆，使人疑是置身于真正的童话世界。

不攀比金钱地位，享受良辰美食。丹麦人，生活简单并快乐着。

丹麦友人告诉我们，丹麦人之所以快乐，是因为质朴而单纯，平时追求的不是地位和财富，而是实实在在、点点滴滴的生活。

夏天的太阳让丹麦人欣喜有加，在海滩和绿地尽情淋浴日光，这就是最大的满足。漫长的冬季，丹麦人则千方百计布置自己的房间，让家庭更加温馨。

几近完备的福利政策，也让丹麦人保持了一颗淡定的平常心。教育免费，医疗免费，老人和儿童有特殊津贴，社会保障网络覆盖全而且深入。丹麦朋友说，“从出生开始就很有保障，这使丹麦人可以随心所欲地做自己想做的事。”

但也不无忧虑。随着外国移民越来越多，他们担心自己的福利会降低，还担心这种知足常乐的心态，会降低国家竞争力，导致社会停滞不前。也有人耸耸肩，不以为然。

在丹麦的日子，正是仲夏。阳光灿烂，但只有温暖，没有灼热，人们的情绪也喜气洋洋。金发姑娘直至白发老妪，都抓住难得的季节，穿着漂亮的裙子。而小伙子和男人们，甚至在大街上也赤膊着上身，喝啤酒，吃雪糕。这种惬意，随处可见。同时也造就了丹麦人特殊的消费观，服装和首饰并不重要，在吃喝上则毫不吝啬，餐厅酒吧咖啡馆，不预订很难有座，鲜花店铺也生意红火。发工资的时期，取款机前排着队。

当我们甫抵丹麦，已是下午7点多，但太阳还是挂得很高，黑夜，非常不情愿地姗姗迟来。在哥本哈根吃晚饭的中餐馆，生意十分红火，座号全满。一排长长的餐桌，一队青年男女，正在为一姑娘祝贺生日。白里透红，红得长晕的北欧人特有的面庞，个个堆着笑容，纯真的。他们唱着闹着说着，大杯喝着啤酒。

哥本哈根市中心广场

这种释怀坦然的快乐也感染着每一位就餐的客人。我走过去，用茶水同他们干杯。他们欢欣雀跃，热情鼓掌，一齐喊着：中国，中国！

短短的3天，丹麦给我印象最深的是无处不在的环保意识。

丹麦富裕，却是个自行车王国。政府为了减少汽车出行，车辆和汽油的价格税赋都定得挺高。据统计，哥本哈根的上班族中，三分之一骑车，其中包括高官、富豪和社会各界名流，首相也自称是单车爱好者。还有很多人出行乘地铁，因而马路上没有塞车现象。

大街上包括市中心，都有贯穿全城没有红绿灯的自行车专用道，在高度和色彩上同机动车道、人行道分开，一目了然，安全可靠。在哥市看到骑自行车的人，男女老少都有，车前总有个大金属网筐，陈放物品。还有不少年轻人，背着包，踏滑板车或穿旱冰鞋在马路上穿行。

在市政中心广场，非政府绿色组织正在散发传单和演讲，号召人们“节能”，还有环保志愿者装扮成北极熊、海盗、外星人和大树模样，举着“素食主义拯救地球”、“简约生活”的标语牌在人群中走来走去。市政厅楼角巨型露天温度计柱下，停着几辆跑车，前部鬼脸和挡风玻璃上，印有“我们是零排放”，车尾则写着“我们不烧汽油”的字样。在商店看到的家具和食品类等销售物品，除标有价格外，还有各种环保指数。

短短的3天，丹麦给我印象最深的还有无处不在的海盗情结。

走在哥本哈根的大街小巷，总有“海盗”与你相伴。服装店里有印着各种海盗形象的T恤、印有骷髅的海盗旗。儿童玩具店里有海盗船、海盗斧、海盗刀、海盗盔，以及海盗用的罗盘、望远镜。礼品店里多是海盗饰品，装修风格酷似漂泊在大洋上的海盗船，收银台成了船舱，收银员扮成海盗的模样接待客人。外形就是海盗船样的餐厅，服务员也扮成海盗端菜送饭。家长们带着穿着海盗服的孩子在马路上溜达。书店里所有的商品几乎都与海盗相关，海盗史、海盗图、海盗故事、海盗卡通，海盗游戏软件销路更好。家用电器以海盗作为商标。乐队、足球队以维京人命名。港湾停靠着作为博物馆的仿制海盗船……

海盗已经深入丹麦生活的各个细节，俨然已经成了民族符号和象征。

事实上，丹麦人对自己的维京祖先定义为探险家、武士、水手和商人，同谋财害命的海盗大不相同。

在维京时代，丹麦是欧洲的超级强国。只要谈起那段历史，哥本哈根人都很自豪。

丹麦人和其他北欧人一样，对祖先海盗的崇拜其实是在尊推一种勇敢、无畏和彪悍的传统，一种探索、冒险和豪爽的精神，一种幽默、乐

哥本哈根警察局

观和盎然的情趣。满街的海盗，真的让你感觉生活在恍若隔世的童话世界里。

有一件不该发生的故事，令我印象更深。

翌日清晨，我整理旅行笔记，同房间的代表团长和其他同行相约外出散步。因出国有些经验，我总是和代表团长不离寸步的，担心意外。可是，意外还是发生了。

散步是不应该带包的。他们随便走了走，没回房间，而是直接去了一楼餐厅。我的房门被急促敲开了，说团长的肩挎包被偷走了。我赶紧喊导游翻译。曹先生从床上跳下来，来不及穿鞋，赤脚直奔餐厅。

团长在自助取餐，开始包背在身上。坐下后，包挂在了椅子上。饭菜吃好，当去取茶回来时，发现包不翼而飞了。

我第一反应是迅速跑到宾馆外，沿大街狂奔，想看是否有人拿着团长的包。跑得实在太远了，没见到可疑人，只得回来。导游正同宾馆负责人论理。我们集中观看了视频录像。

图像清楚显示，是一个团伙作案。

几个有色皮肤男人，一个坐着在团长就餐位子旁边若无其事，一个坐着看报纸，借阅读挡住取茶处和包的直角视线，一个往地下扔硬币，假装是无意掉下的，吸引别人注意力，一个拎着包就走。转眼间，那几人也都迅即离开。和团长一起用早餐的两位同行，没有发现这几个人的异常举动。

团长损失惨重。包里有欧元、美元、人民币现钞，有在维京人号船上挑选的贵重饰品，特别是护照等身份证明在包里。

虽然事实清楚，但宾馆管理方认为无能为力，只表示可以出一个证明到警察局报案。

在没去警察局之前，我又到宾馆周围的偏僻处转了又转，试图找到小偷们拿走钱后扔下的空包和证件。

丹麦行程全被打乱。我们放弃所有的计划，全力帮助团长重新置办临时证件，否则，他有可能成为无国流客，回不了家。

哥本哈根的警察局在一个大院子里，两幢浅褐色建筑，周围几乎没有一棵树，也没有草坪。院子里空无一人。在接待大厅，看不到警察，我们来得早，警察还没上班。

在等了一段时间后，两位全副武装的警察和我们交谈。在询问了过程，看了宾馆的函件后，让我们填一张表格，再然后，就表示问案结束了，给了我们一张单子，说是拿这张单子可以到中国驻丹麦大使馆办临时通行证。

完了？结束了？不问了？

据解释，在丹麦，一般的偷窃案警察是不追查侦破的，被盗者可拿着警察局证明去保险公司索赔。丹麦人一般也不随身携带现金。不像在中国，如果外国友人遭窃，公安部门会非常重视，在核实数额以后，宾馆有可能会全额赔付或部分赔付失窃款。中国人讲究的是国际主义精神。

很无奈，我们拿着警方的证明驱车去大使馆。

中国驻丹麦大使馆在一个稍偏的斜街上，有一个院子，里面坐落着官邸；院外临街有一个接待办公楼；拐弯处是办公兼住宿的一栋白色建筑。

在异国他乡，当看见高高飘扬的五星红旗时，心情是激动的，心绪是安定的。到家的感觉，一丝的温暖。

接待室不大，但人不少。许多外国人等待签证赴中国。我们询问后，被告之，要等较长的时间，而且要有省外办的文函；省外办要市外办去文

安徒生大街安徒生像

函后，才能发文函；大使馆签证处接省文函后，做文件，请使馆领导签批；我们再拿着中国大使馆文函去丹麦外交部签证处，同意后，团长才能拿到临时旅行证明。而丹麦签证处自身也有一套批准程序。这样一圈下来，没有半个月，是肯定不行的。

在我们非常着急地讨论如何处理好这突发事件时，有一个熟悉的家乡口音突然问我们，“你们是……”“是啊。”“我也是……”一位年轻帅气的家乡小伙子的出现，使我们大喜过望。

真巧，小伙子是使馆工作人员，他受大使指示，正在门口等候丹麦外交部的一位官员。他听我们讲一口家乡话的内容，感到重要，便主动搭问。

我们向他介绍了今天早晨发生的一切。

我们代表团的规格还是比较高的。他很快向大使做了汇报。大使很快指示一位秘书帮助我们妥善处理。

于是，我们开始了手机信号在各个卫星之间的大巡游。虽然每道程序都变得快捷起来，还是需要时间。

市外办发函给省外办。省外办发函给大使馆，证明我们的身份，报告我们的批文。就这样，在等待和联系中，我们在大使馆接待室还是几乎待了一整天。第二天，大使馆专门安排一位武官，亲自开车送我们的团长并和丹麦外交部门接洽，以尽早拿到旅行证明。但不巧，这天是周末，政府官员不上班。

在欧洲，休假和休息日是神圣的，任何人不容侵犯。只能继续等。

但不能等太久。我们在丹麦是有起止时间的，在规定的时间内，又必须离开。

代表团长留下等。只能如此。我们把身上的欧元、美元现钞尽可能都留给团长，以应不测。

团长被安排在大使馆招待所食宿，而招待所归属商务部，又是一番联系。一切安排妥当，我们在丹麦的时间已经所剩不多，考察采访必须抓紧。

在上海浦东机场起飞前，送行的外事工作人员反复叮嘱：一定要看管好行李，护照千万不能丢失，否则，会相当的麻烦。这时，大家才对这句话的分量有了痛切体会。

海滨美人鱼铜像

哥本哈根的精华，主要集中在市政厅周围。这里有皇家广场、运河、各式专卖店、剧院、还有欧洲最长的步行街。

带着共同的遗憾和沮丧的心情，我们漫步观察和品味着这个城市心脏地区的夏日风情。

市政厅是一座稍显孤独的茶红色大楼，没有花园和庭院，楼顶有低矮的围墙和箭垛，但内外装饰的雕刻和绘画却美轮美奂。

门前矗立着城市创建者阿布萨朗大主教的塑像，中间是一座超过百米高耸的尖顶塔楼，很远就可以看到一座大钟。据介绍，这是当时最新式的天文钟，由445个齿轮和15000个零件组成。钟身安装在能调节温度和湿度的密封玻璃箱中，300年仅误差11.4秒，并有11个钟面，能准确地告诉人们每天的名称、日期、星期、公历的年月、星座的运行、太阳时、恒星时、日月食、国际标准时间、地区时差、中欧时等，是由一位自学成才的天文物理学家和机械工程师花费整整20年时间制造的。

作为世界上最准确、最复杂的机械钟，不仅是一个奇迹，连同这座市政厅大楼一起成为哥本哈根的标志。

市政厅面对着趣伏里公园的角落，坐着一尊身穿燕尾服、头戴礼帽的人物塑像。他就是大名鼎鼎的丹麦童话作家安徒生。铜像坐落在车水马龙、人群熙攘，以他的名字命名的大街旁，每天都会有数不清的游人驻足瞻仰，认识他那错愕微笑的面容。他左手拿着文明杖，右手握着一本书，还用食指隔开书页，侧目注视着苍穹，仿佛在捕捉灵感，构思着优美忧伤的童话。

安徒生用他的全部智慧和热情创作了《皇帝的新衣》、《卖火柴的女孩》、《丑小鸭》、《野天鹅》等168篇童话。贫苦是人生的财富。安徒生是鞋匠的儿子，父亲在狭小昏暗的屋子里没日没夜地做鞋子。在他很小的时候，父亲去世，母亲改嫁，只能和祖母相依为命。凄惨的童年并没有令安徒生放弃梦想。他从家乡欧登塞，一个有片片红叶的丹枫，有疏密挺拔的白桦，有长条拂水的垂柳，洋溢着田园风味茅草屋顶的小岛，来到了

安徒生故居

哥本哈根。

开始在剧院里当杂役，见到的是冷眼，听到的是热讽，但他不灰心，刻苦自学，坚信自己“会变成一只小鸟，羽翼华丽，高飞蓝天，被这世界一眼认出”。后来，他终于有机会进入学校，并开始了他的文学生涯。

曾经向往舞台，充满渴望，拥有写就伟大小说、诗歌、戏剧的豪迈情怀，却创造了清甜而又哀愁的童话，把民间故事复述演进成一种独立的文学样式，征服了人们纯净的心灵。

心中有梦。梦成童话。童话故事《海的女儿》传遍世界。传遍世界的还有美人鱼雕像。美人鱼雕像成了丹麦的象征。

从市政厅广场沿岸边走不远便是海滨公园，美人鱼铜像就坐落在海滩一块巨大的岩石上。

羞怯、安详、温柔、善良的美貌少女，鱼尾人身，体态优雅，右手按着岩石，左手放在腿上，长长的头发似乎湿漉漉地贴在颈后，一双深情的双眸，似有无限的心事，总是忧郁地凝视着大海，若有所思。她一定在企盼着什么。

海的女儿是一位纯洁的海底王国公主。但漂亮少女没有会走路的双脚，只有会游泳的尾巴。在风雨交加的夜晚，海的女儿救起了人世间的英俊王子。她爱上了他。她毅然离开珊瑚宫，向岸上游去。在王子宫殿的台阶上，她用舌头换取海巫婆的毒药，昏倒在地，不省人事。当醒来时，王子正用乌黑的大眼睛望着她。这时，少女发现鱼尾没有了，获得了美丽的

哥本哈根新港酒吧街

古菲昂喷泉

双腿，但她没了舌头，不能倾诉衷肠。王子最后和邻国公主结婚，海的女儿痛不欲生。她坐在海滩上，伤心地流着眼泪。她的五位姐姐出现在海面上，给她一把寒光闪闪的利刀。只要杀了王子，他的血流到她腿上，就可以重新变成人鱼。少女摇了摇头。她爱王子。为了爱情，海的女儿义无反顾地扑向大海，顿作一堆雪白的泡沫。

凄婉动听的童话，传遍世界，也成就了丹麦文化艺术的杰作——美人鱼铜像。

丹麦人太喜爱这尊铜像了。曾被流氓、醉汉、心理变态者、痴于收藏的善良好人等切下头部，锯掉胳膊，盗窃拿回家。幸好，雕刻家的模具还在，不断制作新的头部和胳膊焊接上，并索性留好备份。

我们到达海边，已近傍晚，太阳的余晖在微澜细浪上闪烁跳动，泛着橘色的光芒，铜像金黄。岩石离岸很近，隔着海水一步便可跳上去，美人鱼细部都可看得真切。而离铜像不远的海面上，锚定着一艘平板铁船，上面有蓝底白字大横幅：“让所有的人们都来保护铜像”。

哥本哈根注定和安徒生有不解之缘。

在纽哈温运河和大海的连接处，在丹麦人称为新港码头的南侧，有一栋夹在连排小楼中的红房子，外墙饰着白色窗线，门楣上醒目地标着门牌号码“20”，上方还镶有一块白石，镌刻着丹麦文金字：安徒生曾在此居住。

颠沛流离的安徒生，在靠窗临街的房间里，秉烛持笔，写下了一篇篇

鲜鱼码头卖鱼妈妈

脍炙人口的童话名作。

我们到达时，已是真正的“渔火晚唱”。运河两岸，万家灯光。河水托举着高桅杆游船，轻轻地摇晃着。沿河岸是一家挨一家的餐厅酒吧，鳞次栉比的啤酒屋。不宽的街面上，摆着成片的大排档。焦香烤鱼，麦香啤酒，浓香肉肠，清香咖啡，伴着

哥本哈根保护女神

手风琴、小提琴、吉他和排箫声，活泼轻快，加上微腥的海风，熏得游人要醉了。

在这个不足五百米长的“渔港酒吧街”，走了好几个来回，我默默地品味着哥本哈根这夏天夜晚的世俗欢愉。

因“意外”改变了计划。去观赏购买有灵魂生命的欧洲黄金美玉，只能安排在黄昏。

琥珀，亿万年前苍然老树正巧掉落的眼泪，刹那凝结的永恒。

传说中，琥珀尘封了两个故事，一个悲壮，一个悲情。

阿波罗太阳神的儿子帕耶特，学父亲英雄般地驾驭金色太阳马车。天马狂奔，载着太阳失控地冲向地面。宙斯天神为拯救人间，击雷将马车和帕耶特打入海中。帕耶特的妹妹悲痛异常，郁怨地化作白杨树，流下的眼泪凝固成了琥珀。

丹麦王宫

波塞冬海神最小的女儿，爱上了凡间的王子。一个在水宫，一个在陆地，他们有情，但难成眷属。人鱼公主度日如年，整天想念王子，叹息悲恋，终日以泪洗面，串串泪珠，最终化石为半透明的琥珀。

其实，温润婉约、光华和暖的琥珀，是波罗的海沿岸史前的松树脂。

大自然法定有轮回。大海变为陆地，陆地变回大海。湖泊变为高山，高山变回湖泊。曾经广袤的森林因地壳变动，沉入浩瀚的海底。造山运动，强烈地震或者海底火山爆发，巨大的不可阻挡的力量，又鬼斧神工般将树木枝头一颗颗浑朴的松脂化石冲上海岸，在太阳光下袒露，成为可人的宝石。如果，恰巧，松脂滴包蚊蝇昆虫蜘蛛或植物茎叶，又赋予了这琥珀以生命和神奇。如果你幸运地在沙滩上捡到一块琥珀，那么你手里捧着的就是斯堪的纳维亚半岛千万年历史的一个瞬间。

令人尊敬的琥珀树在寒冷的北欧，注定要灭绝。丹麦有琥珀，并不因为琥珀树生长在丹麦，而是因为北欧陆地板块的漂移，要晚于琥珀生长的年代。最古老的琥珀大约距今已有一亿七千万年。

珍贵的琥珀成为物物交换品、饰品、商品是后来的事情。据说，浓妆妖媚的埃及艳后，最常佩戴的就是绿松石和琥珀。在欧洲，琥珀甚至成了护身符和能避邪的圣物。摩登女郎、时髦太太，颈腕耳指胸，佩戴上琥珀，少了珠光宝气，多了涵养韵致。

紧靠大街的琥珀专卖店，又像是琥珀博物馆。门窗桌橱，山架柜台，全是玻璃的，陈列着琳琅满目的各式透明茶褐暗红琥珀，每一颗都是唯一的，配以灯光，犹如走进了童话里的琥珀世界。传统的制作工艺加上精湛的现代技术，件件制品都质地温润，色泽含蓄，晶莹剔透，内藏璀璨，漫出神秘的斑斓。

哥本哈根英式教堂

到丹麦，不能不买琥珀。在服务员的热心推荐下，我选购了一款琥珀项链，送给女儿。

因“意外”耽误了行程。我们要补回来。天亮不久，我们已站立出现在古菲昂喷泉旁。

这是一组北欧神话的雕铸，讲述的是哥本哈根所在地西兰岛的来历。

相传，很早很早以前，丹麦人还没有自己的家园。保护女神古菲昂请求瑞典国王恩赐一块土地。国王答应了，但条件是古菲昂只能在一昼夜的时间用四头牛套犁挖。女神把自己的四个儿子变成了四头耕牛，奋力从瑞典国挖走了一大块土地，并把它移到了海上。

从此，瑞典多了一个烟波浩淼的维纳恩湖，丹麦多了一个良田肥沃的西兰岛。

铜雕塑铸造，耗时十年。

长堤高处，秀发飘逸的古菲昂女神，左手扶犁，右手扬鞭，四条耕牛躬身抵角，拼搏耕耘，带着摄人心魄的力量。

四周喷泉分为三级，泉水逐级泛滥，汇成垂瀑。花岗石台基随坡延伸围成一泓水池，两边各有一条巨蟒盘缠，口中喷泉直注耕牛。柱射状的泉水又从牛的鼻孔、犁的背后喷涌而出，飞溅出道道浪花珠帘，形成迷蒙的白雾，可谓磅礴壮观。

郭沫若造访丹麦曾留下诗句：“四郎岛上抵牛耕”，“泉水喷云海水平”，描写的正是古菲昂。

因“意外”占用了时间。紧靠市政厅童话般的建筑趣伏里乐园，我们没有来得及造访。这座比迪斯尼还要早一百年的世界上最古老的游乐场；这块人们集会、跳舞、歌唱，堪称丹麦最快乐的地方；这家有着世界各地风格的建筑群，经营有方老而不朽的公司；这处几乎所有丹麦人记忆童年时代的地方；这个琉璃金瓦，亭台楼阁，西洋镜里的中国，特别是早在1901年就建造的中国宝塔，中国长城，中国戏台，上书“与民同乐”四个汉字的中国横匾；我们只能匆匆一瞥，那充满童真稚趣的拱形大门和桐色花墙似曾相识。

匆匆一瞥的还有来自荷兰、比利时、德国等地，在丹麦为贵族雕塑的大量青铜纪念肖像，以及国会大厦旁一座绿顶建筑物，欧洲最早的证券交易所。

还有运河边屹立的一尊可亲可爱的雕像——卖鱼妈妈。粗糙的石质，古朴的造型，增加了历史凝重感。壮实的卖鱼妈妈包着厚厚的头巾，穿着长长的棉裙，右手拎着一条鱼，腰间挂一布袋。卖鱼妈妈和蔼、憨厚、纯朴，像所有的劳动者那样，向往着温饱幸福的明天。她眼睛总能看到的地方，是欧洲著名的鲜鱼交易市场。当年，每当黎明破晓，船靠码头，一箩箩鲜鱼抬上岸，为生活挣扎的人们争相选购而后又四处去叫卖。卖鱼妈妈就是其中的一位。

因“意外”减少了采访题目。在我的强烈要求下，代表团去机场的途中，绕道停车，看看王宫。

作为丹麦历代国王的住所，王宫即阿美琳堡，由四座宫殿和一座教堂组成，四座宫殿土黄色石墙，黑褐色瓦顶，外观完全相同，是为丹麦四大贵族所建。教堂则是专为国王所建。当初的王宫不在这里，因火灾，原来的王宫克里斯钦堡被毁，王室无家可归，便移驾这里。

四座宫殿环绕一个用碎石块铺就的八角广场，距大海咫尺之遥，中央是腓特烈五世国王身穿盔甲，手持宝剑，气宇轩昂地骑在高头大马上的青铜雕像。王宫门窗紧闭，显得威严神秘，而圆形尖顶红色白边，只能容一人站立的锥体岗亭，又把人们带入了安徒生童话世界。

可惜，我们不能等到中午12时，要离开了，无法目睹戴着毛茸茸黑色熊皮帽的皇家卫队换岗仪式，尽管日复一日，风雨无阻，尽管其中一半都是漂亮的女兵。

我们要飞往英国了。我们和我们的团长相约：在伦敦见。

伦敦的教堂

23 泰晤士河的无奈

牛津大学 Oxford

伦敦 London

当飞越英吉利海峡，傍晚到达伦敦希思罗机场后，我的第一个任务就是要详细告知代表团长如何同我们会合。我用手机发了一千多字的信息，详细介绍出关手续、出关通道，以及一系列注意事项。

机场给我的最初印象是繁忙、拥挤和陈旧。出口狭窄，严重排队，行李取拿处可以说混乱。停车场左盘右旋，立在空中，显然不够用。新的航站楼并不可圈可点。据报道，北京3号航站楼和伦敦5号航站楼系同一人设计，但前者的费用及时间分别是后者的二分之一和三分之一。

从机场去市区的道路也不宽敞，两边的建筑物有些杂乱，看不出朝气，感到迟暮和乏力。

机场已经变成了印巴人的空港。无处不在的印度人和巴基斯坦人，拖家带口，几乎是潮水般地向伦敦涌去。一对印度夫妇带着5个孩子出机场，而在大厅等候接机的，又是一位年长的印度妇人带着4个孩子。他们击掌拥抱。

移民会对许多国家带来影响，特别是欧洲。现在英国本土人出生率下降，印巴人出生率猛增。据统计，英国母亲平均生育1.7个孩子，来自印巴人的母亲平均生育4.7个孩子，而国家又实行高福利养活政策。不要多久，英国将不堪重负。不要多久，英国人将被印巴人所稀释和淹没。报告预测，未来25年，新生儿百分之七十将来自移民母亲。那时，英国还是英国人的英国吗？

事实的确如此，英国大幅度削减财政计划，引发了社会动荡。

我们下榻的酒店在温布利，接待员是两位英国女士，动作迟缓，没精打采，工作懈怠，很不情愿样子，这在一定程度上反映了英国就业人群的状况。高福利造就懒惰。大英帝国的衰落，自有原因。而我在宾馆周围散步，看到大多是两层的连体住房，走出走进又大多是印巴人。就算纯英国白人都住在伦敦中心遗迹区，这种状况也不能说正常。毕竟，新移民不能成为人口主体。

曾经主宰英国也主宰世界，被评为“世界之都”的伦敦，可以说浩瀚如海，变幻无穷，高度发达。早先的渔村，由于罗马人的入侵，在这里建城，造就了千年历史的国际大都市。在伦敦，只要随便走一走，你就会感到曾经的强盛和繁华。实际上，当年这里集聚了几乎全世界所有的财富，建筑也称得上巍峨宏阔，气势非凡。

英国，大不列颠及北爱尔兰联合王国，是一个老资格的资本主义国家，自爆发资产阶级革命和工业革命后，到第一次世界大战前，变得强大无比，建立了比本土大100倍的日不落帝国。一战，英国元气大伤，二战，英国再受重创。殖民地纷纷独立，帝国分崩离析，变成了英联邦。

应该说，英国的强盛和衰落，和中国近代史很纠结。是英国的大炮轰开了中国的大门，让大清王朝遭受屈辱，也是英国人逼得中国人睁眼看世界，师夷长技以制夷，让睡狮开始猛醒。

世界近现代历史，英国的名人巨匠和科技成果灿若星辰。哥白尼的天文学革命，拉开了西方近代科技的序幕。在其后300年间，西方科技人才辈出，成就震撼全球。科技成就不仅改变了人们的思维方式和生活方式，同时还改变了人类历史进程，而这一切，绝大部分都和英国人相关。

在近代五大科学革命中，除拉瓦锡与化学革命发生在法国外，牛顿与物理学革命，哈维与生理学革命，法拉第与电磁学革命，达尔文与生物学革命都发生在英国。

而六大技术革命中，英国人瓦特发明蒸汽机；司蒂芬孙发明火车；出生在英国的贝尔发明电话；英国人斯万实际上是早于美国人爱迪生发明了电灯，只是灯丝用的是白金，不易推广；发明轮船的美国人富尔顿，老师却是英国人辛明。第六项发明飞机的莱特兄弟是美国人。

不仅如此，在其他领域，克伦威尔领导资产阶级革命，培根是认识科学可以改变世界的第一位先哲，洛克是资产阶级民主思想的启蒙者，莫尔是空想社会主义创始人，《乌托邦》一书闻名于世，莎士比亚身份有争议，但被公认为迄今世界上最伟大的剧作家。

工业革命和经济发达的肥沃土壤，相对自由的学术环境，更造就了一大批天才的极富朝气的经济学家：配第，古典政治经济学的创始人；斯图亚特，资产阶级经济学体系的第一位英国人；亚当·斯密，奠定了现代经济学的理论基础；马尔萨斯，人口论和有效需求论的创立者；李嘉图，坚持和发展了劳动价值论，地租和货币理论里程碑式的推动者；穆勒，第一个提出把经济学体系划分为生产、分配、交换和消费四部分的“四分法”；马歇尔，剑桥学派的创始人，经济思想综合的集成者；坎南，伦敦学派的创始人，把社会主义同计划经济画等号的第一人；庇古，福利经济学的创始者；凯恩斯，自创学派，现代最有影响的经济学家，其学说使全世界经济繁荣了30年……

且不说，他们中的一些人对马克思主义经济学说体系产生了怎样的影响，单从推动世界经济发展的角度，怎样评价，都不过分。让我们记住他们。

远不仅如此，英国人道尔顿首先提出了物质的原子理论；布朗首先在显微镜下观察到了分子运动并发现了细胞核；焦耳首先发现电流通过导体时的热效应定律；麦克斯韦尔用统计学方法导出平衡态气体分子分布

西敏寺大教堂

定律；卢瑟福揭示了原子结构，发现了放射性射线；桑格首先弄清牛胰岛素结构，第一次提出蛋白质氨基酸序列分析方法；赫胥黎首先提出人类由猿猴进化而来；李斯特发明碳酸的无菌消毒；霍普金斯提出蛋白质和维生素的美容学说；坦斯莱创立生态系统学说；米尔发明打字机；哈格里夫斯发明纺纱机；菲奇制造了第一艘汽船；达贝发明了砂型铸造；拉姆斯登发明车床；内斯密斯发明刨床；麦克米伦制造第一辆自行车；惠斯通制成第一台发电机……

无名英雄纪念碑

这些发现发明，对全世界科学技术的贡献，是功垂千史的。

我们乘车从北面进入市区，首先来到泰晤士河南岸。当车还在沃克斯霍尔桥上行驶时，中国留学生小康就指着一处墨绿色玻璃与黄色花岗岩的高大建筑物说，军情六处。作为海外秘密情报机构，充满神秘色彩，触角几乎遍布世界，特工詹姆斯·邦德，007，就来自这里，其银幕形象成为许多年轻人崇拜的英雄。据报道，军情处正在英国少数族裔中招募人员，其中以黑人和亚洲人居多，摆脱一直以来僵硬的白人间谍形象。军情处官员还说，不是要找007，经常从窗台跳下，不顾规则到处跑，喝酒，纠缠女人，而是需要谨慎的人，善于同人交往，维持关系以及能鼓励别人当间谍。

泰晤士河不宽，水黄而且浑浊，真的说不上清澈。“甜美的泰晤士河，你要慢慢地流淌，直到我的歌声停歇为止。”一位诗人的火之语。可我找不到美

威斯敏斯特宫

妙的感觉，有的却是沧桑和不解。以前种种泰晤士河岸的景色遐想，或许已变为幻影。在岸边隆起的堤坝大道上，我坐在木座椅上，还是贪婪地望着眼前的一切，包括对岸雄伟的历史建筑群。

驰过西敏桥，进入伦敦北岸的核心地区。

西敏寺，现存早期哥特式建筑最完美的典范，是英格兰最神圣和最具象征意义的景点，同历届国王和女王有很深的渊源。除爱德华三世和五世外，从威廉一世起，几乎每一位君主都在这里举行加冕仪式。

前后总共用了300年才完工的西敏寺，在英国历史上有很重要的位置，许多国王、女王、诗人、主教、政治家死后都安葬在此。不仅是国教圣公会获得启示的源泉，这里也是英国人纪念政治和艺术偶像的场所。因而，内部充斥着小礼拜堂、君主墓穴和名人纪念碑，这与欧洲其他著名教堂有很大不同。

据介绍，英国女王伊丽莎白一世和她的姐姐玛丽安葬在同一墓穴里，位置在小教堂北殿。大祭台后祈祷室中保存着英王爱德华的遗体。而“二

伦敦塔

战”首相丘吉尔的坟则在无名英雄墓旁，有一大理石碑。

我们到达时，正值游人高峰，摩肩接踵，熙熙攘攘，参观者众，觐拜者寡，多了些热闹和喧哗，少了些神圣和安静。而且广场上有人示威。我看到一位头戴钢盔的老者，打出了反对参与伊拉克战争的横幅，并有开战以来的死亡人数。这位老者两腿不太方便，据说他拄着拐杖在这里已经抗议了7年。还有示威者横幅上写着资本主义失灵的字样，并画着政府门前排队领救济的长龙。示威者年龄跨度大，许多人装束怪异，似乎更像行为艺术而不是在示威。尽管如此，围观者并不多。有的示威者已经失业，住着政府提供的廉租房，领着救济金，吃住不愁，到议会广场示威几乎成了生活方式。华人朋友说，对于伦敦来说，示威者就像广场上的丘吉尔雕像，已经成为一处风景，几乎每天如此。

议会大厦，也叫威斯敏斯特宫，世界上最庞大的哥特式建筑，伦敦的标志。宏伟的楼群，由三排七座横楼相连，沿泰晤士河一字排开，散发着柔和的金色光辉。据说有十四个大厅，六百多个房间。东西拐角各有一个

伦敦塔桥

伦敦古王宫

高塔，西边的三段石塔叫维多利亚塔，是档案馆。东边的楼塔，就是著名的“大本钟”。自1924年元旦以来，这座13吨重的时钟就一直挂在上面。国会议事堂也在宫内。

国会分上议院和下议院。上议院由教会主教和大主教、世袭和终身委任的贵族组成，每年会期高达140天，座椅一律为红色。下议院是议员提交并讨论法案的地方，下议员由选举产生，首相和内阁坐在右边最前面的席位，反对党坐在左边席位，座椅一律为绿色。上下议院的内部装修风格也迥然相异，一个繁冗，一个简洁；一个古典，一个现代。议会在这里举行已有四百多年的传统。据介绍，议会有“中廊”、“议员廊”，还有“是否廊”，每次议会表决，议员都必须通过此处，以查点表决人数。

议事时，反对党和执政党相视而坐，展开激烈辩论，选民和观众可在阁楼上旁听，但面前有一玻璃墙挡着，以防止向下扔鸡蛋。

有趣的是，下议院议事厅大门上有个小小的窥视窗，名叫“犹大窗”。每年女王主持会议开幕，先派一名“黑杖礼仪官”召集人员。要想进入下院，必须用女王授权的黑杖砸门，警卫则通过“犹大窗”确认后，才开门。礼仪官进门还要宣读女王“圣旨”。这显然带有表演味道的程序，虽滑稽却省略不得。

伦敦街头老爷式出租车

据报道，媒体曾评出英国最荒谬的法律：在议会死亡被视为违法。原因是死在“如此神圣的地方”的人，等于强迫国家给予国葬礼遇。联想起，上院贵族议员须身穿红色礼服，法官审议要戴长假发，进下议院的保守党议员都摸丘吉尔铜像的左脚，这些都让人忍俊不禁。

我沿着大厦边的草坪走来走去，反复端详着这座辉煌的金色宫殿，揣想着里边发生的故事。门口的卫兵，全副武装，一动不动。

伦敦白金汉宫

伦敦塔，伦敦最古老的文物群。从某种意义上说，伦敦塔的历史就是伦敦即英国的历史。从威廉二世到查尔斯二世，英国的皇帝们在这里居住了6个世纪。

从外表看，伦敦塔最让人读不懂。走进去，听介绍，才能略知一二。名为塔，用为宫，实为碉堡群，原来就是扼守泰晤士河的古城堡。威廉外掘城壕，内厚城墙，在冷兵器时代，自然相对是比较安全的。参观这里，犹如走进一座可怕阴冷而又令人沉醉的历史通道。

古城堡由黄色石块砌成，由一个大院子和主堡及若干建筑组成。在中世纪的日子里，这里既是皇宫，又是兵营，还是监狱。高大的围墙间有许多小碉堡，墙顶有箭垛，墙外有护城河。其中主要建筑是白塔，还有砖塔、钟塔、井塔、弓箭手塔等近20座不同的塔楼。这座庞大的塔楼碉堡群当过城堡、王宫、藏宝库、火药库、铸币厂、天文台、动物园，也曾以监狱而闻名，陈列有各种类型的惩罚刑具，包括绞刑架。

最早居住皇帝的白塔，如今是一座博物馆，收藏颇丰。有威廉一世起至今的皇帝和女王的画像，有大口径的金盘银缸，有金镶钻的皇家权杖、王室长剑。最珍贵的应属爱德华和维多利亚的王冠，金骨架嵌宝石，特别是“黑王子”红宝石，为无价之物，显示了大英帝国当年的强大和富足。

伦敦街头雕塑

国家美术画廊和特拉法加广场

血塔位于白塔远侧。当年12岁的爱德华五世和他的弟弟被软禁于此，后被他们的亲叔叔、未来的理查德三世谋杀。

塔桥，倒是名副其实，有塔有桥，伦敦泰晤士河的标志建筑。桥的两端是两座高塔，顶上还有4座小塔，上桥连接两塔，下桥可以从中间向上开启，让大船通过。这种塔桥式样，也许是世界上独一无二的。如今，塔桥开启次数越来越少，现在商船都停泊在河口，塔桥的功能作为象征，成了旅游观光点。

很巧。在我驻足欣赏时，一艘高桅杆观光船恰从桥下通过，电动桥面徐徐打开，又慢慢合拢，挺壮观的。而桥的周围有许多鲜花市场、纪念品商店、咖啡食品店、露天茶座。在中国吉利汽车厂上海生产下线的黑色的老爷款式标志性出租车，则排队在路边等候客人。

白金汉宫，女皇所在地。建筑虽说不上雄伟，但郁郁葱葱的园林，整整齐齐的草坪，红红黄黄的花坛，清清冽冽的喷泉，让人感到舒畅和轻松。

宫殿为方形庭院式建筑，有舞会大厅、午宴大厅、皇座大厅、听政大厅、画廊、广场等。依据传统，每当女王在白金汉宫里时，将高高飘扬王室旗帜。宫内富丽堂皇，收藏珍宝，但并不是历代君主都乐意在此居住。温莎公爵就写道：每次进入大门，就闻到一股霉味。现在的女王与夫婿住在宫廷北面的居室。据介绍，女王每年最重要的事情有两件：一是离开白金汉宫参加国会议事的开幕式，一是在她六月的生日里检阅仪仗队。

皇家公园里的流浪汉

当女王陛下夏天去苏格兰度假时，宫殿才部分开放。此时，我们只能隔栏相望，静静等候换岗典礼。

中午11时30分，一片鼓乐声中，全副戎装的皇家近卫团卫队，骑着高头大马，红呢金领，熊帽银盔，斜披绶带，白裤乌靴，军刀闪亮，十分威武，浩浩荡荡，行进过来。欧洲有王室的瑞典、丹麦、比利时等国家，换岗仪式都没有英国的规模。巨大的广场加上开阔的林荫大道，马蹄声军号声呼喊声，煞是宏伟，最著形象，的确是讲排场的浮华盛景。

特拉法加广场，因野鸽子多，又称鸽子广场，真正的伦敦市中心。这里经常有游行和集会。新年的钟声敲响之际，则簇拥着数以万计的狂欢者。

广场中央有纪念石柱，顶端有纳尔逊将军的铜像。石柱自1843年就一直矗立着，以此纪念率舰队挺进西南，于1805年10月在西班牙特拉法加海角全胜拿破仑的纳尔逊将军。而纳尔逊公爵在此役中献出生命。特拉法加海战结束了持续百年的海上霸权争夺，英国赢得了海洋，成为“日不落”崛起的关节点。因此，石柱叫纳尔逊将军纪念柱，广场叫特拉法加广场。

碑柱，雕像，喷泉，是大多欧洲广场的三大件。特拉法加也不特别，照例如此。石柱下面四角，有四只卧姿的铜狮，石柱下半部有青铜浮雕，原材料都是用战胜法国的战利品大炮熔解铸造。喷泉则在花瓣形水池中。

我们是沿着帕玛街从白金汉宫走到广场的。站在广场，环顾四周，同时可以看到众多宏美的建筑：国家美术馆、肖像画廊、圣马丁室内教堂，还有三大拱门之上仍建有楼宇的海军凯旋门。

读书的女胖子

广场因位于交叉路口，人多车多，且无序，其间还不时夹带着警车的尖叫声。青年人有的很颓废，奇装异服怪发，流浪汉随地躺在马路边，无人管理。一尊高大的青铜狮雕上，一位男子赤膊上身坐着。另一尊狮身上，一对男女旁若无人地嬉戏打闹，女人竟骑在男人身上调情，很不雅观，惹得众人侧目斜视。

中国城华埠门

中国城，唐人街，或许是伦敦最热闹的地方，充满着活力，也很新潮。同别处最大的不同，是鳞次栉比、一家挨一家的中国餐馆以及用汉语标示的街道和商号。

黄红漆圆方柱，蓝绿色琉璃瓦，典型的中国风格门脸站立在岔路中央。上联是“伦肆遥临英帝苑”，下联是“敦谊克绍汉天威”，横批是“伦敦华埠”。据介绍，横批不变，上下联随时间节日不同经常更换。

午饭在中国城，老板竟是安徽的熟人，真是天涯若比邻。身材高大的经理，原是机关干部，改革大潮他下海，出国大潮他移居，现已在伦敦安定下来，虽已五十开外，却还是孑然独身，不过也其乐融融。不久前，他还回国，同我们商谈中英文化交流和拍摄以英国华人打拼为背景的电视剧。饭店的男女伙计，均是留学生。

不过唐人街似显零乱，商家摊位总是要伸出店门放在人行道上。八角红亭的水果杂货铺，就摆在街外。饭店里嘈杂声显得很另类。

坐落于索霍区，其实也难免。以前，这一片区域最出名的是脱衣舞表演和淫秽电影，还有异国口味的餐厅和夜总会。如今规范了，多了些时尚俱乐部和酒吧，成了餐饮、购物、玩乐、旅游的好去处。

唐宁街10号，英国首相官邸。1680年左右由唐宁爵士所建。他童年居住美国，哈佛大学毕业后返回英国，得宠于查理二世。英王把这一地区租

伦敦唐人街

伦敦街头小饭店

给他。旧唐宁街只剩下了10号，1732年英国王室买下后，乔治二世将房屋赠予罗伯特·瓦尔波，他是当时的“国库第一爵士”，之后这一名称演变为现今的首相。从那时起，英国首相的官邸就一直在此。

唐宁街10号被拍照报道曝光率很高，门外通常只有一位警察站岗。这

唐宁街10号首相官邸外

里发生了许多重大的事情。争取参政的妇女曾把自己用铁链拴在栅栏上抗议。丘吉尔在这里庆祝“二战”胜利。英国第一位女首相、铁娘子撒切尔夫人在这里庆祝首相府250周年。当然，还有布莱尔、布朗、卡梅伦在此的演说和新闻发布，会见各国元首。

唐宁街虽是一条死巷，但可直通所有政府部门。这里还有传统的阅兵场和战士纪念碑。美国9 · 11事件后，游人已不允许近距离进入街区，我们只能远远地望着深褐色的砖墙，严遮的乳白色的窗户和紧紧关闭的房门。而路口拱门，铁栏紧锁，警察戒备地望着每一位路人。

圣詹姆斯公园，伦敦最富皇家气派的大花园。我们到白金汉宫，是从皇家骑兵校场步行穿过公园的。

园子很大，湖泊遍布，群鸟翻飞。难以想象，近乎奢侈，在伦敦市中心却有如烟云飘忽，如薄岚拂地，清澈见底透明的流水，浅浅的，匀匀的，卧于花丛中，躲在木桥下。

英国的花园自有传统，不像意大利的奔放、法国的婉约、奥地利的细腻，讲究的是浑然天成，不加过多的雕饰。但见林木蓊郁，溢绿叠翠，处处树荫蔽天，野藤枝蔓，宫殿的楼角宇顶，掩映在参天黛影中。

湖中的鸭岛，竟是野鸟保护区。公园安详极了。

令人诧异，我看到公园里有四多。一是胖子多。几乎随处碰到，尤其是中年人，妙龄女郎竟也大腹便便，摇晃着肥硕的屁股。二是流浪汉多。

伦敦圣詹姆斯公园

皇家骑兵营地

木椅上草地间，懒散地睡着，旁边一个大布袋装的就是全部家当。三是日光浴者多。修整平坦的坡地草坪，三五成群，三三两两，都在晒太阳，享受午后的温暖。四是看书的人多。躺着，坐着，甚至走着的人群中，很多人都手里拿本书，看姿也不讲究，很随便，快乐惬意地阅读。

调查表明，虽然现代通讯传播技术突飞猛进，但在过去20年里，英国人平均每天的读书时间仍然增加一倍以上。养成读书习惯和传统的民族是令人钦佩的。据介绍，在英国有一个名叫海伊的小镇，不到2000名常住人口，却有40多家书店，因而被称为世界上第一个书市小镇。“在这里可以买到任何想要的图书，只要你的钱包足够厚”。镇上普通人家也藏书甚多，只要事先有约，就能进入家中查找和浏览书籍。小镇每年的文学节，吸引了全世界的书迷。

伦敦市中心查令十字街是英国最著名的书街，集聚着上百家书店，其中弗伊而斯是欧洲最大的。虽然，现在有太多的娱乐方式，但读书仍是英国人最大的爱好。英国在音乐、绘画、建筑艺术上自愧不如欧洲大陆，但以文学文字书籍为豪。一位外交家曾感叹，“英镑不是英国的货币，书籍才是英国的货币。”

格林尼治，皇家天文台，以初始子午线划分世界时区的起点而著称。格林尼治是一个小镇，海上经泰晤士河进入伦敦的咽喉之地。15世纪，欧洲航海渐盛，摄政王汉弗莱在小山上建了座瞭望塔，以指引航船往来伦敦港。1675年，查理二世国王把这里改建为皇家天文台，目的在于精确地观测月球和其他恒星，以帮助确定航海经度。1884年在美国华盛顿举行的国际天文学年会上决定，格林尼治为世界时区的基准。

后来，在1948年，英国皇家天文台外迁，格林尼治原址改为博物馆，陈列着英国历史上各种航海图、天文图、天文观测仪和天文时钟。还有英

格林尼治公园

格林尼治本初子午线

格林尼治电子钟

国海军博物馆，纳尔逊将军的部分遗物就保留在这里。本初子午线仍在山冈高地的院子里。

事实上，格林尼治现在已经成了旅游和假日休闲的去处。

午饭后，我们驱车前往格林尼治。小镇变为了伦敦的卫星城。黑瓦白墙尖顶陡脊的洋楼整齐地排列在路旁，绵延不断。如茵的草地，扶疏的树木，盛开的鲜花，游戏的儿童，漫步的人们，美如图画，是我在英国见到最好的别墅区。遗憾的是，房舍楼宇，稍感单调。但千篇一律也不失为特色。

天文台不大，停车场不小。车位下是茂盛的小草，探头探脑，车位上是遮天的绿树，荫凉舒适。

天文台的院子很小，客人很多，量出为进，参观排队，需有足够的耐心。院子中央有一条嵌在地面大理石上长近10米的不锈钢线条，这就是享誉全球的划分地球经度的本初子午线。以此为“零度”，两边分为东经西经，站在中间，两腿就横跨了东西半球。而不锈钢线条的尽头，一边是不锈钢抽象地球仪，一边是砖墙，上有一块不大的电子屏幕，不断闪烁跳动着时间。1999年12月28日，一种新的格林尼治石英计时系统已经诞生，为全球电子时间提供标准。

红砖三层小楼拐角处乳白色的塔顶上，有一高杆，上有风向标。如果你在午饭前到达，可以看到红色时球于中午12时58分升起，13时下降。据说自1833年以来每天如此，目的是让过往泰晤士河的船只精确调校时间。

而院子栅栏外墙上，永远不变地挂着1851年安装的白面黑字大圆钟，世界各国均以此为计时基准，校对本国时间。时差也由此而来。圆钟上方白石块嵌写着：皇家格林尼治天文台。

钟前有一棵孤零零的古树，拍照者密密麻麻，很难插上，映衬着人们对科学的崇拜和尊重。小楼掩映在树丛中，登顶远眺，泰晤士河两岸风光尽收眼底，海军学院大楼、千年穹、伦敦眼、鸭蛋楼、金丝雀码头大厦……层层叠叠，就在近前。雾都伦敦没有雾了，一片开阔和晴朗，太阳赶走了阴云，金色的光辉洒满绿色的大地。

在位45年，被称为英国历史上最杰出的女王，伊丽莎白一世，就出生在格林尼治。她3岁时，生母安妮被砍头，13岁时，父亲亨利又死去。后因支持新教被捕，投入伦敦塔，关进监狱。苦难成为财富，艰苦造就倔强。经过长达25年的煎熬，1558年有幸继承王位。

从此英国大变。她宣布新教为国教，人们有了更多的发言权和生命自由。处死了阴谋策反的苏格兰女王玛丽，和平解决了苏格兰纷争，建立了庞大的英国海军，击败了西班牙无敌舰队。大不列颠开始了航运、探险、贸易、征服和掠夺，成为英国建立以来最强大的王国。

伊丽莎白一世终生未婚，否则，也许英国历史会重新改写。

格林尼治远眺

牛津大学一角

24 尖塔之城的追求

牛津，一座大学城，先有大学，而后才有了这座城市。

从伦敦去牛津，一路典型的英国田园式风光，草场如绿绒地毯，厚厚的，一望无际。小河似闪亮丝带，轻轻的，纵横阡陌。鲜花游艇，五颜六色。古堡碉楼，或方又圆。树林成片，湖泊装点。乡村别墅，宁静安详。偶然让你感到惊愕的是，左行车辆正面开来好像就要迎头撞上。

斯特拉特福 Stratford

牛津大学 Oxford

牛津新建筑

牛津的商场餐馆店铺都是为大学服务的，因而不大，却精致、紧凑。城市的主要人口就是学生和老师，以及科学研究者，因此十分安静。路上几乎没有行人，更没有喧哗，只有固定站点时间、通往各个学院的班车悄悄地行驶着。慕名参观的过客，也都轻步轻语。

牛津只有三种色彩：蓝色的无垠天空，绿色的草坪树林，黄色的校园建筑。

用梦幻或者幻梦形容牛津大学庄重的金黄尖顶楼宇是恰当的。从7世纪开始，在一千多年的岁月长河中，每座教堂、修道院、图书馆，每所不同时间陆续建立的学院，包括关押殉教者的监狱，都经过精心的设计，漫长的施工，座座都是建筑艺术精品。

作为1167年建校，世界上最早的大学之一，牛津有39个学院。每个学院风貌和学科不同，名称各有来历，但建筑都惊人相似：金碧辉煌，梦幻尖顶。无论从远处看还是从近处瞧，无一不震撼心灵。

牛津卡法斯路口

牛津大学叹息桥，一边是教室一边是考场

按传统的参观路线，我们首先从卡法斯塔开始。

卡法斯是牛津最繁忙的十字路口，名字来源于拉丁词，意思是四条道路。卡法斯一直是城市的生活中心，为了交通顺畅，移走了市场和水渠，被拆除的圣马丁教堂只留下了塔楼。黄色石块垒起的塔楼建于14世纪，外墙中部有一座圆钟，每15分钟就敲响一次，钟下有一壁龛，有两个身穿罗马军队士兵制服的人偶。塔顶有十字架和风向标，登高可眺望全城。每一位参观者一般都从这里向大学深处寻去。

沿着城市指南步行路径，我们依次走过：圣麦克尔教堂，现存牛津最古老的建筑。殉道士纪念碑，新教大主教和主教被烧死的地方，在捆绑他们木桩的街面上竖起了十字架墓塔。艾希莫林博物馆，藏着黄金、珐琅和水晶制作的稀世珍宝。晓东宁剧院，用于举行毕业典礼、授予学位、音乐会和演讲的地方。克列顿建筑，宫殿般的行政管理中心。叹息桥，连接两座中世纪大厅，形成贺福特学院。拉德克利夫图书馆，最典型、最上镜的

三一学院

牛津标志建筑物，圆形的大学私人阅览室。

牛津大学图书馆，著作权中心，藏书800万册，有很多中文古籍珍本，级别仅次于大英图书馆。馆内藏书，只能阅览，不准外借，就是女王也不例外。读者入馆要宣誓不偷拿损毁玷污书籍。做笔记必须使用铅笔，防止划损书籍。据介绍，图书馆地下已经挖空了方圆几英里，全做了书库，如书架列队有近200公里。当年，钱钟书先生是这里的常客，并取名“饱蠹楼”，寓意诙谐而深刻。

还有贝列尔学院、三一学院、新学院、女王学院、万灵学院、默顿学院、莫德林学院……

还有耶稣学院、林肯学院、基督圣体学院、奥瑞尔学院、埃克塞特学院……

这些平均200岁以上的建筑，有的像古堡，有的像剧院，有的像宫殿，有的像教堂；有的临街，有的靠水；有的草坪宽阔，有的鲜花绽放；有的

基督圣体学院

古树参天，有的绿叶满墙……

辉煌的学术成就之光从这些尖塔如林的神秘建筑物中透射而出，而具有等级意识、发言标准、肃然有礼、绅士风度却毫不通融的门卫，将学术精英与市民阶层分开，又增加了大学的森严感。

不大的木门，推开就是院落喷泉，教室整齐地排列四周。

不大的石门，走进就是层叠柱廊，图书馆阅览室藏在其间。

穿过学院间的栅栏、小径，不小心又闯进了礼拜堂，彩色玻璃，长条桌椅，烛光闪烁，唱诗低颂。

走进一些小巷，或教学楼某一侧，会猛然发现一些墓地，有的竖着碑，有的躺着棺，周围古树屹立，青草葳蕤，而大学生们就坐在墓边，读书聊天，悠然自得。

偶尔出入不知名建筑，又见圣徒塑像，油画挂毯，方庭拱顶，钟楼雕梁。

贝利尔学院

《哈利 · 波特》选择牛津大学作为拍摄场景，实在是个不错的主意。

“那甜蜜的城市，是梦幻尖塔之城。她无需激情的六月，为自己的美丽锦上添花。”有人这样咏叹牛津。

神学和科学的双重氛围，牛津处处静穆、幽秘、古典、博大，底蕴深

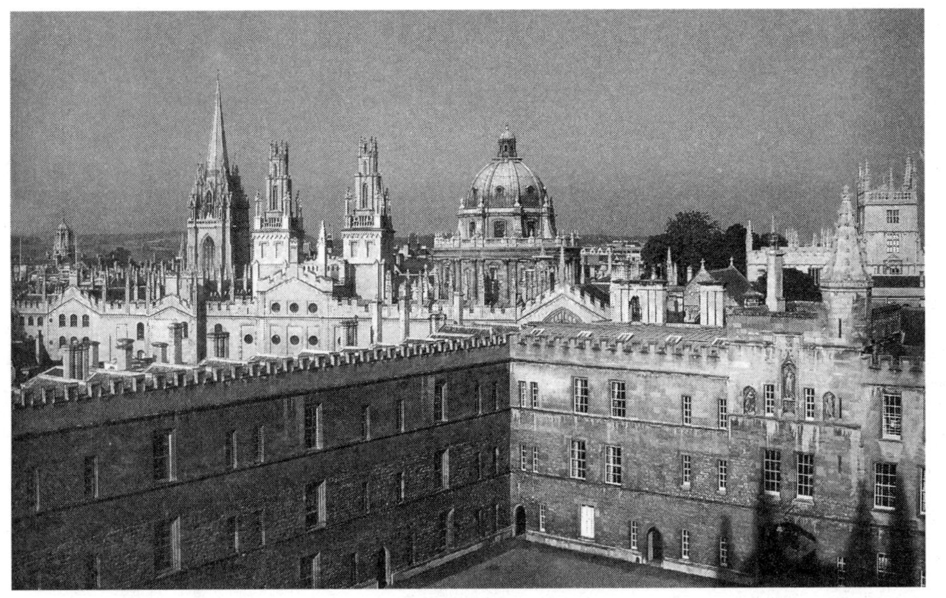
新学院

厚而传统悠久，一篇真正的月宫童话。

临别前，我走进了布莱克威尔书店反复上下徜徉。开始出售二手书，只能容纳3个顾客的小店，现已是世界上最大最知名书店之一。其中坐落在原址，铺着绿色地毯，书籍一直堆到屋顶的诺林顿书室，目前是英格兰最大的藏书室。

最后之际，沿着只有一人肩宽的陡峭石阶，拾步而上，我登上了尖塔耸立牛津最高的圣玛丽大教堂屋顶观景台鸟瞰全城。这里是牛津大学的核心，克兰麦大主教曾在此接受了死刑宣判，现在仍是风格华丽牛津建筑的代表。

这里还曾经是牛津发生冲突大斗殴的集合地。1355年2月10日，因醉酒学生和酒馆老板动起拳脚，学生和市民都大打出手。2月11日，市民在当地村民帮助下，扛着铁锨、长矛和锄头回来了，发生了大规模械斗。当天傍晚，63名学生和30名市民死于非命。国王爱德华三世亲自过问，派兵镇压了暴乱并决定牛津处于大学辖制之下。市长锒铛入狱，大学的权威地位得以加强。此后的500多年，市长、士绅、官员、选民、各种组织代表都要在“圣学者日”，在圣玛丽大教堂举行宗教仪式，为以前的过错忏悔。

埃克塞特学院

于是，尊师重教之风，尊重知识人才之风，学术自由之风，在牛津日盛。更多的学院在牛津成立。

从这里产生了数不清的学术成果。

从这里走出了哈雷、霍金等一大批科学家。

从这里培养了希思、撒切尔夫人等英国大部分首相。

从这里东迁80公里的部分师生，又创立了另一所世界著名大学——剑桥。

如今，牛津有了新的更高的追求。

欲投1亿英镑打造“布拉瓦尼克政治学院”，旨在成为全欧洲培育“明日世界领袖”的学院。从2012年起，每年招收120名学生。

一位副校长说，牛津培养了许多英国首相和一些世界领袖。但现在培养领袖的国际政治学院都在哈佛等学校，布院成立后，将修正这种不平衡。中国学生欲报考学院硕士课程，须是211工程大学毕业，四年学科平均成绩85分以上，雅思考试7分以上。

在英国，大学校长薪水比首相高，更不要说政府部长了，几乎是议员

圣·约翰学院

的3倍。对此，民众普遍表示了担忧和不满。但大学校长工会对此并不认同，认为“大学校长的薪金反映了高等教育机构所处的竞争性国际环境。高校业务复杂，大学校长必须具备应对这种挑战所必需的经验和才能，拿高薪是合理的”。尽管校长薪水高，但学校经费却日益捉襟见肘，严重不足。牛津校长说，“中国高校的新楼，牛津快比不上了，最特别的优势，导师制，因昂贵而遇到财务的挑战。”前任校长则说，“牛津已连续多年亏损，年财政赤字2千万英镑。”穷大学，富教育。老牛津面临新危机。

牛津路边小店

美丽的斯特拉特福小镇一角

25 埃文河的悬疑

斯特拉特福 Stratford

斯特拉特福，埃文河畔的一个小镇，名扬世界是因为莎士比亚的故居在这里。

镇有小街，小街不宽。不宽的还有埃文河。河畔镇边有一座灰黄色的多塔式教堂。教堂有钟楼。钟楼顶上是冲天的十字架。弯曲街道的两侧，中世纪的古典建筑依旧完好。镇中心是一个圆形花坛。镇内很少走汽车，马车载着游人过往。

块石铺就的亨利街，有小店、书屋、餐馆、民居，高也就不过两三层，部分是平房。莎士比亚的故居是一幢临街的带有阁楼的两层小楼。土黄色的泥墙，褐色瓦顶，既加固又装饰的宽木条已经发黑。楼旁有个木栏矮门通往后院，随意长着灌木、花草、野菜、小树。通过院落，可以进入莎翁故居的厨房、餐厅、书房、卧室，依次参观。临街的正门有个小小的廊沿，上有一块绿色木牌写着：“莎士比亚出生地”。

莎士比亚诞生地成为旅游热点，已有300年了，至今，每年还吸引着200多万观光客。故居几经修缮都保留着原先的风貌不变。在展览馆看过莎翁的生平著作影像资料后，我们从后院进入故居小楼。所有的房间都拥挤狭窄，家具粗重，床也很小。楼上房间更低矮，陈列的日常生活用品，书桌比较醒目特别。人们考证当地当年的习俗，推断出莎士比亚诞生的房间，并把房间布置成原来的模样，还在摇篮里放了一个裹在襁褓中的塑胶娃娃。父亲是个皮货商，家中还有制革工具。同欧洲其他人文景点不同，来小镇游览的团体组织比较多。我们在时，正有学术会议假地召开，与参会者集体参观，并合影留念——他们是莎士比亚迷。

斯特拉特福镇教堂

奇怪的是，在圣三一教堂莎士比亚的墓碑上，没有文字记叙他的成就，也没有文字表达后人的缅怀，而是有“守墓诅咒”。

莎翁的墓在供奉耶稣圣坛的旁边，一个非常醒目的地方，墙上还有半身雕像。墓碑不高，有几行古英语。

工作人员向我们解释，安葬在教堂里的每一位死者都希望离圣坛最近。最初的墓地是死者家属买的，多付钱就有好位置。但多年后，棺木就会被移走，靠近圣坛的地方就会空出，让新近死去的人埋在那里。这也成了教堂生财之道。

莎士比亚的墓地离圣坛最近，但一直没有搬离，并不是

斯特拉特福小镇街景

因为他是名人，而是受到了他自己撰写的墓志铭的保护。

聪明而洞察死后待遇的莎士比亚写道："蒙天主仁慈，不要触碰我的墓。那些让我的墓地保持原样的人们会被保佑，而碰我身体的人将遭到诅咒。"

而事实上，莎翁写下的句子还真起到了他所预想的作用，几百年了，没人移动墓穴。

整个斯特拉特福，弥漫着的都是莎士比亚。你可以到莎士比亚书店买他的著作，可以到皇家莎士比亚剧院欣赏演出，可以到莎士比亚商店购物，商品包括印有莎士比亚头像的服装、光盘、巧克力、茶叶盒，以及印有年表的文具……

寂静无名的小镇，因为艺术巨匠莎士比亚变得热闹起来，并延续着。

在莎士比亚诞生地周围，还有其孙女故居纳什住所，女儿故居霍尔农庄，妻子故居哈瑟维茅舍，母亲故居乡村博物馆……

关于莎士比亚，需要多说的不是故居，而是著作。

威廉·莎士比亚，1564年生，因家境渐衰，13岁便因交不起学费而辍学。18岁时娶长他8岁的安妮·哈瑟维为妻。22岁去伦敦，开始为观众看

莎士比亚故居

马，再当剧场杂役和演员，为张伯伦爵士剧团写作。在公众认为剧作家比剧团更重要之后，莎士比亚的名字才开始出现在剧本上。

莎士比亚一生创作可分历史剧、悲剧和传奇剧3个时期。剧本创造载入史册的悲剧，除《哈姆雷特》、《奥赛罗》、《李尔王》、《麦克白》四大悲剧外，同时还有凄婉的《罗密欧与朱丽叶》。37部世界经典戏剧，创造性地运用和发展了英国语言，妙趣横生地书写了2万多个单词，是世界文化史上词汇最丰富的作家之一，被认为是英语世界难以超越的高峰。远在美国的芝加哥市竟决定将莎士比亚的诞辰确定为“像莎士比亚一样说话日”，以此鼓励市民说话用莎士比亚语言。

于是，怀疑产生了。只受过初等教育能写出如此鸿篇巨著吗？特别是莎士比亚最初的《亨利六世》、《理查三世》等历史意味深厚的剧本问世后，有人就公开评论和谩骂：“有一只暴发户式的乌鸦，用我们的羽毛装点自己，用一张演员的皮，包起他的虎狼之心。他写了几句虚夸的无韵诗就自以为能同你们中最优秀的作家媲美。他是个地地道道的打杂工，却恬不知耻地以为举国只有他能震撼舞台……”

怀疑的理由是：没上过大学，甚至没上过中学的莎士比亚，父母妻儿

莎士比亚展览馆

全是文盲，不可能通晓拉丁文和法文。没有贵族血统和生活阅历，即使博览群书，也不可能对宫廷生活、王室习惯、政治阴谋、萧墙谋杀这般熟悉和洞察。没有在遗嘱中对手稿、剧作做任何交代，只是指定了财产分割，还特别指明把旧床分给妻儿，不像作家，更像经营小本生意的商人。没有很多的时间，不要说构思创作，就是照抄也需多年才能完成这般浩瀚的文字，况且故居中皮革商儿子的姓名和莎士比亚笔名非常相似。

于是，又一种怀疑产生了。莎士比亚是谁？谁是莎士比亚？这个躲在笔名背后的文化巨人藏在哪里？

有人说是哲学家培根。有人说是另一位剧作家马洛。还有人更大胆荒诞地说是伊丽莎白女王，身边的贵族和御用文人参与了创作。更多的人猜测是“牛津伯爵”维尔。

维尔家庭富有，门第高贵。早年丧父，母亲改嫁。少年时代才华出众，就读剑桥和牛津大学并获学位。他访问过欧洲多国，曾被海盗抓获。他怀疑妻子红杏出墙，自己却使王室妇女怀孕，被关进伦敦塔，出狱后又遭情妇朋友袭击。他对戏剧诗歌颇有造诣，复杂的生活背景和经历，都能在莎士比亚剧本中找到影子……

莎士比亚出生的房间

关于著作权的争论，中外皆有之。比较著名的是《红楼梦》。

中国复旦大学统计运筹教授，在美国威斯康星大学使用当时世界最先进的软件，在计算机上工作几百个小时，运用模式识别法和统计学家惯用的探索性数据分析法，以红学界公认的47个虚字为识别特征，对在各回中的出现频率进行统计分析并制作了300多张图表。认为，120回《红楼梦》不是曹雪芹作前80回，高鹗续后40回，而是曹增删《石头记》并插入早年小说《风月宝鉴》内容形成前80回，后40回是曹家亲友搜集曹原稿补写而成。高鹗校勘异文、补遗订讹，也有功于《红楼梦》。这只是一家之说。

剧本，记在本子上的剧。剧本，一剧之本。

在戏剧发展史上，早期是先有剧，再有本；后来才是先有本，再有剧。

于是，第三个疑问产生了。莎士比亚剧本是在演出中记录并收集起来的？莎士比亚也在剧团之中，记录并收集者是剧团中的演员，和莎士比亚同时代的剧作家曾为演员收集的莎士比亚全集写了献诗。

也许，莎士比亚这个人根本就不存在。莎翁剧本是集体创作的结果。

以上的种种怀疑，都难定论。虽然纷争不绝，但大多数人们还是确信莎士比亚及其剧本的存在。这可能同当时英国贵族统治所造成的社会意识有关，普通人不被重视。他们欣赏高品位的剧作，却不相信剧中的演员可以进行艺术创作，更何况是传世绝作。其后断断续续发现的残存手稿，为莎士比亚做了证明。

随着时间的推移，怀疑和确信，都变得不那么重要。莎士比亚的剧作，还在反复地长演不衰。更多时候，人们把剧作视为一种珍贵的文化遗产，小心呵护，细细品味，并开始研究、纪念、期待。

莎士比亚退休后回到了斯特拉特福。历史画了一个圆圈。出生地变为去世地。1616年，莎士比亚结束了在小镇的生活，离开世界和来到世界竟是同一天，4月23日。

华美乐章在一个永久的休止符中收尾。弦断音止，万籁无声。

但人们记住了莎士比亚："整个世界就是一个舞台，所有的男人和女人都不过是一群演员，都有自己的入口和退场处……"

布伦海姆丘吉尔庄园

26 布伦海姆的委屈

布伦海姆 Blenheim Palace

布伦海姆宫，丘吉尔庄园，英国最大的私人宅邸。严格地说，只是丘吉尔的出生地。主人第一代先祖是马尔伯勒公爵。

英国安妮女王对布伦海姆战役中击败法国感到非常欣慰，她重金奖励了马尔伯勒公爵约翰·丘吉尔，以表彰他的赫赫战功。耗时17年，公爵用赏金建造了宫殿，并取名布伦海姆。

按长子继位的传统，丘吉尔的伯父成为第八代公爵。1874年的一天，丘吉尔父母应邀出席兄长的聚会，并参加贵族风尚的野外狩猎。可能因为剧烈活动，丘吉尔的母亲

布伦海姆丘吉尔出生的房间

提前6周分娩了。仆人们急忙把她送回宫殿，进大门便扶入了右首作为更衣室的第一个房间。温斯顿·丘吉尔，世界著名的英国战时首相诞生了。这位手不离雪茄，体壮肥硕的贵族后裔、公爵嫡亲，同斯大林、罗斯福一起打败了希特勒，捍卫了大不列颠的尊严。正如丘吉尔母亲临死所言："我这一生没有什么遗憾，我为英国生下了丘吉尔！"

庄园实在是太大了。

一片平原，还要加上森林，绿地，湖泊，牧场，田园。沿着弯曲的道路，驱车良久，才能到达橙黄色的宫殿群。

宫殿院落宏阔，花园别致壮观。正门外，一条笔直大道，越过河流桥梁，通往远处的原野，通往高高地矗立着为纪念那场战役胜利而竖起的石柱和雕像。纪念碑前，绵羊成群，好像朵朵白花，散落在坡地上。

我站在殿外厚厚的草坪上，极目眺望，似乎看不到尽头。不禁感慨，这才知道什么是贵族庄园，什么叫远离喧嚣，回归自然。

据说，如果骑马，任其驰骋，就是累趴下了，也跑不出庄园。现在的游客大都是乘着小火车参观。

这座气势非凡的宫殿内饰豪华。首先走进20米高的宽敞大厅，陈列着赢得战役又赢得宫殿的伯爵一世的巨幅画像：长发披肩，相貌堂堂，白衬衣，黑盔甲，左手掐腰，右手拿着单筒望远镜，侧目远视。

继续前行，就是丘吉尔展览馆，有四个房间专门展出温斯顿爵士的生平、工作、著作和功绩。

丘吉尔出生的房间被精心布置了。中心是地毯上的大铜床，橘红色被褥。床头墙上挂着丘吉尔母亲的油画像，据说是丘吉尔自己画的。梳妆台和壁炉台上，放满了纪念照片。玻璃橱柜上放着一件白色绣花的婴儿背心，丘吉尔出生时穿的。大床旁还放着丘吉尔当首相时穿的拖鞋及睡衣。

从丘吉尔出生房往里走是长廊，陈列着丘吉尔的照片和遗物。

宫殿侧门另辟一处小院，是庄园接待中心和纪念品专卖店。物随主贵，专卖店经营的纪念品竟是知名瓷器和玻璃器皿，还有高级织物，价格都高得惊人。仔细阅读庄园的英语图文介绍，丘吉尔仅占展出内容十分之一还不到，更多的是宫殿内铺排奢华的宴会厅、餐厅、客厅、廊房、小堂、楼阁的装饰、雕塑、油画、陈设、家具，以及丛树莽林，深邃壮丽，堪比凡尔赛的花园秀色。家谱也记叙得清楚详尽。特别令人难忘的是长达50多米的图书长廊，典藏浩瀚，金碧辉煌。还有每个房间巨大的壁炉上都摆放着的中国古董和瓷器。

布伦海姆花园秀色

现在庄园居住的是第十一世公爵和夫人。据说公爵是一个瘦瘦的老头，一个有魅力的人。他每天都面对着主次不分的烦恼和失落。他想对每一位参观者强调：这里是马尔伯勒公爵的布伦海姆庄园，丘吉尔是我们嫡亲一支，是七世公爵的三儿子，只是一代人，而我们的家族则高贵而久远。

其实，老公爵也应愉快才是。丘吉尔为祖上增添了新的荣耀，延续并烧旺了家族的香火。没有丘吉尔，也许布伦海姆会寂寞衰落。

温斯顿和约翰一样，他们都是因为一场战争的胜利，而留名历史。

布伦海姆图书长廊

伯明翰运河

27 工业废墟的重生

伯明翰 Birmingham

依依不舍地离开斯特拉特福，我们前往英格兰第二大城市伯明翰。

被称作“北方威尼斯”的伯明翰坐落在运河网络的中心位置。实际上运河比威尼斯还要多的伯明翰，被外界所认识的，却是工业废墟的别称，深受人们诟病的罪恶和污染的地区，绝对算不上旅游胜地。

伯明翰原来只是个小小的村庄，14世纪后发展成一个镇。成为英国工业革命的发源地后，城市迅速发展。这里诞生了许多影响人类的重要发明，包括蒸汽机。在19世纪中叶，从曲别针到轿车，再到铁路机车和海运船舶制造，几乎工业发展的一切成果都在这个曾经的“世界车间”中得到体现。兴旺发达的制造业是这座城市生生不息的源

考文垂市政厅

泉。作为全球最大的金属加工区和英国冶金机器生产的创始地，伯明翰工业产值占全英的五分之一。

残酷的“二战”空袭，曾经使这座古老的文明城市千疮百孔，满街瓦砾。遗憾的是，战后重建的规划者急功近利，建设者急于求成，彻底消除了古城中心的痕迹，被英国称为最丑陋的城市。而被英国人称之为“史上最丑”的建筑物，则是伯明翰的图书馆。这座1974年的建筑，被查尔斯王储比喻为“像焚尸炉”，“它不是藏书的，反而像烧书的”。英格兰文化遗产协会讽刺性地建议将图书馆列为国家遗产，因为它“见证了城市建设的一个时代”。

作为匆匆过客，我们看到的部分景象的确称得上很糟糕。

临近傍晚，我们下榻在一处外形很像旧式宫殿的宾馆。红砖厚墙，窗户很小，房间狭窄得除了床，几乎连站立的地方都没有，地板吱吱作响，家具陈旧。倒是餐厅格局，透出了当年的气派和豪华。据说还是伯明翰一家很不错的星级酒店。

饭后，带着好奇，我们步行外出探幽。

果然，宾馆在工业区，周围全是厂房和仓库，马路上几乎没有行人，偶尔有人也是快步通行，好像担心着什么。汽车开着大灯，行进速度很快。

正走着，两位大个子黑人开着一辆旧吉普戛然而止，停在面前，吓我一跳，幸好没发生什么，只是向我问路。笑话，我是仔细研究了宾馆提供的地图才敢往外走的，怎么可能为别人指路。我摇摇头，吉普车快速消失在黑暗中。

街道两旁，几乎所有的工厂大门紧闭，车间默不作声，静悄悄地站立在夜幕中，没有灯光，没有机器的轰鸣，没有车辆进出来往。走很长时间路看到的几位工人，却都是值班看守。从外面看，厂房玻璃残缺不全，甚至从破烂的窗户可以看到长高的杂草，而且伸到了窗外。路上狗屎不少，没有人清扫，散发着淡淡的腥臭味。有一个厂区变为了停车场。见到一个门面营业，却是修理擦洗汽车的。或许，新的技术革命，新的科学浪潮，新的产业调整来得太快，伯明翰还没准备好。

考文垂酒吧小街

在靠近市中心的地方，商店、影剧院，还有日本、韩国料理，大都关门打烊，一片冷清和萧条，只有中国城餐馆灯光还在闪亮。而这时，还不到晚上8点。

一个玻璃大橱窗前，围满了人群在看着什么，我也凑了上去。原来上面贴满了中英文纸条，全是招聘和求职信息，其中两张用汉语表达。一位张姓律师自诩可以代办保险、诉讼业务，还可以代办签证、居住、移民等手续。一位刘姓武术师宣称，教中国拳脚功夫，学会可打遍伯明翰无敌手，对英国人价格优惠。更多的英文小广告是愿当服务员和雇用临

伯明翰运河边上的小咖啡馆

被炸毁的教堂废墟

时工。

灯火处，是各种酒吧、咖啡馆、舞厅。中国餐馆飘出来的是麻辣串的香味。首饰钟表店正在下班，哗啦啦地往下拉着卷闸门。

伯明翰的晚上，给我的最初印象是传统老工业城市的衰落和无奈。

伯明翰的运河总长比威尼斯还要长，作为工业革命时期的交通命脉，现在成了浏览观光项目。翌日早饭后，我们去了河网中心地带的加士街。

和威尼斯截然不同，运河两岸没有古时宫殿和民居，而全是厂房和仓库，有新有旧。河道经过修治，整齐干净，水质尚好。沿滨河小路栽种了许多树木和花草，建造了一些人工景点，算是有特色的。尤其是岸边老仓库厂房改造的酒吧、咖啡馆和夜总会，则别有韵味。红砖绿顶，不规则的几何形廊沿，高高低低，错错落落，紧贴着河水。露天的桌椅遮阳伞，有的在房顶，有的在阳台，有的在墙角。水中停着玻璃顶小轮船，瘦体短身矮篷，以便在弯曲狭窄的河道中航行。

我们和一位中年有色人攀谈起来。他是牙买加人，以前在工厂是工程师，现在以船为生，是舵手，家就在船上，有客人就拉着转转。他对目前的状况不满意，但也没办法，只能如此，工作实在难找。据说，伯明翰移民百分之三十来自加勒比和南亚地区，是牙买加以外牙买加人最多的地方。

我们没有乘船，而是沿河沿继续步行，仔细地品味着两岸的景色。

如何使老工业城市反弹琵琶，浴火重生，以适应变化的世界和生活，或许是所有相同命运的城市都无法回避的相同问题。

英国人曾把纽卡斯尔评为最有礼貌的城市，而把伯明翰评为最没礼貌的城市，其实不然，我们所到之处，闲坐酒吧的人不是举杯微笑就是热情招呼。

我们在维多利亚、张伯伦广场附近的步行街徜徉。幸运的是，这里比较完好地修复了伯明翰精美的古代建筑，多少改变了前一天晚上的不良印象。

考文垂教堂

这里照例具备了欧洲广场的四要件：教堂、雕塑、喷泉、纪念碑。因规模不大，也就不那么有名气。伯明翰的名气不是建筑、宗教和艺术，而是工业制造。异常抢眼的是东北方向的市政厅。这座秀美精致的尖顶宫殿，造型独特，面对大街，衬以高耸的钟楼，显得有些雄伟了。漏过了德国的疯狂轰炸，更加珍贵。值得称赞的，是每间房屋的窗台上都摆满了盛开的鲜花。城区西北角，就是几乎被绿色植物掩映的中心图书馆。但我想不明白，这座倒金字塔形图书馆，怎么被评为最丑建筑，可能设计者过多地考虑了功能的需要，而忽视了外观的艺术气质。其实，这类建筑风格在“二战”后的五六十年代重建期，世界各国都很普遍，尤其德国。

作为工业基地，武器的主要生产城市，伯明翰理所应当地成为德国轰炸机的投弹目标，中世纪的古建筑毁坏殆尽。我们参观了东20英里考文垂一座虽然不算宏大，但可以说是留下了战争疮疤的绝美教堂。

在一片高地上，红褐色的岩石教堂被炸得只剩单墙躯壳，残垣断壁。雕刻尖柱，孤独地站立着。大门和窗户已经残存不全，原大厅只留下坑坑洼洼的空地。教堂门口和塔顶的雕像幸存下来。一块巨大的蓝底白字牌，立在草坪边，述说着痛苦的回忆。

考文垂人并没有简单修复，而是采取了保护，原样不动地留在了那里。战后，在和遗址有走廊连接的近处，则新盖了一座钢架结构玻璃幕墙塑胶地板的现代化新教堂，名叫圣迈克尔。我们走进去，正有人祈祷，烛光闪烁，颂唱低吟。近在咫尺的教堂外是一片居民社区，人们在鲜花绿地石径树影房舍间散步。

将工业残骸建筑改造为购物、就餐、娱乐为一体的休闲好去处，伯明翰是成功的。还不仅仅如此，外观优美、风格别具，新的大型综合性时尚中心，也建造得摩登时尚，并有艺术展览。

28 海格特的颤栗

○ 大英博物馆 British Museum

在一片有中国餐馆的市中心街区，我们回望着高大建筑的穹顶尖楼，驱车赶往伦敦，去机场迎接从丹麦哥本哈根飞来的代表团团长。

回到希思罗机场，照旧是拥挤不堪，到处是印巴移民。狭长的出口处，站满了接机的人群。航班晚点了，我们急切地等待着。当飞机落地，机上乘客已经全部走完，我们正在绝望之际，一个熟悉的身影才犹豫地走出。

下飞机，团长又遇到麻烦。因持临时旅行通知证，自然机场方面要多问多看，还有就是出关要填表。填写不好，安检人员就不放行。旅客身份不同，出关通道就不同，分英国、欧盟和其他三个通道。他被格外“关照”了。

他说，眼看着行李出口就剩下他一只箱子，传送带转了一圈又一圈，已经停住。箱子就要被收走时，他急中生智，拉着一位工作人员不断打手势，在安检处，豁出去硬闯，才勉强出关的。

此时，大家都松了一口气，赶快去住处，为团长接风洗尘，明天继续采访。但在英国的时间已经所剩不多了。

我们决定调整采访项目，放弃肯辛顿皇家公园骑士大街、世界名店哈柔慈，保留大英博物馆，增加海格特公墓。还有，陪着团长在伦敦市中心的主要地带，重新走一遍。

大英博物馆，成立于1753年，英国文物最多最大的收藏机构，是世界上历史悠久、规模最宏伟的综合性博物馆，和纽约大都会、巴黎卢浮宫同列为世界三大博物馆，收藏文物图书之丰富繁多，无馆可比。参观大英博物馆，对中国人来说，心理备受折磨，展品告诉你，当年列强怎样食肉弱国，掠走了多少稀世珍宝。

现在的大英博物馆位于伦敦的鲁塞尔大街，建于19世纪中叶。8根巨大的罗马圆柱，托着巨大的三角顶，刻有巨大的浮雕，像一座巨大的宫殿，气魄雄伟，蔚为壮观。可以说，建筑本身就是一件大展品。

一大早我们就洗漱整理完毕，想趁众多参观者没到达时，先睹为快，避免拥挤。

我们是从后门进去的，刚到门前，导游就指着两只大石狮吼道："看，这是从中国抢来的！"

博物馆建设本意，就是专业展览，设计得合理、大方、宽敞、霸气，外形和布局已成为博物馆之经典，后来者竞相仿效。馆内灯光特别讲究，暗淡，明亮，深幽，通透，变幻，都是为了突出展品。馆内面积比故宫博物院大，展品多得难计其数，欲想仔细阅读，没有多日肯定不行。即使粗枝大叶，走马观花，怕也得起早贪黑。据介绍，由于空间受限制，600多万件藏品轮流展出，尚有大批没有公开。

资料表明，博物馆原来是私人捐赠的图书馆，1754年购买蒙塔古大厦为馆址，1759年首次向公众开放。1823年英王乔治四世在蒙塔古大厦基址上修建了现在的古罗马式大厦，并捐赠了许多皇家藏品，遂成为今天的庞大规模。

馆藏品最初来源于英王乔治二世的御医、古玩家汉斯·斯龙爵士收藏的8万余件文物和标本。乔治九世也捐赠了他父亲的大量藏书。开馆以后的200多年间，继续收集英国及全世界各个古老国家的文物。1880年，自然部分出，建成英国自然历史博物馆。1973年，图书馆分出，建成不列颠图书馆。

大英博物馆目前包括埃及文物馆、希腊和罗马文物馆、西亚文物馆、史前及早期欧洲和中世纪与近代欧洲文物馆、东方艺术文物馆，版画和素描馆等10个分馆。

人类文明发源地巴比伦、印度、中国和希腊的珍贵文物比比皆是，其中以埃及、希腊罗马和东方艺术馆最引人注目。

据统计，仅古代埃及部收藏的文物就达7万余件，有大型人兽石雕，多种雕刻、壁画、金玉首饰、镌石器皿以及金字塔和狮身人面模型，时间可追溯到5000年前。为数众多的木乃伊是埃及本土之外的世界之最。

希腊罗马部的收藏是一个亮点。展出有古罗马历代皇帝半身雕像、雅典卫城出土的雕塑、黏土版文书、陶壶、金器，来自于帕特农神庙的命运三女神雕像群和建筑遗址，均为最令人神往的艺术绝品。

被专家特别点名，列为镇馆之宝的藏品很多，如道教人物像、元代鳜鱼图案青花瓷盘、法老阿孟霍普特三世头像、拉美西斯二世头像、弗兰克斯首饰盒、波特兰花瓶……

实事求是地说，大多名称都是我第一次听讲，到底有多大价值也不太懂。好在，是中国强大了，博物馆内备有中文版的说明，虽不详，但大体还是可以看得明白。比较清楚的是，这些不可再生复制的骇世惊俗之作，大都是抢来的，或是割地赔款夺来的，即使有少数买来的，当时也是勒索价。

镇馆之宝中的古代埃及部分举两例：

《亚尼的死者之书》，公元前1300年至1200年，通常为长卷形式，依财富多寡，分成若干，甚至更多的段落，流传至今最有名的段落则是“称心仪式”。

《罗塞塔碑》，一块制作于公元前196年的大理石碑，原本是一块刻有埃及国王托勒密五世诏书的石碑，上用希腊文字、古埃及文字和当时的通俗体文字刻了同样的内容。由于石碑刻有3种不同语言版本，使得近代考古学家得以有机会对照各种语言版本的内容后，解读出已经失传千余年的埃及象形文字的意义与结构，而成为今日研究古埃及历史的里程碑。罗塞塔石碑自1802年起就保存于大英博物馆并公开展示。

最引人注目的当数东方艺术文物馆，有来自中国、日本、印度及其他东南亚国家的文物10多万件。中国陈列室就占了好几个大厅，有新石器时代的玉琮、玉刀、玉斧，仰韶文化时期的彩陶，商周的青铜器，秦汉的铜镜，汉代的漆器，北朝的造像，南朝的青瓷，唐三彩及经卷、丝绸、绘画，宋代的官窑、哥窑、定窑、钧窑瓷器，元代的青花瓶、釉里红瓷器，明代的掐丝珐琅等，可谓门类齐全，美不胜收，应有尽有，登峰造极。

其中最名贵的为《女史箴图》、宋罗汉三彩像、敦煌经卷和宋、明名画。商朝铜尊为两只连体的绵羊，中间驮着一个圆形的尊筒，造型非常美观、精巧。一只宋朝的瓷酒壶，底座和周围是一朵荷花，壶盖上坐着一只狮子，是难得的珍品。唐三彩菩萨像，眼角藏着忧伤，嘴角挂着怒叱，忧伤的是思乡，怒叱的是离乡。

东晋顾恺之《女史箴图》是当今存世最早的中国绢画，是尚能见到的中国最早专业画家的作品之一，在中国美术史上有划时代的意义。现在世界上只剩两幅摹本，只有特别的专家被批准同意后才可获得看一下的机会。

一幅被北京故宫博物院收藏，笔意色彩皆非上品。另一幅就是大英博物馆中的这件，本为清宫收藏，是乾隆皇帝的案头爱物，藏在圆明园中。1860年，英法联军入侵北京，英军大尉基勇从圆明园中盗出，并携往国外。

1903年被大英博物馆收藏，成为该馆最重要的东方文物，称之为“镇馆之宝”毫不为过。该摹本存放于馆内的斯坦因秘室。据报道，南京师范大学敦煌学研究中心艺术研究室主任谢成水，2002年曾偶然在秘室看过这幅摹本，当时登记册上只有上个世纪20年代两个日本人来现场临摹过的记录。

画，有价值，成为无价宝，同绘画的原意完全抵触。画，有价格，双方买卖，随后成为珍藏品，又失去了绘画的本来价值。

绘画原是供人欣赏的，被抢劫走，又深扃画库，成为秘物，实际成了一种悖逆。

掠夺了全人类的共同财富，却炫耀着自己的掠夺物于博物馆密室之中，不仅成了世界的罪人，也成了绘画的敌人。

在中国厅墙上还有几十平方米的敦煌壁画，其割痕虽犹可见，却难掩其久远的鲜丽及三位“浓丽丰肥”菩萨的雍容华贵。大英博物馆收藏的国宝级敦煌画卷多以万计，除了这幅壁画，其他敦煌藏品在中国厅内难觅踪迹。

1856年到1932年间，多个所谓的“西方探险家”，以科学考察为名进入中国西北地区达60多次，每次都掠走大量文献文物，尤以1907年匈牙利人斯坦因和法国人伯希和在敦煌藏经洞劫掠的5世纪至11世纪的壁画和经卷最多。经卷除佛经以外，还有拜火教、摩尼教、景教的经典。

一座大英博物馆，一部世界文化发展史。

徜徉在浩瀚的文物中，我多次迷失方向。在一个个杰作前，无论是残石、雕塑，还是名画、器物，我都无法抵抗，成为俘虏，当然还有知识的匮乏，难解的迷茫，感到了无法形容的惊奇、想象、赞叹、战栗。只能整体迅速扫描，个别稍加观赏，来不及细看和品味。

最近，中国在全球寻找150年前流失的文物，追讨被外国军队掠走的国宝，已经导致中国民意和西方藏家之间的多次强烈对抗，并让西方有些国家处境尴尬，非常害怕。2009年2月，有关圆明园兽首的诉讼在巴黎大事法庭开庭时，各大博物馆长都很紧张，害怕判决结果不利于他们的收藏和拍卖。

1860年，英法联军火烧劫掠圆明园，是中国的百年耻辱。海外寻宝之旅，就是要洗雪耻辱。联合国教科文组织曾经公布数据，中国流失文物达164万件，被世界47家博物馆收藏，而伦敦大英博物馆是收藏中国流失文物最多的。展出部分不多，是因为九成的中国文物被封藏了。在伦敦庆祝中国春节之际，曾极为难得地向公众展示了东晋顾恺之的《女史箴图》唐摹本。

法国作家雨果曾经写道："两个强盗走进了圆明园，一个叫法兰西，一个英吉利。我希望有一天涤清了自我，我们把这抢来的东西送还给中国。"包括埃及、希腊、土耳其都曾要求大英博物馆归还文物，馆长的解释说："大英博物馆是人类伟大的成就之一。它可以保存世界所有成就。"

中国追讨国宝文物的脚步不会停止。

我们来到欧洲最大的有顶广场，位于博物馆中心的大中庭，并走进别致宏阔的圆形穹顶阅览室。这里是马克思为他的不朽之作《资本论》收集资料和写作的主要场所，同许多参观者一样，我来此就是要寻找到马克思当年在图书馆常坐的座位。

在要求从小粗知马克思主义的那个年代，中学了解马克思是被动的，只是听老师说马克思和燕妮的爱情故事；因为革命，马克思遭受多次驱逐，流落他乡；由于贫穷，马克思以稿费谋生；经济拮据，马克思要靠恩

大英博物馆正门

格斯资助度日；思考问题，马克思在室内踱步，走出了一条小径；撰写著作，马克思在大英博物馆阅览室座位下，踏踩出两个深深的脚窝……

我记住了马克思的话："在科学上没有平坦的大道，只有不畏劳苦沿着陡峭山路攀登的人，才能希望到达光辉的顶点。"

长大了，特别是从事新闻工作以后，我开始崇拜马克思，是主动的，因为他的理性精神，因为他的理论批判，因为他的理想追求，因为他说："我一无所有，但又万事俱足"。

作为图书阅览室，这里应该说已经足够宏伟了。巨大的圆形苍穹，巨大的拱形窗户，巨大的环墙书架有三层，一直立伸到屋顶。借阅书籍处也是圆形的。阅览室里坐满了看书的人。游人参观只能在柜台外。

我执著地寻觅马克思的座位，尽管参观者不允许入内。

我把随身物品交给别人，只在口袋里装着小型相机，在一排一排的阅览室桌椅间慢慢仔细地巡查。

工作人员见我如此真诚，也网开一面。一位女管理员微笑地告诉我，

大英博物馆阅览大厅

当年大英博物馆阅览室阅读者座位并不固定，只要有空位，阅读者可任意选坐。马克思一般是在M排至L排之间读书做笔记，经常坐M排7号位。

我找到了M排7号位。

座位在M排最右边，紧靠墙边书架，方便取书而又安静无人打扰。

时隔百年，桌椅已经换了，装了电脑，地面也早已铺了地毯，如果有“脚窝”，也已经盖上了。她接着微笑向我解释。

M7号座位是空的。桌椅似乎都在静静地等着当年主人的到来。隔板玻璃上贴着一张纸片，桌子左上角放着一张说明，大意是：19世纪中叶，马克思经常坐在这个编号的座位上读书，摘录，做笔记，撰写手稿。

我小心翼翼地，不动声响地拉开椅子坐下，拍下一张坐姿照片永久保存。

心中激浪翻滚，脑袋里幻想着，如有机会和老人家对话交谈该是怎样的情景？他一定是戴着博士帽，穿着博士袍，目光炯炯地望着我，说：我的书难懂吗？读进去，重要的是树立历史眼光，理解核心要点，掌握演绎

大英博物馆阅览厅马克思M7号座位

逻辑，注意实践运用……

1848年欧洲大革命失败后，马克思来到巴黎和恩格斯总结经验教训，认识到，要建立无产阶级政权，必须认真研究资本主义的政治经济学，深刻揭示剥削的本质，成为创作《资本论》的动力。

1849年夏，马克思被法国政府驱逐，来到伦敦。12月，马克思得到了一张博物馆的阅览证，从此他把博物馆阅览室当做半个家，每天最早来，最晚走，不知疲倦地工作着。据统计，马克思阅读过的书籍有1500多种，摘录内容和整理笔记有100多本。为了博览群书，他掌握了英语、法语，能看希腊语、拉丁语、意大利语、西班牙语、俄语等文献。

马克思对别人说，我为了争得工人每天8小时工作时间，自己就得工作16小时。

由于经济困难，生活恶劣，研究劳累，马克思身体愈来愈差，长期患有疾病。正如他说：“我一直在坟墓的边缘徘徊，我不得不利用我还能工作的每时每刻来完成我的著作，为了它，我已经牺牲了我的健康、幸福和家庭。”

历经20载，1867年，《资本论》第一卷终于出版。

马克思为构建他那博大而深邃的经济学说耗费了毕生精力。

华尔街次贷危机引发世界金融危机以来，批判资本主义的鸿篇巨著《资本论》再次引起人们关注。

啊！所有的一切又都证明了马克思的预言和结论。

《资本论》的发表，引发并持续了西方一百多年的论战，现在人们已不再怀疑其正确性，著作“给各个历史时代的发展和衰亡，阵痛和可怕的灾难岁月投射了灿烂的、有时是令人目眩的光辉”。

恩格斯说：“《资本论》在大陆上常常被称为‘工人阶级的圣经’，本书所作的结论日益成为伟大的工人阶级运动的基本原则”。

不是吗？如果没有马克思的科学分析，人类无法看清看透美国次贷危机、世界金融危机、欧洲债务危机和财政危机，以及欧洲频繁的全国性罢工的背后，到底为什么？

最近一段时间，《资本论》在欧洲已成为畅销书。据报道，仅在德国柏林的销售量就是1990年的100倍。马克思著作销售量最大的要数法兰克福。马克思书店有《马克思论历史科学》等几千种马克思书籍，100多分册的马恩全集，订数直线上升。《资本论》读者买家最多的是年轻人，金融危机告诉他们，新自由主义的幸福诺言并没有实现。左翼政党领导经常到马克思书店淘书，政府财长也带着众多企业总裁购买《资本论》。哲学界、文学界泰斗是书店常客，许多人选择马克思书籍作为圣诞礼物。一位银行家一次买了9本关于马克思的书籍。他说，以前认为马克思已经过时，但金融危机让他崇拜起了马克思。

《资本论》重获青睐，正在于对资本主义的深刻揭示。英国威廉斯大主教说：“长久以前，马克思就窥探到了资本主义的运转之道。”罗马教皇赞扬：“绝佳的分析技巧。”《资本论》所做的精彩描述，不仅让人们看清了资本主义本质，而且看清了未来发展方向。事实上，马克思正是通过对资本主义生产方式鞭辟入里的分析，提醒那些对资本主义抱有幻想的

海格特公墓马克思雕像

人，必须以饱满的热情，迎接新的生产方式。

更多的人在重新认识和从心底钦佩马克思。因为逼近终极的真理经得起实践和时间检验。

马克思主义在与时俱进和不断发展中。早期的或者称原本的马克思学说，时间愈久远，光辉愈灿烂。

海格特公园在伦敦北一片略有起伏的高地上，周围全是房舍楼宇和小型教堂，同居民街区相隔的仅是一堵栅栏透空墙。

我们从大英博物馆朝着北区行走，司机和导游要不断问人，公园在哪里？遗憾的是，大多数路人不知道海格特的具体位置。

当我们找到公园时，太阳已开始西沉。

看守公园大门，准确地说看守公墓大门的是一位老大爷，坐在椅子上，膝前放个小凳子，上面放着门票，2英镑一张。老人看到我们是中国人，立刻就猜出要去的地方。他用手指了指，说往前走，拐弯处便是。

公墓有些年代了，遍布着过分装饰的墓穴和阴郁的坟冢，大部分显然无人祭扫，十字架、石碑、雕塑，有的已经倒了，横七竖八，杂草丛生，颇感荒凉。背面的树林，显然也无人修剪。当我们找到马克思墓时，老人还特地跑过来，执意要把已交过钱没有拿的门票给我们。

公墓连着社区。我看到一家四口，父母儿女，他们在凹凸不平的道路上比竞走。一位年轻的妈妈，牵着刚会走路的孩子在散步。3个学生模样的男女青年，在马克思墓前照相。还有一家人，坐在通往公墓的小院里，就是注意地望着我们。

伟大导师马克思的墓地，在东侧往南的拐弯处。墓地上是一尊浅灰色有两米多高的矩形石座，上方是马克思黑褐色的立体雕塑头像。下方刻着三行金色碑文。第一行是：“全世界无产者联合起来”。第二行是姓名：“卡尔·马克思”。第三行是恩格斯节选的马克思的千古名言：“哲学家用不同的方式解释世界，而关键问题在于改造世界”。墓址的岩石座基上，摆着两束鲜花。座基外是一小块草坪，膝盖高的铁栅栏围着，草坪中间有许多散开的花瓣。

总有鲜花陪伴，总有追随者祭扫，整个公墓唯独马克思不感到寂寞。特别是，世界上还有更多的人在继续研究学习他的理论，视为信仰，并努力实践着。

马克思于1849年定居伦敦后，大部分时间在大英博物馆阅览室中度过，不断研究政治经济学，埋头撰写《资本论》，直至1883年去世。他一共在伦敦生活了34年。可惜，因为时间关系，回国有定期，我无法更多地去探寻马克思在伦敦的足迹。

但这已经足够满足了。

在青年时代，我曾戴着草帽遮太阳挡雨水，不知深浅、囫囵吞枣地阅读马克思的《自然辩证法》和博士论文。接着不久，又追星赶月学习马克思的新闻思想和报刊理论。后来又夜以继日地钻研马克思的经济思想和《资本论》。

马克思宏大的胸怀、睿智的思维、严密的逻辑、辩证的方法、深刻的语言、犀利的文风、洞穿的目光、博学的知识，都令人叹服。唯物史论、剩余价值学说两大基石，以及他的哲学、政治经济学、科学社会主义三大体系，使马克思成为影响世界进程的历史巨人。在中国大陆社会学家评选出影响中国的100位外国人中，马克思位列第一。新的千禧之年，在西方自己评选的影响世界历史的人物中，马克思亦位列第一。马克思及其主义已经影响和正在影响世界人类的历史进程，今后还将持续影响下去。

他是思想王国的统治者和评判者。

如今，马克思仍然活着。他不仅活在理论思想中，还活在现实生活中，而且活得很健康。人类社会已经和正在按马克思指出的方向方式发展，事实再次证明了马克思理论的正确性。

遍布欧洲的金融危机、信用危机、债务危机、财政危机、社会危机，甚至国家的破产危机，原因何在？其实，早在100多年前，马克思就认真分析并解释了资本主义体系必然引发危机的原因：潜伏在市场经济中和隐藏在背后的利润第一原则所决定的生产与消费的矛盾。

马克思把资本主义特点总结为贪得无厌地追求剩余价值。他现实地冷静地理智地描绘工人们在工作场所受到的遭遇，虽然过去了一个半世纪，但现今工人们的实际状况却和当时境地极为相似，只是剥削的方式有新变化罢了。

马克思谴责为“盗窃”工人吃饭和休息时间的做法，今天极为平常，摧残工人生命和健康，仍司空见惯……

资本主义对工人的剥削仍保留着血腥和肮脏的底色。

马克思认为危机的中心问题是，金融资本故意制造的虚假需求和疯狂发展。无疑，这一点在当前阶段依然适用。

获取剩余价值是资本家的本性。对利润贪得无厌的追逐对地球造成的破坏，已达到威胁人类生存地步。

这是人类的终极灾难。

人类消耗能源总量是马克思时代的110倍。二氧化碳排放量是当时的61倍，全球污染增加5倍。人均消耗能源是马克思时代的21倍……

不是吗？极端气候屡屡突破纪录，台风、海啸、地震、洪水、干旱、火灾、赤热、严寒、冰雪、暴雨、泥石流……摧毁力一次比一次巨大，一次比一次残酷……

人类已不堪重负。

如果没有马克思开创性的科学分析，人类也许无法真正找到准确答案。

又曾经有多少打着马克思旗号的错误行为和善意曲解。苏联解体、东欧剧变、颜色革命……这都说明要真正领会马克思主义精神实质，还有多长路要走。

能远隔千山万水，在这样的伟人雕像面前缅怀、拜谒、瞻仰，已经是太过幸运。

当我们不得不离开墓地时，恰巧，一轮斜阳穿过云层，越过树梢，强烈地照在了马克思雕像那宽大的额头、沉思的脸颊和浓密的胡须上，深邃的双目透着哲人理论的锋芒。

马克思头像成为金像了。石碑背后一片耀眼的光亮。

我不禁震撼颤栗了。

我们一齐献上鲜花，一齐深深地、无限崇敬地，向马克思墓碑雕像三鞠躬。

29 全世界的病人

一个哲理故事耐人寻味。

亚洲富翁遇见欧洲渔夫在海滩上晒太阳，他们有一段对话。

亚洲富翁：大好时光，你怎么不打鱼?

欧洲渔夫：打这么多鱼干什么?

亚洲富翁：卖钱啊!

欧洲渔夫：卖这么多钱干什么?

亚洲富翁：有了钱可以过上自由快乐的生活，悠闲地在海滩散步啊!

欧洲渔夫：我现在不正在享受这个快乐吗?

说起这个故事，人们不再叹服欧洲人的思辨能力，而是批评贪图享受的生活方式了。

目前，欧洲正面临着严重的经济危机，遭受战后最严重的经济衰退，意大利下降，法国下降，德国下降，西班牙负增长，奥地利、荷兰情况非常糟糕，希腊正面临破产，就连德国这个欧洲最大的经济体，亦可能遭遇比日本更为惨烈的“失落的10年”。

在危机面前，欧洲各国仍然同床异梦。国际货币基金组织联手救助希腊和葡萄牙，很难使其脱离生命危险，而另一个病人已处于重症监护状态，这个病人就是整个欧洲联盟。

远远落后于世界的经济复苏，《华尔街日报》称，“欧洲已是世界的病人”。

位于比利时布鲁塞尔的欧盟总部大楼2009年5月18日的火灾，浓烟弥漫，也许就不是个好兆头。

欧洲以借贷为主的国家经济和高福利政策正在遭受重创，这种危机势必很快地延伸到私人资本，并在未来如鬼魅般缠绕着本已病态的躯体。具有竞争力的大企业很少，许多中小企业一蹶不振或干脆倒闭，昂贵的福利制度没有雄厚的经济实力作支撑，债台高筑便成为必然。

为了避免崩溃和减少债务，欧洲国家不得不大幅度削减预算，这又引起了社会更为强烈的不满和动荡。经济复苏比世界其他地区都慢，看不到光明。有学者大胆预测：以后30年，欧洲将从现在占全球经济总量的百分之二十一下降到百分之五。这将在一代人内发生。

究其原因，除了欧洲人口老化外，实际是“欧洲的文化挫败了欧洲自己”。

欧洲人自以为站在道德的最高点，自以为最靠近上帝，理想主义色彩更浓，缺乏危机感。危机如此沉重，欧洲人还在“沉睡”，还在“休假”，还在“争吵”，还在不切实际地空喊“人权、自由”。

欧洲人自以为选择了“正确的道路”：“让美国成为军事超级大国，让中国成为经济超级大国，让欧洲成为生活方式超级大国”。欧洲负担不起这种超级的生活方式。“当心染上欧洲病”！欧洲的生活方式正受到越来越多的嘲弄。

欧洲的高福利被称为“世界上最大的奢侈品”。

无论是夏天还是冬季去欧洲，你都会发现所有的城市几乎都在唱空城计，整条大街没几家商店营业是常事，有一个神圣无比的理由告示：由于外出度假，本店暂停营业。夏天去了海滩，冬季去了滑雪场。

在亚洲国家鼓励人们努力工作时，欧洲国家提倡脱离工作岗位休假。

欧洲是带薪休假的天堂，所有成员国都保证每年最少4周的带薪休假。许多国家还多于4周。瑞典自2002年试行，自愿脱离岗位休假12个月的员工，可以在假期内领取百分之八十五的失业保险金。

许多欧洲人认为福利是与生俱来的。平均计算，欧洲人比世界上任何地方的人工作时间更短，并享受着高税收带来的种种好处，以至完美。但欧洲正在衰退，能为这种舒适生活支付账单者则越来越少。

德国媒体公布一张账单，失业者和工作者收入对比，工作者收入比不上失业者。一个3个孩子的家庭，母亲为主妇，父亲的税后工资加上孩子补贴，月收入是1745欧元。而同样的家庭结构，因失业，孩子和房屋补贴高，月收入是1979欧元。德国议员公开批评，失业救济政策导致“懒惰阶层”像瘟疫一样“滋生”。

德国媒体还公布了另一组详细数据，说明普通德国人的典型生活安排：早晨近半小时泡澡或淋浴；然后，百分之六十七的人开私家车上班，只有百分之十三的人选择公交，开的车多是奥迪和宝马。每周在公司上班4天到5天，每天8小时工作中，有2小时午休，两个半小时喝咖啡。下班后娱乐：体育运动，餐馆吃饭，酒吧喝酒，电影歌曲音乐会。平均每年休假时间达173天。

被认为欧洲最勤勉的德国人尚且如此，就不要说其他国家的欧洲人了。德国的新生代，正遗憾地在丢失传统。

作为新兴经济体，发展中国家的领头羊，经济前景被看好的巴西、俄罗斯、印度和中国，被称为“金砖四国”。而公共债务居高不下，经济问题备受关注，社会发展步履蹒跚的葡萄牙、意大利、希腊、西班牙、爱尔兰、英国，被外界评论戏称为“笨猪六国”。

纽约大学教授与欧亚集团总裁联袂投书指出，葡、意、希、西四国的公共债务都超过或逼近总产值的百分之百，这四国英文字母开头连在一起，其意正好是“群猪”。

欧洲人的生活越来越优越，奋斗精神则越来越低落。

法国前总理巴拉迪尔曾说：“在欧洲，特别是在法国，出工最晚，收工最早，假期最多，但他们还是不满意。”

法国人差不多有四个多月不上班，在休假。

欧洲人自己也批评说，这是破落贵族的享受、懒惰、高傲之风。

“资本主义鼻祖”的英国步履也更加蹒跚。财政赤字所占比例，世界第一。债务相当于希腊、葡萄牙、爱尔兰的总和，净债务数字可能已接近国民生产总值的百分之八十。一位经济学家说，英国工业几乎没有了，经济主要靠金融业和能源业支撑，注定在危机中成为极端脆弱的经济体。

高端消费的名牌商店、高档餐厅、休闲酒吧的生意日渐萧条，甚至被迫关张。

女王伊丽莎白二世在白金汉宫的圣诞树前向民众发表电视讲话，为身处困境中的民众送去安慰："圣诞节是庆祝的时刻，但对许多人来说却充满着忧伤"，年过八旬的女王说，"一些之前不以为然的事情变得不再确定，增加了不安全感。"

伦敦金融城标志性的中心位置——针线街英格兰银行门前的灯柱上，人们用鲜花和各种纪念品扎成花环，"悼念逝去的繁荣经济"，有一个"泰迪熊"玩具狗怀抱卡片写着："在贫穷中安息吧"。一个大花环夹着一张大房子照片，上面有一行字："不再属于我们了"。

据预测，金融城有4万人丢了饭碗。

经济危机让英国每个家庭损失了6万英镑。

严重的危机给人们生活带来的深刻影响，在英法这两个欧洲大国最具代表性。

原始的物物交换，在英国悄然流行，只要价值差不多，闲置的食物、个人用品都可以交换。因越来越多的人生活困难，英国出现排队领取免费食品的壮观场面，其中不乏工薪阶层和贵族后裔。一位名叫莎拉的妇女，5个孩子，尽管丈夫有工作，由于各种费用价格飙升，她不得不去"食物银行"领取免费食物，以渡过难关。为了减轻羞耻感，食物通常放在普通的超市袋里。

普通民众申请救济还得先通过测试仪。毕竟，困难者众，僧多粥少。

一份高度敏感的内部报告透露说，英国军队中许多人穷得没钱买食物，只能靠国防部设立的紧急食品凭证计划借钱度日，一些下级军官不得不选择离开部队，因为工资实在让他们无法生活下去。越来越多的士兵收入接近贫穷标准，部队不得不实施"饥饿士兵"计划，让没钱的军人申请贷款买吃的。

经济困难，让一向节俭的英国女王丈夫菲利普亲王更舍不得浪费，他把51年前的裤子改成流行式样接着穿。女王也取消了60年钻石婚庆聚会，在衰退期，举行高调的庆祝活动是不合时宜的。女王出访波罗的海东岸国家，穿着20年前访问中东时的旧衣服。女王要求，白金汉宫不能使用超过40瓦的灯泡，离开房间必须关灯。每天深夜，她都会亲自熄灭小厅和走廊的灯光。

英国人的花园里开始种植农作物，连女王也不例外。白金汉宫腾出一块地种洋葱、玉米、胡萝卜和豌豆。受此影响，唐宁街10号首相官邸后花园也种上了瓜果蔬菜，并计划向公众出售。

因通货膨胀严重，英国王室“很差钱”。女王特地派出财务官与政府官员会面，希望增加拨款，否则将面临“揭不开锅”的危险。但政府不仅不能如愿，还敦促女王裁减王室雇员，减少并删除享受特权的公爵和夫人名单。不单如此，女王提出修葺日渐旧破的皇宫，也被政府一口否决。

经济拮据把浪漫的法国人拉回到惨淡的现实中。华丽的首都面色阴郁，比深秋还要萧瑟，好似发出阵阵不忿的低咆。2009年，没见过如此冷清的圣诞节，街上没有彩灯，商铺没有顾客，无奈歇业的店家越来越多，大多数夜店只有平时客人的三成。一家酒吧老板说，“豪华疯狂的时代已经结束”。教堂里也空寂无人，上帝拯救不了人们，天上掉不下金币。与此同时，抢劫案却频发，走在大街上的人们都忧心忡忡的样子，估计要么失业了，要么担心失业，而且人们对未来的担忧更胜于眼下的拮据。

巴黎衰老了。巴黎的夜晚太沉闷了，只要一点点响动，烦躁的邻居就会出来表示抗议，同你大吵。

因为穷，也就不顾脸面和传统了。法国政府圣诞招待会，国宴引以为豪的美食代表香槟酒和肥鹅肝不见踪影了，午餐只有花生米和矿泉水。

更令人担心的是席卷欧洲多国的罢工潮。希腊先是公务员罢工，接着是私营工会罢工，直到全国性总罢工。波兰护士罢工，捷克运输工会罢工。法国全国性行业总罢工，意大利全国大罢工……

英国学生罢课，抗议学费成倍上涨；公共和商业服务工会27万人大罢工；30万公务员大罢工，参加罢工的还有税务、海员、议会、皇家法庭，甚至还有海岸警卫队；航空公司罢工，机场瘫痪；上议院的保安人员也参加从来没有参加过的罢工行动。为加薪，警察罢工上街游行，示威得到各地警察署长乃至全国警察局总长的支持……

从2009年1月至3月，法国有200次以上的游行示威活动，波及几乎所有的各地大城市，全国性总罢工规模超过250万人，打破法国纪录。法国民众在示威时，抗议政府拯救经济乏力，有人抬着一个写有“欧盟政治”字样的棺材上街游行，旁边的标语写着：“2000万失业者”。

经济尚好，一向稳定的德国上万名飞行员、工程师大罢工，法兰克福机场半天时间就有60多架飞机取消航班；私营大轿车公司工会宣布罢工，争取提高工资；医生大罢工；历史上最大规模的罢工，引发了全国大混乱……

从德国、西班牙、法国到意大利和英国，罢工像流行病一样在全欧洲国家传染，整个欧洲都迎来"2009的不满之冬"。欧洲媒体惊叹，"正面临40多年最为罕见的社会动荡，经济危机正演变为社会危机"，"欧洲越来越危险"。一浪高过一浪的罢工潮引发了外界对欧洲资本主义的质疑："高福利的欧盟体制真的适合21世纪吗？"

冰岛六分之一国民失业，经济瞬间崩盘，国家濒临破产，祖国成为危机的代名词。民众人均负债高达44万美元。

希腊债务高达3千亿欧元。"破产的希腊人，卖你们岛吧，还有雅典卫城"，人们这样讽刺希腊。3054个岛屿，只有87个岛屿住人，一个岛屿可标价4500万欧元。"神话终结"，"幸福不再"，政府借贷酿成债务危机。当人类文明发源地被斥为"放纵的发源地"时，不能不说是悲哀的"古国之殇"。

希腊多次举行全国性罢工，长长的队伍在市中心举着象征经济的棺材花圈游行。

雅典骚乱的效应蔓延到欧洲各国。

更令人担心的，危机造就了新的极端一代，以"救世无政府主义"与主流社会相对抗，高失业率造成学运浪潮和起义，贫富分化加剧，产生新的无产阶级……

失败的移民政策，也让人不安。因争夺工作机会和抢占福利红利，排外情绪日益高涨，极右势力得以迅速扩张。三分之一的德国青年仇视外国人，并产生新的法西斯纳粹组织，袭击非欧洲血统人。英国三分之二的受访民众担心种族关系紧张导致暴力冲突……

青少年甚至儿童犯罪率急剧上升。父母离异、家庭破裂、生活窘迫，导致孩子们走向街头暴力、贩毒、卖淫……专家指出，社会结构转变，前途渺茫，青少年心理健康恶化及伤害自尊心的社会攀比的媒体文化，是造成犯罪率升高的深层次原因。从长远看，年轻一代的受伤与迷茫，对欧洲未来的发展将产生深刻影响。

欧洲也是少年怀孕率最高的地区之一，令社会非常尴尬。英国一位13岁，身高1.22米，一脸稚气的孩子已身为人父；29岁的吉德已成为英国最年轻的爷爷。德国6岁女童和7岁男童，竟“私奔”，欲去非洲结婚，被警察在火车站发现……

不仅如此，欧洲政坛丑闻不断。

意大利总理贝卢斯科尼又曝风流韵事，深陷“艳照门”后，又深陷“电话门”。他在同密友聊天时，竟大开著名女主播以及美女部长的下流玩笑。有人指责他是“整天忙着为歌舞女郎找工作的皮条客”。

老贝称可爱的美女为“我的小蝴蝶”，向美女主播说，“如果我单身，将立即娶你”。这让老贝夫人大为光火，怒斥丈夫不轨。

老贝还同法国总统萨科齐开玩笑：“我把我的女人给了你”，又说，“意大利女人太漂亮，必须用卫兵看护才能避免强奸”，顿时招致批评。

口无遮拦倒也罢了，贝卢斯科尼还被指责用特权换取性服务，政治盟友接受贿赂，并无法从嫖宿雏妓的官司中脱身……

法国总统萨科齐和女部长的绯闻不断。一位女部长未婚先孕，媒体纷纷猜测孩子的父亲是总统。第一夫人布吕尼公开讲自己40岁有30个情人，并与女部长们争风吃醋，明争暗斗。第一夫人爱上了歌星，频频成为娱乐丑闻，总统向女部长寻求“安慰”，萨科齐夫妇都被曝有新欢。劳务部长与女首富的逃税丑闻纠葛不清。政客形象堕落和公务员腐败低效成为众矢之的。德国总统夫人文身并被称为“性感明星”……

空姐出身的冰岛女总理和同性好友正式注册登记结婚，使欧洲的“粉红政治”风潮再度吸引人们目光。德国外长、柏林市长、巴黎市长、挪威财政部长、英国剑桥市长、国防大臣、法国国务秘书……也许，人们对此认识不同，但他们在公开活动中却常受袭击。

英国首相送小孩上学，却耽误了重要的内阁会议，招致批评。首相和要臣坐火车去一个小镇，火车后面却跟着直升飞机。首相骑自行车上班，后面开着轿车驮着他的公文箱、皮鞋和衬衣。首相挥拳对下属动粗，并大骂高级顾问，震动英伦三岛。英国大臣公款看“黄片”被曝光……

更为可笑的是，身为前首相，布莱尔乘坐“希思罗机场快线”一等车厢去机场，准备飞往美国演讲，当查票员要求他出示车票时，竟面红耳赤，表示自己并没有购买车票。布莱尔逃票被发现，令人喷饭，也成为万箭齐发的口诛笔伐对象……

欧洲趋弱，是社会发展模式之病。

30 和平崛起大趋势

这边风景独好。同欧洲对比鲜明的是，中国政局稳定，人心安定，面对危机，沉着应对，经济仍然高速度发展。

世界市场占有率第一的商品数量中国排名第一。中国进入全球十大市值企业的公司数量已经超过美国。中国是全球最大的出口国，外汇储备全球第一。中国是全世界最大的债权国。粮食、能源、钢铁、煤炭、水泥、造船、汽车、五金、纺织……数不清的世界第一。中石油是世界上第一个超过万亿美元的上市公司。本土以外的学者数量中国第一。甚至全世界奢侈品的消费，也是中国第一。超级计算机、新能源、生物质、高速铁路、高压输变电遥遥领先世界水平……中国已经成为全世界加工中心、制造业大国，是全球经济的火车头和发动机。

巴黎国际经济研究中心的中国问题专家弗朗索瓦丝·勒穆瓦纳说："中国在一场新的全球劳动分工过程中找到了自己的位置。人类历史最迅速和最彻底的工业化和开放进程使中国成为全世界第二大经济体，2030年将超过美国。"

现在的欧洲，有关中国书籍的印刷出版，比中国广东工厂生产iPad的速度还要快。如果欧洲在全球金融危机爆发前就对中国崛起着迷的话，那么经济混乱如暴风骤雨般袭击整个西方世界后，这种着迷肯定会更加强烈。英国媒体称：很多人想知道世界如何适应复兴的中国，百万富翁、特大城市、互联网用户、摩天大楼和温室气体，比地球上其他国家都多。中国已经强力地将自己推到了欧洲的意识中。21世纪的中国，是每位欧洲人都需要了解的事。

英国学者马丁·雅克斯在《当中国统治世界》一书中写道：在过去，世界处于非民主化状态，一直是被占人口比例少数的西方所控制，现在中国崛起代表的是世界多数人口正掌管世界。这无疑会给世界带来民主繁荣前景，这是非常值得期待的。雅克斯提出："中国的崛起将改变的不仅仅是世界经济格局，还将彻底动摇我们的思维和生活方式。"

英国学者出书喟叹：如果中国人同时都蹦起来，整个地球会失去重心。显然，外国人很容易非理性地恐慌中国的庞大和强盛。

《大国的兴衰》作者、美国著名历史学家和国际战略家保罗·肯尼迪，如今格外自负，因为他在20年前的预言得到了验证：中国正在崛起，未来的中国将在全世界扮演越来越重要的角色。欧洲仍是重要的文化和经济联盟，但会经常出现混乱。中国崛起是一种大趋势，多年之后，美国必将变得相对衰落。因此，美国领导人需要特别小心、明智，做出策略调整。而中国只需聪明，崛起进程就会继续下去。

与此不同，作为一群国家的集合体，欧洲对中国的崛起缺乏了解。欧洲大多数国家是高福利社会，自我生活状况一满足，就没有放眼看世界的愿望。优越感制约欧洲看中国。

欧洲国家，特别是"老欧洲"，对中国的心态发生了变化，一些议会议员比某些美国议员表现得还要激进。他们扮演着全球律师事务所的角色，屡次提出或通过反华决议，在媒体上制造对华负面报道，似乎成了一种政治时髦。尽管决议不具备法律效力，但给欧盟国家领导人的对华政策施加了压力，影响了中欧关系的发展。欧洲议会将人权奖授予中国异议人士。在北京奥运会火炬传递中制造混乱。会见企图分裂中国的流亡人士。用人权宗教问题指责中国政治机构。用环保低碳节能等对中国政府指手画脚。因产业结构问题引起的高失业率，却把责任推给中国。采取贸易保护主义对中国出口施压……

受失业率高、物价上涨、财政困难、债务危机等因素困扰的欧洲，媒体却经常报道中国经济的发展，一些人把二者联系起来，情绪由不满变为了恐惧。据调查，在德国一个叫诺斯的地方，30年前一个中国人首先在那里定居，后来中国人就越来越多，成了"中国镇"，而且中国人越来越富，但当地的德国人却一直不变，还保持原来的样子。诺斯人的情绪便自然而然产生了。他们没有更多地注意到中国人的勤奋、吃苦、坚韧、灵活，还有节俭。

欧洲没有统一的对华政策，主要原因是心理上还没有调整好。德国东亚太平洋研究中心主任，也是欧洲最大的外交和安全政策研究机构成员汉斯·茅尔认为，从哥伦布偶然发现新大陆开始，欧洲人就向来以自我为中心，一直处于这样一种地位，其实，这样的时代正在走向终结。

中国正在世界舞台上寻找自己的全球定位。相反，欧洲对中国的和平崛起却没有相应的对策。

忽视中国将令欧洲情况复杂化。欧洲应及时调整以适应新形势。

历史早期并不是这样。在“中国威胁论”形成前，近两百年的欧中交往，欧洲对中国的认识经历了几次浪潮和变化，先是羡慕，后是掠夺，再是对峙，现在是寻求合作。

汉朝丝绸之路的开启，把中国的丝绸、瓷器等高档奢侈品传入欧洲。据说，罗马的凯撒大帝就穿着中国丝袍去看戏，而引起轰动。

中欧海陆交通开启后，意大利人马可·波罗1275年风尘仆仆来到中国，对当时中国发达的物质文明和灿烂辉煌的文化十分惊诧。随着西方传教士把自己眼中的中国形象带回欧洲，从18世纪开始，欧洲开始了长达百年的“中国热”。

但是，工业革命兴起后，欧洲改变了对中国的看法。英国特使马戛尔尼在日记中写道：“当我们每天都在艺术和科学领域前进时，他们中国人正在变成半野蛮人。”

“中国是一头睡狮，一旦醒来，它将震惊世界！”这是拿破仑的一句名言。但很多人未必知道他后面还有一句话：“既然它睡着了，就让它继续睡吧！”

熟睡的中国，接连遭遇鸦片战争、八国联军侵华、义和团运动、清政府灭亡、军阀混战和大革命失败等一连串重大而改变历史的事件，中国人成了欧洲人眼中的“东亚病夫”。

第二次世界大战，作为战胜国，中国的形象在欧洲人眼里发生了短暂的变化。但新中国成立后，较长一段时间里，欧洲因战争破坏严重，着力重建无暇顾及中国，却受美国的影响，开始丑化中国。

1964年夏，瑞士人劳伦茨·斯塔奇在中国采访后，写了一本书叫《大墙之内的国土》，单从书名看就有讽刺批判之意。他说：“我们西方对中国所知的确甚少……中国的象征龙，一旦突然出现在我们面前，一定会令我们惊恐万分；它是那么怪诞，那么不可理喻，那么狂暴无常。龙，你究竟是何怪兽？”

当时的中国，尚未开展“文化大革命”，应该说国际形象良好。

就这样，几十年来，欧洲在以比较复杂的心态看中国。一方面惊诧中国经济高速发展，影响力增强，并已渗透到欧洲各个角落。另一方面又担忧中国的发展，尤其在人权、环境、实力及其发展模式上，疑问是否以损害欧洲为前提。

欧洲国家高福利，自我生活状况的满足，眼界变得短小。优越感蒙住了双眼。

而在中国人的日常生活中，对欧洲的推崇已经潜移默化。中国社科院曾经开展的国情调研中，有一项让受调者列举欧洲国家的知名品牌产品，大家几乎都能提到奔驰、宝马、欧莱雅、空客等几十种。另一项让受调者列举最想去旅行的国家，大多数都回答：欧洲。

在中国人的眼里，欧洲有高素质的人口、优美的环境、宜人的气候、绿色的森林、良好的社会福利、古老的教堂、奇特的建筑、发达的经济、先进的科技、完善的教育、悠久的文化，以及国际事务中的巨大影响力……

对法国的浪漫、德国的严谨、英国的绅士……都非常推崇。法甲、西甲、意甲、德甲、英超欧洲五大足球联赛，中国有数不清的球迷。辣妹音乐、时尚服装、比萨饼、汉堡包，甚至欧洲的花边新闻都令中国的年轻人着迷。因为欧洲风格，意味着高雅尊贵。

现在的中国人热衷欧洲标准之前，历史上的中国人却经历了轻视、憎恶和学习等几次转变。

大清帝国，英国人拜谒乾隆皇帝时，因没行天朝叩首之礼，乾隆恼火地说，英国人这样妄自尊大，令人扫兴，这样无知的化外之人，不值得优待。这段《上谕档》中的记载，形象地说明当时中国的最高统治者还把已经强大的欧洲人当作没有文明驯化的蛮人。

轻视欧洲让中国吃了大亏。鸦片战争爆发后的兵戎相见，中国沦落为西方列强的殖民地。英法联军火烧圆明园，留下了永不磨灭的耻辱。中国人开始憎恨欧洲人。

在与欧洲国家逐渐交往中，最早醒悟，睁眼看世界的中国知识分子。他们忧虑深远，认识到欧洲在军事、科学、技术、法治、民主等方面强于中国，开始了去欧洲考察、取经、留学的漫漫长路。

十月革命给中国送来了马克思主义，中国人开始认真研究发源于欧洲的先进思想。留欧勤工俭学，接受赤色文化，为新中国培育了具有世界眼光的领导群。“二战”前，中国聘请了大量欧洲顾问。冷战割断了中欧联系。法国前总统戴高乐的破冰之旅开启了中欧交往的航船。邓小平首访欧洲大陆，中国与欧洲开始了新一轮的交流学习。改革开放，中国人潮水般地涌向欧洲，访问、留学、打工、考察、经商、兴企、合作、科研、旅游……中欧贸易总额已超出5000亿美元。除经贸以外，中欧之间的文化交流更为频繁和深入。中国与欧盟的各种对话机制最为完善。中欧峰会定期召开已成为一种常态。

金融危机爆发后，上百位中国企业家由总理带队，多次赴欧洲进行跨国大采购，受到红地毯的礼遇，包括汽车、电子、食品、化工等采购大单连连抛出，仅一次半个小时的仪式就签约150亿美元。这令世界贸易组织深感安慰。欧洲媒体感叹：“中国拥有世界上最深的钱袋子。”

像西安兵马俑一样威武的中国采购军阵，给苦苦挣扎的欧洲经济和欧洲企业带来了希望。欧盟各国都期待着中国定单。

中国党和国家领导人访欧，受到史上最高的接待规格。因会见分裂中国流亡人士延迟了的中欧峰会重新召开后，为了接待好中国总理，德国总理中断峰会专程回国做准备。中国总理的闪电访问，又甩出了巨额定单。

英国首相、德国总理都带着史上最庞大的经贸代表团访问中国。

欧洲议会频繁到中国访问。

欧洲各政党也经常到中国考察巨大经济成功之后的政治结构和治党治国之策……

欧洲到中国投资兴办企业和开展合作项目更是无数……

欧洲朝野，对华已经默默而华丽转身。

中国的崛起预示着一个非常不同的新时代的缓慢来临。在这个新时代，中国的影响力将极其深远。未来人民币将取代美元成为世界主导货币。国际金融体系将在中国的金融中心上海重新确立。普通话的使用人群是英语的两倍，将成为全球通用语言。在文化领域，孔子作为世界伟大哲学家的地位已经确立。平均每3天兴办一所，如雨后春笋般成立的孔子学院和汉学院，不仅为世界讲述中国，还会在全球掀起中国的儒家文化热潮。此外，北京而非纽约将成为全球时间基准点。

欧洲一位学者撰文说：中国在可预见的未来，对于世界的影响不仅仅是经济和政治上的，更多的是文化和思想上的。除了越来越多的西方人使用中国制造的产品外，也会有更多的人学普通话，看中文书了解中国文化。

犹如在18世纪的西班牙“海洋统治”时代，19世纪的英国“日不落帝国”时代，20世纪美国的“单边霸权”时代，全世界都在学习这些强国的一切：语言、商业、军事、艺术以及文化，无所不包。

高盛公司预计，到2027年，中国的经济规模将超过美国，到2050年，将是美国的两倍。这些数字或许会出现偏差，但中国的影响力在人类历史上再次上升是必然的趋势。

远古的丝绸之路，打通了中国文化第一次大规模外传的通道。盛极唐朝，中国占据了世界文明的制高点。蒙元时期，中国文化开始走向西方。明清之际，中国在海外的影响力达到了顶峰，欧洲掀起了长达一个世纪的中国浪潮。

世界的未来，东西方文化将更加交融。

欧洲总体上说是世界上最稳定的国家群，许多方面至今仍领先于世界。

中国在虚心诚恳向欧洲学习的同时，也在向欧洲善意地传播中国文化。富庶、宽容、文明、和谐，中国文化包含的人文伦理内核，也许正是欧洲所需要的。

图书在版编目（CIP）数据

日出日落 : 欧罗巴漫记 / 李廉民著. -- 北京 : 中国广播电视出版社, 2011.12
ISBN 978-7-5043-6542-2

Ⅰ. ①日… Ⅱ. ①李… Ⅲ. ①散文集－中国－当代②随笔－作品集－中国－当代 Ⅳ. ①I267

中国版本图书馆CIP数据核字(2011)第251993号

日出日落——欧罗巴漫记

李廉民　著

责任编辑　沈楚瑾

书籍设计　晓笛设计工作室　刘清霞

出版发行　中国广播电视出版社

电　　话　010-86093580　010-86093583

社　　址　北京市西城区真武庙二条9号

邮　　编　100045

网　　址　www.crtp.com.cn

电子信箱　crtp8@sina.com

经　　销　全国各地新华书店

印　　刷　涿州市京南印刷厂

开　　本　16开

字　　数　252(千)字

印　　张　19.25

版　　次　2011年12月第1版　2011年12月第1次印刷

书　　号　ISBN 978－5043－6542－2

定　　价　48.00元